Lukas Linder • Der Unvollendete

Lukas Linder

Der Unvollendete

Roman

KEIN & ABER
POCKET

Ebenfalls von Lukas Linder:
Der Letzte meiner Art
Die Kunst der guten Woche

Verszeilen S. 209: Adam Mickiewicz, *Pan Tadeusz,*
Kröner Stuttgart 2018.

Cover: Maurice Ettlin
Satz: Dörlemann Satz, Lemförde
Druck und Bindung: CPI books GmbH, Leck
ISBN: 978-3-0369-6135-4
Auch als eBook erhältlich

www.keinundaber.ch

Für Maksym

ERSTER TEIL

GRAUES BROT

I

Was war das?

Bestimmt nicht der Anfang von *Auf der Suche nach der verlorenen Zeit*. Doch wie der naseweise Erzähler des hinlänglich bekannten Meisterwerks lag Anatol Fern im Bett und konnte nicht einschlafen. Grund dafür war jedoch nicht die Schwere der Erinnerung, die auf ihm lastete, sondern jene der Gegenwart. Mit anderen Worten: nicht nur eine – gleich zwei wuchtige Frauen, die unmittelbar neben ihm die Matratze belegten. Bei aller Melancholie fand Anatol trotzdem die Kraft, sich dafür zu gratulieren, dass er sich kürzlich vom mitleidigen Blick des Verkäufers nicht hatte einschüchtern lassen und die XXL-Comfort-Matratze gekauft hatte. Außerdem, und vermutlich war das auch der Grund, warum Anatol nicht einschlafen konnte, verhielten sich die beiden nicht gerade ruhig. Obwohl Pädagoginnen, Lehrerinnen, und damit im Alltag geforderte Wesen, die den Schlaf bitter nötig hatten, ließen sie sich nicht davon abhalten, dass Mitternacht seit Stunden vorbei war, im Gegenteil schien es sie sogar zusätzlich anzuspornen. Aber was taten sie überhaupt, hochgebildete Menschen, die sie waren? Spielten sie Schach? Diskutierten sie die Höhepunkte des Bücherherbsts? Lasen sie sich Reportagen aus der *Lettre international* vor? Falsch. Sie trieben es miteinander. Laut, nackt und gewaltig. Dabei entfachten sie eine Höllenhitze, die Anatol das Gefühl vermittelte, es würden direkt an seiner Seite die unglaublichsten Brotlaibe gebacken. Er selber lag ein paar Zentimeter neben diesem Liebesinferno. Nicht ganz so hitzig, nicht ganz so nackt und überhaupt nicht gewaltig. Von diesem Moment hast du immer geträumt, buchstabierte er für sich selber. Am Ende des Satzes kam ein Fragezeichen. Denn irgendwie war er sich nicht ganz sicher: Sahen so seine Träume aus? Gewiss, es war unglaublich, herrlich, einfach fantastisch: er und zwei Frauen. Purer Wahnsinn. Und dabei spielte es überhaupt keine Rolle, dass die beiden Lehrerinnen waren. Gabriela unterrichtete Physik und Florence Turnen – beides Fächer, mit denen Anatol keinerlei sinnliches Vergnügen assoziierte. Vielmehr verlieh es dem Wahnsinn zusätzlich den Charakter einer stilvollen Revanche. Das hier waren Lehrerinnen. Vertreterinnen jener Menschenart, die früher bei ihm zu Hause angerufen und Elterngespräche verlangt hatte. Furchterregende Gestalten, die sich aus den bleiernen Lehrmitteln zu materialisieren schienen, um ihm das Leben zur Hölle zu machen. Und nun lagen sie hier, auf seiner XXL-Deluxe-Matratze, nackt bis zu den Fußsohlen. Herrlich, stimmte Anatol in Gedanken einen Singsang an. Das ist doch mal ein Ereignis, das du den Jungs beim Bier erzählen kannst. Allerdings hatte

Anatol keine Jungs. Und Max, sein einziger zumindest ansatzweise männlicher Freund, hielt sich gerade in einer Tinnitus-Klinik auf und war für Biergespräche eher nicht zu haben. Vielleicht war das ja auch besser so. Denn was hätte er ihm erzählen sollen: Letzte Nacht haben es in meinem Bett zwei Frauen miteinander getrieben, leider fand ich nicht die Gelegenheit mitzumachen?

Wie aber hatte das passieren können? Es war schon sehr spät und sie alle waren ziemlich betrunken gewesen, als seine beiden Begleiterinnen aus einer Kehle verkündeten, sie seien zu müde, um den weiten Weg nach Hause zu gehen. Drei Stunden früher hatten sie ihn an der Bar aufgerissen, mit der einigermaßen verrucht gehauchten Bemerkung, er habe einen sexy Hintern. Anatol wusste, dass er keinen sexy Hintern hatte. Am Grad der Lüge erkannte er das Ausmaß ihrer Verzweiflung. Sie waren wohl in diese Bar gekommen, um Männer abzuschleppen, egal, was für welche. Und da er der Einzige war, der nicht völlig zugedröhnt oder sonst wie weggetreten wirkte, war die Wahl auf ihn gefallen. Es war also ein Sieg durch Enthaltsamkeit. Das klang irgendwie nicht besonders ruhmvoll, doch stellte Anatol, was Siege anbelangte, schon lange keine Ansprüche mehr. Zu Beginn war das Gespräch ziemlich harzig verlaufen. Man redete über die Schule, obwohl niemand das wollte. Aus purer Verzweiflung. Trauriger Tiefpunkt war der Moment, als Florence von einer Hallenbadsanierung zu reden begann. Obwohl Anatol beim Flirten keine große Erfahrung hatte, wusste er, dass Gespräche über Hallenbadsanierungen zu vermeiden waren, und so versuchte er das Thema zu wechseln:

»Übrigens, mein Vater hat sich neulich beim Kneippen den Fuß verstaucht.«

Weder Florence noch Gabriela mochten das Thema vertiefen.

Doch je mehr Bier sie bestellten und je hartnäckiger sie es mit Wodka oder Kleiner Feigling mischten, desto virtuoser wurden die Gespräche. Nachdem die Stimmung erst an ein Lehrerzimmer am Montagmorgen erinnert hatte, verkündeten die Frauen schließlich weit nach Mitternacht, nicht nach Hause gehen zu wollen, worauf Anatol scharfsinnig anbot:

»Ihr könnt gern bei mir schlafen. Ich habe eine XXL-Deluxe-Matratze.«

»Na dann nichts wie los«, meinte Florence. Als Turnlehrerin schien sie selbst nach sieben Bieren noch in der Lage zu sein, ein fehlerfreies Geräteturnen zu absolvieren. Anatol hatte erfahren, dass sie jeden Morgen einen Kilometer schwimmen ging. So war es auch Florence, die nun auf der XXL-Deluxe-Matratze den größten Brocken der Arbeit übernahm. Anatol beglückwünschte sich dazu, an diesem Morgen das Bett frisch bezogen zu haben, als hätte ihm eine wissende Stimme zugeraunt: »Heute Nacht geht bei dir die Post ab.«

Die Wahrheit war: Er wechselte seine Bettwäsche sowieso öfter als notwendig, denn er wollte stets bereit sein, falls das Unwahrscheinliche doch mal geschehen sollte.

Anatol war ein eingefleischter Pessimist. Aus diesem Grund zwang er sich, besonders optimistisch zu denken. Er musste einfach daran glauben, dass alles gut wurde, da schlichtweg nichts darauf hindeutete. Darum hatte er das

Bett frisch bezogen. Darum hatte er damals die XXL-Deluxe-Matratze gekauft, obwohl der Blick des Verkäufers ihm zu sagen schien: Wenn ich du wäre, würde ich das Solo-Mio-Modell nehmen.

Diesmal aber zahlte es sich aus. Diesmal ging bei ihm wirklich die Post ab. Zwei Frauen schliefen in seinem Bett. Nur leider nicht mit ihm.

Sie waren gegen halb zwei in seiner Wohnung angekommen, wo er den grotesken Vorschlag machte, noch einen Happen zubereiten zu wollen. Einen Moment lag das Wort »Happen« in der Luft wie ein peinlicher Geruch, der in einem das dringende Bedürfnis auslöste, alle Fenster zu öffnen, damit er so rasch wie möglich entschwände. Zuvor in der Bar hatte Anatol in einem Anfall von Übermut angefangen, von seinen Kochkünsten zu reden. Damals hatten die Frauen noch regelrecht an seinen Lippen gehangen, nun aber schien es auf der ganzen Welt nichts zu geben, wofür sie sich weniger erwärmen konnten, als von Anatol Fern bekocht zu werden.

»Ich kann auch Sandwiches machen.«

Woher kam dieses fast schon pathologische Bedürfnis, seine Besucherinnen um halb zwei in der Nacht bekochen zu wollen? Fürchtete er sich vor dem, was in der Luft lag? Ahnte er da bereits, kurz vor der schlimmsten Niederlage seines Lebens zu stehen? War das der Grund, warum er plötzlich auf eine Hausführung bestand und, nachdem sie widerwillig eingewilligt hatten, die beiden Frauen gefühlte Stunden in der Abstellkammer festhielt, wo er ihnen das Funktionsprinzip seines Staubsaugers erläuterte?

»Wenn ich noch länger diesen Staubsauger anschauen muss, kotze ich«, gelang es Gabriela schließlich die Hausführung zu beenden.

Sie war es auch, die den Wunsch nach einem Hörbuch äußerte. Sie sei daran gewöhnt und könne ohne die beruhigende Stimme einer Tonaufnahme nicht einschlafen.

»Ich auch nicht«, sagte Anatol, was umso bemerkenswerter war, da er gar keine Hörbücher besaß – bis auf die vom Verfasser selber eingelesene Autobiografie eines Alt-Bundesrats mit dem Titel *Ich habe mit dem Dalai Lama sinniert.* Sein Vater, ein glühender Anhänger dieses Doyens der europäischen Linken, hatte ihm das Hörbuch zum Geburtstag geschenkt.

»Hör dir das an. Das ist ein Mann, der wirklich etwas bewirken konnte«, hatte sein Vater gemeint und gleichzeitig zu verstehen gegeben, wie sehr es ihn betrübte, dass sich Anatol für eine Laufbahn entschieden hatte, mit der man weder etwas bewirkte noch mit dem Dalai Lama sinnierte und schon gar keine Hörbücher zu dem Thema einlas.

Er drückte auf Play. Für einen kurzen Augenblick kam er sich vor wie ein Mann, der alles im Griff hatte. Einer, der in der Lage war, komplizierte Dinge zu reparieren oder Erklärungen über physikalische Phänomene abzuliefern. Dieses Gefühl hatte er immer, wenn er die Stereoanlage bediente, doch hier, in Anwesenheit zweier betrunkener Pädagoginnen, verspürte er es besonders stark. Als er sich umdrehte, waren Florence und Gabriela bereits in sein Bett geschlüpft. Da lagen sie, Kopf an Kopf, die Decke bis zum Kinn hochgezogen, die Augen geschlossen. Wie zwei Nonnen, dachte Anatol, der was Nonnen anbelangte eine eigenwillige Vorstellung hatte. Schliefen sie? Es machte allen Anschein. Sie mussten sehr müde sein. Es war spät in der Nacht, und unmittelbar im Anschluss an seinen Staubsaugervortrag hatte er gesehen, wie grau und depressiv ihre Gesichter plötzlich wirkten. Auf Zehenspitzen tapste er zum Bett, löschte das Licht und legte sich vorsichtig neben sie. Es mochte etwa eine Minute vergangen sein, da hörte er diese Geräusche, und wenn er es nicht besser gewusst hätte, hätte er gedacht: Da küssen sich zwei Menschen, und zwar voller Leidenschaft. Dies aber war unmöglich. Nicht in seinem Bett. In seinem Bett küsste sich überhaupt niemand. In seinem Bett hörte man sich die Erinnerungen von Alt-Bundesräten an und machte sich ein paar gedankliche Notizen. Andererseits: So atmete doch kein Mensch, der einem Alt-Bundesrat zuhörte. Oder waren die beiden etwa Verfechterinnen der Tibet-Frage und es war die angekündigte Begegnung mit dem Dalai Lama, die sie vorfreudig keuchen und stöhnen ließ? Wohl kaum. Wie aber hatte er die Zeichen nicht deuten können? Er erinnerte sich, wie Florence früher am Abend die Figur ihrer Kollegin gelobt hatte.

»Ich wünschte, ich hätte deine Figur. Dabei geh ich jeden Tag ins Schwimmbad. Leider ist es jetzt wegen erschreckend hohem Uringehalt geschlossen worden.«

War dies die Art, wie Frauen miteinander flirteten? Später hatte Gabriela sich revanchiert und die Turnlehrerin zum Raclette-Essen zu sich nach Hause eingeladen, was noch einmal eine deutlichere Sprache gesprochen hatte als der Uringehalt-Verweis. Mehr aber war da nicht gewesen. Das heißt, ganz gewiss war da noch viel mehr gewesen, doch Anatol hatte schlichtweg nichts davon bemerkt. Die ganze Zeit hatte er geglaubt, er sei es, an dem sie interessiert waren, an dessen Lippen sie hingen, während er von seinem Roman mit dem Titel *Graues Brot* erzählte. Schließlich informierte er sie auch noch darüber, mit Gerichten aus der arabischen Küche zu experimentieren. Als er auf der Toilette sein Gesicht studierte, kam er sich beinahe attraktiv vor. Nicht wirklich bezaubernd, aber immerhin auf der Schwelle dahin. Gewiss, da war weiterhin dieser bleiche Totenschädel mit dem postpubertären Bartwuchs und der Brille, dieses ganze Gesichtsprogramm, das einem zu sagen schien: Ich habe früher Briefmarken und Pins gesammelt. Da war dieser Rücken, der schon heute einen Vorgeschmack auf die Verwachsungen des Alters gab. Die vorstehenden Schultern wie zwei Klammern, die seine ganze Erscheinung infrage stellten. Da war dieser Strich in der Landschaft, der sein Körper war. Linsen? Verstehe. Vielleicht sollte der Herr mal was anderes essen. An diesem Abend aber kam ihm sein Körper nicht dürr und asketisch vor, sondern sehnig und durchtrainiert. Nicht wie der Körper eines Mönchs, sondern wie der eines à point trainierten Leichtathleten. Ein intelligenter Körper. Und darüber ein brillanter Schädel voll Weisheit und Witz.

Weisheit und Witz für den Arsch! Statt zu brillieren, hatte er den Frauen den letzten Glauben an die männliche Attraktivität ausgetrieben. Dies war sein Beitrag an diesem Abend gewesen. Er hatte den beiden die Augen geöffnet für das, was wirklich von Wert war im Leben: weibliche Liebe. Während sie miteinander beschäftigt waren, ignorierten sie ihn so vollkommen, dass er neben ihnen die Zeitung lesen, den Boden feucht aufnehmen oder auf der Tuba, wenn er denn eine Tuba besessen hätte, ein schwermütiges Solo hätte spielen können. Dies war ganz offensichtlich eine Angelegenheit zwischen Pädagoginnen. Ihm blieb das Hörbuch. Und während er der nasalen Stimme des Alt-Bundesrats lauschte, kam es ihm vor, als hätte es ihm sein Vater ganz genau aus diesem Grund geschenkt: um ihn in der Nacht, da zwei Frauen in seinem Bett miteinander schliefen, zu trösten. Damit er auch was Gutes hatte, mit dem er sich beschäftigen konnte. Es war typisch für seinen Vater: Stets hatte er das Wohl seines Sohnes im Auge.

Zwei Frauen! In deinem Bett! Besoffen! Und trotzdem gondelst du alleine durch diese Nacht. Das ist längst nicht mehr nur Höflichkeit. Das ist Blödheit, Versagen auf der ganzen Linie! Aber was hatte er denn erwartet? War er es nicht langsam gewohnt? Wiederholten sich dieselben Dinge nicht die ganze Zeit, nicht nur auf den XXL-Matratzen dieser Welt, sondern überall, wo er den Fuß hinsetzte?

2

Zumindest hatte er nun beinahe richtigen Sex gehabt. Zwar hatte er niemanden berührt oder gar geküsst, doch war er definitiv mehr gewesen als nur ein neutraler Beobachter. Die Welt wurde immer grobschlächtiger. Allenthalben verschwanden Nuancen, Grautöne, feingliedrige Abstufungen. Es gab nur noch alles oder nichts. Ein bisschen war immer ein bisschen zu viel oder ein bisschen zu wenig. Ein bisschen reichte nicht mehr für diese Welt. Früher war es vollkommen in Ordnung, sich an einer Sache zu beteiligen, ohne sie gleich dominieren zu müssen. Es war in Ordnung, ein Schatten zu sein. Heute waren Schatten Versager und alle zaghaft formulierten Sätze Versagersätze. Früher hörte man andauernd Sätze wie »Ich möchte lieber nicht« oder »Dein Wille geschehe«. Heute musste jede Aktion die ganze Existenz ausfüllen. Das Leben wog schwer und dies pausenlos. Es gab keine Leichtigkeit mehr.

Bis auf vergangene Nacht.

Wenn er sich auch, während die Pädagoginnen miteinander geschlafen hatten, nicht besonders leicht gefühlt hatte. Er war erregt gewesen und beleidigt. Diese beiden Gefühle waren seine Reminiszenz an das nächtliche Treiben gewesen. Er hatte sich beteiligt, ohne etwas zu tun. Klingt irgendwie buddhistisch, dachte Anatol, der keine Ahnung vom Buddhismus hatte, nachdem er sich am nächsten Morgen gerade zum dritten Mal in die Toilette erbrochen hatte. Zu diesem Zeitpunkt waren Gabriela und Florence glücklicherweise seit über zwei Stunden verschwunden. Im Gegensatz zu ihm hatten sie am Morgen so ausgesehen, als hätten sie die ganze Nacht nur Vitaminshakes getrunken. Nun hatten sie Hunger und wollten irgendwo eine Omelette essen gehen. Sie fragten ihn nicht, ob er sie begleiten wolle. Genau wie Sex waren Omeletten offenbar eine Sache, die sie nicht mit anderen teilten. Beim Abschied gab sich Anatol Mühe, einen möglichst entspannten Eindruck zu machen. Er pfiff irgendeine schmissige Melodie und warf einen fachmännischen Blick in den Kühlschrank, als werde er sich gleich einen seiner berüchtigten Happen zubereiten.

»Machts gut, schön wars«, rief er und winkte ihnen nach.

Kaum hatte er die Türe geschlossen, rannte er auch schon zur Toilette.

Kurz nach zwölf unternahm er einen Spaziergang.

Beim Gehen fiel Anatol ein leichter Linksdrall auf. Er wusste jedoch nicht, ob das am Restalkohol oder an seiner bodenlosen Niedergeschlagenheit lag und verspürte auch kein Bedürfnis, es herauszufinden. Die Sonne schien, doch er ging im Schatten. Es war Frühling. Und dann auch noch April. In der Luft lag der narkotisierende Duft knospender Blüten, der ihn stets mahnte, dass man jederzeit den Verstand verlieren konnte. An Tagen wie diesen war er der festen Überzeugung, dass die Einsamkeit der Stempel seiner Existenz war. Sie war seine Geliebte, seine Amour fou.

Jeder kreative Versuch, sich mit dieser Situation zu arrangieren, schien sie nur noch zu verschlimmern. Mit Schaudern erinnerte er sich an jenen Tag, als er voller Enthusiasmus auf eine Tageswanderung durch die Region aufgebrochen und mit dem Gefühl bodenloser Vereinsamung zurückgekehrt war. Zu allem Übel nahm er damals das Abendessen auch noch in einer menschenleeren Pizzeria ein. Während er seine nur ungenügend aufgetaute Lasagne anhauchte, wischte der Kellner mit einem Schwamm die Tafel mit den Tagesdesserts ab. Als er dabei zusah, wie das mit blauer Kreide geschriebene Pannacotta langsam verschwand, kamen Anatol die Tränen.

An diesem Tag musste er feststellen, dass er kein Mensch mehr war, der wunderbar mit sich alleine sein konnte. Nicht mehr. Wie alles andere konnte man auch das Alleinsein verlernen. An seine Stelle trat eine Rastlosigkeit, die jederzeit in depressive Schwermut umschlagen konnte. Ein schlechter Tausch. Je älter man wurde, desto schlechter wurden die Tauschgeschäfte.

Einen Moment lang spielte er mit dem Gedanken, Max anzurufen. Doch war er sich nicht sicher, ob man in einer Tinnitus-Klinik überhaupt telefonieren durfte. Kurz vor Mitternacht hatte er dem Freund eine Triumph-SMS geschickt: »Bin in einer Bar mit zwei hotten Ladys. Läuft wie geschmiert!!!!!« Er wusste nicht, was ihm peinlicher war: der ungebremste Enthusiasmus oder die Formulierung »hotte Ladys«. Max hatte nicht zurückgeschrieben. Zu Recht, fand Anatol.

Er hatte gehofft, dass sich mit dem Erscheinen von *Graues Brot* sein Leben von einem Tag auf den anderen radikal ändern würde. Doch wie viel Veränderungspotenzial konnte ein Buch haben, das vom Verlag mit den Worten »für Freunde absonderlicher Unterhaltung« angekündigt wurde? Er hatte sich vor einer schier endlos langen Schlange Autogrammjäger gesehen, die hungrig auf ein paar Zeilen dieses hochsensiblen Junggenies warteten, dessen Debüt die Feuilletons fassungslos machte. »Ich habe den ganzen Abend Zeit für Sie«, hatte er sich rufen hören, genau wie »Ich glaube an die Liebe« und merkwürdigerweise »Ich halte mich fit mit Auberginenauflauf«. Bei der bislang einzigen Lesung in einer Quartiersbuchhandlung musste er die Leute regelrecht dazu zwingen, ihr Buch unterschreiben zu lassen. »Möchten Sie nicht noch Ihr Buch signieren lassen?«, offerierte er einem älteren Ehepaar, das gerade aus dem Laden huschen wollte. »Wir besitzen keins«, antwortete die Frau. Sie klang froh. Eine ältere Dame mit triumphalem Brillengestell baute sich vor ihm auf und verkündete, dass er den Konjunktiv II beinahe durchgehend falsch verwende. »Das tut mir leid«, sagte Anatol, nachdem er einen Moment nachgedacht hatte. Zu trinken gab es Orangensaft und Weißwein. Alle nahmen Orangensaft, bis auf Anatol, der die Weinflasche im Alleingang austrank. In der Hoffnung, die Besitzerin des Buchladens möge noch etwas Positives über sein Buch sagen, kaufte er mehrere teure Bildbände, darunter den *Kosmos* von Humboldt und einen massiven Band mit dem Titel *In den Gemächern des Kremls*. Ihr Vorgänger habe die Idee zu der Lesung gehabt, erklärte die Buchhändlerin. Das Wort Vorgänger sprach sie mit vielsagendem Unterton aus. Anatol kannte diesen Unterton. Seine Mutter verwendete ihn jedes Mal, wenn sie auf ihren Bruder zu sprechen kam, der nach einem abgebrochenen Jura-Studium nach Neuseeland ausgewandert war, um dort Schafe zu hüten.

Er habe viele solcher Ideen gehabt, meinte die Buchhändlerin, irgendwann habe man einschreiten müssen. Anatol versuchte, sich den Mann vorzustellen. Ein als Buchhändler getarnter Querulant. Eine wirre Idee jagte die nächste. Und so war es zu Anatols Lesung gekommen. Andere Autoren hofften auf den guten Geschmack der Leser, Anatol hoffte auf ihre Unzurechnungsfähigkeit. »Er ist jetzt dort, wo ihm geholfen wird«, schloss die Buchhändlerin ihre bedrückende Geschichte und belohnte sich mit einem schlundgroßen Schluck Orangensaft.

»Ich schätze richtige Geschichten«, fuhr sie mit leicht feuchten Augen fort. »Erfinden kann jeder. Aber leben! Das muss man erst mal können.« Anatol nickte traurig. Als Kind hatte er davon geträumt, ein Abenteurer zu werden. Heute gab es Tage, da hatte er schon Angst davor, seine Wohnung zu verlassen. Seltsam, wie sehr man sich in sich täuschen konnte.

»Es war ein wunderbarer Abend«, schrieb er der Buchhändlerin am Ende ins Buch.

»Das kann ich nicht lesen. Was steht da geschrieben?«, fragte sie.

»Es war ein wunderbarer Abend«, las Anatol vor.

Im Bus zurück schlief er ein und vergas die Tasche mit den gekauften Büchern unter dem Sitz.

Spazieren war kein Vergnügen mehr, sofern es denn jemals eines gewesen war. Gerne hätte sich Anatol als lustvoller Flaneur gesehen, der sich, dem erfrischenden Kompass seines Herzens folgend, mal hierhin und mal dorthin treiben ließ, einfach mitten in dieses sonntägliche Treiben hinein, um sich am Anblick der Welt sattzusehen. Doch der Kompass seines Herzens war morsch. Statt zu flanieren, schleppte er sich stöhnend irgendeine Gasse hinunter, wobei er unentwegt Restalkohol ausschwitzte. Lustvoll war das alles nicht. Das hier war ein Passionsweg.

Er sehnte sich nach Liebe, körperlich oder geistig, völlig egal, er war bereit, alles zu nehmen. Er hatte das Bedürfnis, jemandem seine Wunden zu zeigen. Doch er hatte keine Wunden. Alles, was er hatte, war eine ansehnliche Portion Selbstmitleid und ein Werk mit dem Titel *Graues Brot*. Darum beschloss er, mit der Fähre über den Rhein zu fahren. Das war zwar auch nicht gerade Liebe, aber wenigstens eine Dienstleistung. Das Boot zuckte erschrocken zusammen, als er seinen rechten, ungenügend durchbluteten Fuß darauf setzte, gefolgt von dem Rest seines dürren, zu einem großen Fragezeichen verbogenen Körpers. Der Himmel blies Trübsal, das andere Ufer drehte ihm den Rücken zu. Niemand wartete auf ihn.

Eine Erinnerung schwappte herauf. In der Pubertät

hatte er nach der Schule jeden Tag seinen Rucksack auf mögliche Liebesbriefe untersucht. Er lebte damals im Irrglauben, dass dies der Ort war, wo Liebesbriefe in rauen Mengen deponiert wurden. In seiner Vorstellung kehrten seine männlichen Klassenkameraden nach Hause zurück, wo sie sich erst mal an die Lektüre der täglichen Liebespost machten. Anatol bekam keine Liebespost. Er bekam überhaupt keine Post. Täglich zauberte er das Nichts aus dem Rucksack, das damals zu seinem heimlichen Verbündeten wurde. Konnte es sein, dass sich die Nachrichten zwischen den Schulbüchern und den in Alufolie verpackten Sandwichungeheuern, die sein Vater für ihn zubereitete, irgendwie zerrieben? Warum nur, fragte sich der kleine Anatol, musste sein Vater diese monströsen Brote für ihn machen? Natürlich: Er fürchtete, sein Sohn könnte untertags verhungern. Aber was war mit dem Hunger auf Liebe? Wusste der Vater nicht, dass man auch an einem Mangel an romantischer Post zugrunde gehen konnte? Er starb an einem vereinsamten Herzen, ein Sandwich, so groß wie ein Fußball, in der Hand.

Nachts betete er zum offenen Fenster hinaus, da er glaubte, Gott könne ihn dadurch besser sehen. »Bitte, lieber Gott«, sprach er, »schick mir einen Liebesbrief. Es kann auch nur ein ganz kurzer sein. Muss auch nichts Spezielles drinstehen. Das kann doch nicht so schwer sein.«

Doch seine Gebete blieben ungehört. Damals lernte er zwei Dinge: Gott war ein Ignorant und die Liebe ein steter Quell der Enttäuschung.

Auf dem Boot befand sich auch ein asiatisches Ehepaar,

das zunächst mit großem Interesse das Panorama fotografiert hatte, bevor es Anatols käsebleicher Frankensteinmodulation gewahr wurde. Nun war ihr Enthusiasmus einem Zustand betroffener Neugier gewichen. Vermutlich dachten sie daran, dass die Schweiz eine der höchsten Selbstmordraten der Welt aufwies. Es stimmt also, dachten sie, während sie Anatols blutunterlaufene Augen studierten. Im letzten Jahr waren sie bei den Tellfestspielen in Interlaken gewesen. Sie hatten Tell gesehen und jetzt sahen sie Anatol und hatten damit das Drama des Schweizer Mannes in einem Akt serviert bekommen. Anatol versuchte zu lächeln. Das machte es jedoch nur noch schlimmer.

Tage wie dieser wurden nicht besser, indem man mit Menschen telefonierte, die der Überzeugung waren, dass man sein Leben in den Sand setzte. Doch spätestens nachdem das Handy zum dreißigsten Mal vibriert hatte, erkannte Anatol, dass dies einer jener Anrufe war, denen man sich nur durch plötzlichen Herztod entziehen konnte. Wie allen Anrufen seiner Mutter.

»Ich bin hier in Saas-Fee auf Geschäftsabschluss. Die Verhandlungen sind eine Katastrophe. Sie sind zäh, diese Bergler, aber wir werden gewinnen. Ich habe nur fünf Minuten.«

Man hätte denken können, Anatol hätte sie angerufen. So war das immer mit Mutter.

»Was für ein Geschäft denn?«, fragte er artig.

»Wir wollen hier einen Fünfsterne-Hotelkomplex bauen. Mit Golfabschlagplatz. Das passt natürlich nicht allen. Aber der Moderne kann sich keiner entziehen. Auch der Bergbauer nicht.«

»Die Moderne ist auch nur eine Modeerscheinung.«

»Wait, wait«, rief Mutter, ohne sein Bonmot zu würdigen, jemandem in Hintergrund zu. »I will be yours in ten seconds.«

»Ich habe deinen Vater im Fernsehen gesehen«, fuhr sie fort. »Er läuft mal wieder bei einer Demo mit und hat ein Schild in die Kamera gehalten: ›Gerechtigkeit für alle‹. Da habe ich Angst bekommen.«

»Um den Hotelkomplex?«

»Um dich natürlich. Wie lange willst du diese idiotische Arbeit im Altersheim noch machen?«

»Ich dachte bis zur Pensionierung.«

»Verschwende meine Zeit und die der Bergbauern nicht mit Witzen. Ich habe dir Wichtiges zu sagen und habe dafür nur zwei Minuten. Jetzt hör mir zu. Du bist in wundervollen Verhältnissen groß geworden. Mit dem ganzen Luxus eines Einzelkindes. Nicht mal teilen hast du müssen. Mustergültig haben wir für dich gesorgt. Du hast einen exzellenten Abschluss an der Uni gemacht. Summa cum laude in Politikwissenschaft und Kulturanthropologie!«

»Germanistik und Philosophie!«

»Hab ich doch gesagt. Du bist intelligent, du bist talentiert, du hast früher sehr gut ausgesehen. Es ist ungesund, wenn man mit solchen Veranlagungen kein Ziel im Leben hat. Man stumpft ab, verblödet, verweichlicht, wird krank und stirbt, bevor man seine erste Million auf dem Konto hat.«

»Dafür beute ich niemanden aus und komme in den Himmel.«

»Eben nicht! Die Dummen kommen in die Hölle. Hast du das nicht gewusst? Du hast zu viele Skrupel. Du denkst, Skrupel seien dasselbe wie Moral, aber das stimmt nicht. Man muss skrupellos sein, wenn man es in dieser Welt zu etwas bringen will.«

Wie zum Beweis ihrer These donnerte sie in den Hintergrund von Saas-Fee:

»Tell him 500 000 or I will break his ass.«

Sie seufzte melancholisch.

»Hast du etwas gegessen?«

»Ein leckeres Tofu-Curry.«

»Ich möchte, dass du von Zeit zu Zeit auch ein schönes Stück Fleisch genießt. Du hast so viel besser ausgesehen, als du noch regelmäßig Fleisch zu dir genommen hast.«

Anatol bemerkte, er habe neulich eine Wurst gegessen. Die Mutter zog es vor, diesen Einwurf nicht zu kommentieren.

»Du bist mein einziges Kind«, schluchzte sie melodramatisch. »Ich bitte dich lediglich, die ganze Tragweite dessen zu bedenken.«

Wenige Sekunden später beendete sie das Gespräch.

Anatol schaute auf die Uhr. Das Gespräch hatte tatsächlich nicht länger als fünf Minuten gedauert. Seit die Mutter für diese seelenlose Investment-Gruppe arbeitete, dauerten ihre Telefonate immer kürzer – dafür wurden ihre Anschuldigungen immer länger. Er war sich nicht mal sicher, ob sie sein Buch überhaupt gelesen hatte. »Es steht auf meiner Liste«, hatte sie gemeint, als er sie das letzte Mal danach gefragt hatte. Sie hatte ihn immer an der Spitze eines Großkonzerns gesehen oder mindestens im Operationssaal, einen virtuosen chirurgischen Eingriff vornehmend. Dass er nicht der Typ dafür war, spielte keine Rolle. Sie wollte nur sein Bestes. Immerhin. Im Gegensatz zu Anatol wusste sie wenigstens, was sie wollte.

3

Der Montag kam und Anatol kehrte zu seiner Arbeit im Altersheim Abendstern zurück. Die Meinungen zu seinem Beruf gingen stark auseinander, von »Toll, dass du der Gesellschaft etwas zurückgibst« (sein Vater) bis zu »Du musst den Verstand verloren haben« (seine Mutter).

Die Wahrheit war: Mit einem Master in Philosophie und Germanistik in der Tasche und einer Zukunft als Schriftsteller gab es nicht so viele Arbeiten, die für ihn infrage kamen. Natürlich, er hätte es als Lehrer versuchen können. Doch auch dafür brauchte man mittlerweile eine zusätzliche Ausbildung. Die Anatol nicht hatte. Und die er auch nicht haben wollte. Jedenfalls nicht mehr, seit er für einen Bekannten am Gymnasium eingesprungen war und während der Besprechung von Kafkas *Die Verwandlung* die halbe Klasse im Hintergrund Fußball gespielt hatte.

»Die Weltmeisterschaften stehen vor der Tür«, hatte der Bekannte erklärt. Anatol hatte es nicht als tröstlich empfunden.

Er hatte sich für die Arbeit im Altersheim entschieden, da sie ihm der ideale Nebenjob zum einsamen, gedankenschweren Schreibtischwerk schien. Er würde unter Leute kommen, Gespräche führen, soziale Kontakte knüpfen. Er würde viele unvergessliche Geschichten aus dem Leben der Bewohner hören und so seinen Erfahrungsschatz und sein Wissen über die Welt erweitern, um abends erfrischt von all den unvergesslichen Momenten an den Schreibtisch zurückzueilen und die Arbeit an seinem Roman mit neuerlichem Schwung aufzunehmen.

Tatsächlich war er abends meistens so erschlagen, dass er es gerade noch vor den Fernseher schaffte, wo er bis um halb elf Sendungen wie *Bauer sucht Frau*, *Kochduell* oder die Darts-Europameisterschaften schaute, sofern er nicht schon früher einschlief. Manchmal zwang er sich vor den Computer, um zumindest die letzten paar Seiten, die er geschrieben hatte, noch mal durchzulesen. Da er in seinem Zustand jedoch alles, was er geschrieben hatte, als hochgradig einschläfernd empfand, widmete er seine Abende bald nur noch dem *Kochduell*.

Der literarische Durchbruch musste auf das Wochenende verschoben werden. Dadurch war der Druck jedoch so groß, dass Anatol dann meistens überhaupt nichts zustande brachte. Außerdem musste das Wochenende ja auch genutzt werden, um etwas gegen diese deprimierende Einsamkeit zu unternehmen. Also zog man los, ging in eine Bar, wo man sich betrank und zwei Lehrerinnen abschleppte, die sich im weiteren Verlauf des Abends als verkappte Lesbierinnen entpuppten. Und schon war wieder Montag.

Seine Arbeit im Altersheim ließ sich am besten mit dem Wort »Allrounder« beschreiben. Allrounder war dabei einfach ein moderneres Wort für Handlanger, anders gesagt: Er trug nicht nur Sachen herum, sondern benutzte auch den Scanner. Hauptsächlich gehörten zur Arbeit jedoch Spaziergänge und kleine Besorgungen, wie etwa der Luzerner Rahmkäse für Frau Schwaninger, die Zigaretten für Herrn Malz oder das Magazin *Der Panzerfreund* für Herrn Pfund. Er hatte Schach gespielt mit Herrn Trabold, bis dieser gestorben war. Danach hatte er Bingo gespielt mit Frau Toscanella, bis diese gestorben war. Nun wartete er auf neue Spielpartner. In der Weihnachtszeit verstärkte er den hauseigenen Adventschor und beim letzten Sommerfest hatte er am Grill gestanden, bis eine Splittergruppe aus Hausbewohnern seine Absetzung verlangt hatte mit dem Argument, er verstehe nichts von Würsten. In erster Linie aber bestand seine Aufgabe, so hatte es ihm Roland Oppenhöven, der Leiter des Altersheims, beim Bewerbungsgespräch eingeschärft, in der Versprühung von guter Laune, Energie und tausendprozentigem Optimismus.

»Kein Problem«, rief Anatol energiegeladen, zum Zeichen, bereits als Stimmungskanone geboren worden zu sein.

Roland Oppenhöven betrachtete zweifelnd Anatols dunkelviolette Augenringe.

»Wir wollen es mal versuchen.«

Zu Beginn trank Anatol jeweils vor der Arbeit auf leeren Magen eine Dose Red Bull in der Hoffnung, sich dadurch in das gewünschte Energiebündel zu verwandeln.

In der dritten Woche erlitt er einen Kreislaufzusammenbruch und musste sich im Mitarbeiterzimmer aufs Ruhebett legen.

»Wer liegt da hinten?«, wollte Altersheimleiter Oppenhöven wissen.

»Das ist unser neuer Allrounder«, teilte man ihm mit.

Das Wort war nicht sehr lange in Gebrauch und wurde schon bald durch eigenwillige Abkürzungen ersetzt: Erst nannte man ihn All, dann Ali, gefolgt vom bereits etwas rätselhaften Ali Bengali. Und seit sein Buch herausgekommen war, nannten ihn alle nur noch Einstein. Anfangs hatte er sich noch dagegen zu wehren versucht, etwa indem er darauf hinwies, Einstein hätte gar keine Romane geschrieben. Mittlerweile ließ er die Dinge einfach geschehen. Er hatte sich ein debiles Grinsen zugelegt, das die Maske war, unter der er sich durch den Tag kämpfte. Es war die grinsende Visage des Verzweifelten, die aber auf raffinierte Weise wie die Maske schrankenloser Lebensfreude aussah und der Grund war, warum er immer wieder von Betreuern und Hausbewohnern gefragt wurde, ob er was zum Rauchen hätte. Doch Anatol hatte nichts zum Rauchen. Alles, was Anatol in seinen Taschen trug, waren 150 Gramm Luzerner Rahmkäse.

An diesem Morgen war er mit Herrn Malz unterwegs. Herr Malz war achtundsiebzig und hatte nur noch ein Ziel im Leben, nämlich sich so gründlich wie möglich zu Tode zu rauchen. Seine Frau war vor zwei Jahren gestorben, danach waren all seine Wünsche, Pläne und Gedanken aus ihm herausgefallen wie Münzen aus einem

Spielautomaten. »Sterben«, formulierte Herr Malz seine Zukunftspläne.

Der Friedhof, auf dem seine Frau begraben lag, befand sich nur wenige Minuten vom Altersheim entfernt und nachdem er sich stets hartnäckig geweigert hatte, ließ sich Herr Malz eines Tages von Anatol zu einem Besuch überreden. Am Grab packte er sofort seine Zigaretten aus und rauchte eine nach der anderen, bis das Päckchen leer war. Es dauerte eine Stunde, während der Anatol die Befürchtung kam, dass Herr Malz, wo er schon mal hier war, seiner Frau an Ort und Stelle nachfolgen wollte. Dann war das Päckchen leer und Herr Malz sagte:

»Das wars. Wir können los.«

Jetzt befanden sie sich auf ihrer traditionellen Route und Anatol spürte, wie sein Herz allmählich schneller schlug. War es gerade noch im plumpen Takt bleierner Alltagsmüdigkeit dahingetrottet, so vollführte es auf einmal regelrechte Liebeskaskaden. Eine Melodie erklang in ihm, herrlicher als jener Schlager mit Schmus, den Herr Malz seit einer halben Stunde ununterbrochen intonierte. Alles war Musik und rauschende Bewegung, Entzücken über die Schönheit der Existenz. Anatol grüßte imaginäre Vögel in den Wipfeln der Bäume und die käsigen Visagen der Anwohner, die genervt aus dem Fenster schauten, um zu sehen, was für eine idiotische Musikcombo da unten vorüberzog. »Endlich nehmen wir Fahrt auf«, kommentierte Herr Malz, der bemerkt hatte, dass Anatol den Rollstuhl nicht mehr länger wie ein Schwindsüchtiger schob, sondern wie Herkules nach einem ausgezeichneten Frühstück.

Gleich um die Ecke befand sich nämlich die linke Buchhandlung Krawall, in der Bernadette arbeitete, Anatols große Liebe. Die Gefühle waren nicht reziproker Natur, aber wann waren sie das schon? Bernadette mit dem dicken schwarzen Haar, dessen immerwährender Fettgeruch Anatol in den Monaten seiner Verliebtheit zum Duftstein der Wahrhaftigkeit geworden war. Zwei unbestechliche Augen, die mit schier grenzenlosem Furor in die Welt schauten und alles niederstachen, was auch nur den Hauch von Korruption in sich trug. In der linken Hand ein Buch, in der rechten eine Bierdose, so ging sie durch die Welt, abwechslungsweise einen Schluck Literatur und einen Schluck Ankerbier nehmend. Anatol hätte ihr gerne einen Liebesbrief geschrieben, doch es hatte keinen Sinn, da sie ihn ohnehin sofort verbrennen würde. Sie verbrannte alles, was nach Gefühlen aussah, die sie für dumm und narzisstisch hielt. Es sei denn, die Gefühle kämen von Männern mit schwedischem Hintergrund. Denn aus zuverlässiger Quelle, nämlich von Max, hatte Anatol von Bernadettes Faible für schwedische Männer erfahren, und nur für schwedische Männer. Anatol war kein schwedischer Mann. Er war dunkel, drahtig, haarig. Er war die Antithese zum schwedischen Mann. Zwar war er vor einigen Jahren mal in Stockholm gewesen, doch reichte das bestenfalls für eine laue Abendunterhaltung, nicht aber für eine lebenslange Liebesgemeinschaft. Und doch gab es Hoffnung. Denn vor ein paar Wochen hatte Bernadette in der Stern-Bar aus dem Nichts heraus plötzlich vor ihm gestanden:

»Ich hab dich heute mit dem Rollstuhl gesehen.«

Anatol versuchte, eine schwedische Miene zu schneiden und sagte:

»Oh? Tatsächlich?«

»Arbeitest du im Altersheim?«

»Man nennt es Pflegeheim«, korrigierte Anatol.

Bernadette nickte.

»Find ich gut.«

Damit ging sie davon.

Am nächsten Tag organisierte Anatol einen Rollstuhl-Konvoi zum Krawall. Leider war der Buchladen an diesem Tag geschlossen. Doch er wusste, er würde wiederkommen. Er würde immer wiederkommen.

»Da wären wir wieder«, kommentierte Herr Malz.

Er wusste von Anatols Gefühlen und hatte ihm seine Unterstützung zugesichert.

»Mit Frauen kenne ich mich aus. Ich habe nicht umsonst fünfzig Jahre in der Uhrenfabrik gearbeitet.« Was auch immer das bedeuten mochte. Es war auf jeden Fall schön, einen Mann mit Erfahrung im Rücken zu wissen.

»Soll ich wieder eine Herzattacke simulieren?«, fragte Herr Malz gierig.

»Im Moment nicht«, sagte Anatol und dachte schaudernd an die letzte zurück: Herr Malz hatte sich so sehr in die Rolle des Sterbenden hineingefühlt, dass er Anatols heroische Wiederbelebungsmaßnahmen gar nicht bemerkte. Vielmehr sah es sogar so aus, als wäre Anatol sein Todesengel, der ihn mit heftigen Schlägen gegen das Brustbein endgültig ins Jenseits katapultierte.

»Was machen Sie da? Lassen Sie gefälligst den armen Mann in Ruhe«, schrie ihn eine Kundin an, die aus dem

Gemüseladen gegenüber herbeigerannt war. Anatols Erklärung, er arbeite im Altersheim, ließ sie kalt und die Bemerkung, er sei Allrounder, verstärkte ihre Alarmiertheit. Erst als sich Herr Malz eine Zigarette anzündete, zog sie beleidigt von dannen.

»Wir warten einfach«, entschied Anatol.

»Ich verstehe«, murmelte Herr Malz und holte seine Zigaretten hervor.

Was tat der Mann, der die Frau seines Lebens erobern wollte? Richtig, erst mal abwarten. Man muss sich nur die Helden großer Liebesromane ansehen: Romeo, Don Quijote, Wronski, Don Juan – allesamt Großmeister der Geduld. Da saßen sie, Hunderte von Seiten lang, auf einer Parkbank oder am Küchentisch und taten nichts, außer vielleicht mal den einen oder anderen Blick auf die Uhr zu werfen. Denn diese romantischen Schlaumeier wussten, früher oder später wird sie schon kommen. Und schließlich war nichts erotischer als Stillstand. Nichts sinnlicher als ein Mann, der sich so richtig seinem Phlegma hingab. Stehend, sitzend oder liegend. Oder warum nicht gleich tot? Hauptsache, er bewegte sich nicht. Und schon gar nicht auf die Geliebte zu.

Fakt war, von ihrer Vorliebe für anarchistische Literatur und schwedische Männer abgesehen, wusste Anatol kaum etwas von Bernadette.

»Sie hat Fußpilz«, hatte ihm Max mal erzählt.

»Woher weißt du das?«

»Vom Nacktwandern.«

Max war eine Zeit lang Leader einer von Rousseau inspirierten Naturbewegung gewesen, die regelmäßig unbekleidet auf irgendwelche Hügel stieg. Dass die Fußsohle der einzige Körperpart war, der beim Nacktwandern bedeckt blieb, machte die Behauptung zumindest angreifbar. Doch musste Anatol nehmen, was er kriegen konnte.

In seiner eifersüchtigen Fantasie war Fußpilz auf jeden Fall angenehmer und weniger bedrohlich als die schwedischen Männer, die immer nur größer, stärker, blonder, mit anderen Worten schwedischer strahlten. Mit Fußpilz hingegen konnte man arbeiten. Man konnte sich ausdenken, wie man der Geliebten ein Fußbad einlaufen ließ oder schnell zur Apotheke sauste, um ihr eine dringend benötigte Creme zu besorgen. Mit zärtlicher Stimme erkundigte man sich, wie es ihrer Infektion heute gehe. Je länger Anatol darüber nachdachte, desto unwahrscheinlicher schien ihm eine Romanze ohne Fußpilz.

Noch viel besser funktionierte allerdings die Literatur.

Der Krawall war einer der wenigen Läden, in denen Anatols Buch verkauft wurde. Wie er neulich festgestellt hatte, fand man es allerdings bei den Kochbüchern. Er hatte es damals genommen und zum Regal mit den Neuerscheinungen getragen. Beim nächsten Mal stand es wieder bei den Kochbüchern. Natürlich suggerierte der Titel eine gewisse, wenn auch negative Nähe zur Backkunst. Doch brauchte man das Buch nur an einer beliebigen Stelle aufzuschlagen, um den Irrtum zu bemerken. Möglicherweise hatte das Werk, als Kochbuch getarnt, sogar die besseren Chancen auf dem Markt. Was Anatol jedoch vor allem interessierte, war: Hatte Bernadette sein Buch gelesen? Und wenn ja, wie hatte es ihr geschmeckt?

In diesem Moment ging gegenüber die Türe auf und Bernadette kam heraus. Nein, sie erschien.

»Da ist sie«, bemerkte Herr Malz überflüssigerweise.

Sie hatte einen Stapel Bücher dabei, die sie auf einem blauen Tischchen drapierte, das mit »Gratis zum Mitnehmen« beschrieben war. Bücherdrapieren stand ihr. Es hatte etwas Heroisches, als habe sie gerade eine Lösung gefunden, wie man den Reichtum der Welt gerechter verteilen konnte. Anatol atmete tief ein.

»Bald ist Mittagszeit«, sagte Herr Malz, der offensichtlich nicht ganz bei der Sache war.

Nun hatte Bernadette sie bemerkt.

»Kommst du heute Abend zum Konzert?«, rief sie.

»Ich denke schon«, rief Anatol zurück.

Ich denke schon. Mysteriös. Weiter so!

»Bis heute Abend«, verabschiedete sich Bernadette, da Anatol keinerlei Anstalten machte, dem Gespräch eine neue, überraschendere Wendung zu verleihen.

»Ciao«, rief er ihr auf Italienisch nach, um wenigstens beim Abschied an sein feuriges Potenzial zu erinnern.

»Heute Abend gehst du zu diesem Konzert«, fing Herr Malz nach einem Moment peinlichen Schweigens an. »Dort wirst du Bernadette begegnen und mit ihr reden. Und ich möchte, dass du dieses Gespräch vielfältiger und interessanter gestaltest.«

Anatol nickte schuldbewusst.

»Es gibt so viele Wörter, man muss sie nur benutzen.«

Anatol lauschte diesem Liebesboten aus der Uhrenfabrik und dachte: Vom Ende aus gesehen wirkt alles wie ein Kinderspiel.

Zum Mittagessen im Altersheim wurde Bulgur serviert, was, mit Ausnahme des schweizerisch-türkischen Ehepaars von der zweiten Etage, bei den Hausbewohnern umstürzlerische Gelüste entfachte. Herr Ribi ging gar so weit, den Menüplan demonstrativ in Stücke zu reißen, um so seiner Unzufriedenheit mit der gastronomischen Entwicklung der letzten Zeit Ausdruck zu verleihen.

Seit zwei Monaten beschäftigte das Altersheim Abendruh einen neuen Koch, einen dieser Illusionisten und Träumer, der tatsächlich glaubte, der Mensch könne sich mit neunzig Jahren noch ändern. »Es ist nie zu spät, um vegan zu werden.« Dabei war jede Mahlzeit im Altersheim im Grunde eine Henkersmahlzeit. Und natürlich wollte man mit einem guten Gewissen gehen. Lieber aber noch nach einem guten Essen.

Als die Bewohner den Tofu in ihrem Zürcher Geschnetzelten entdeckten, waren sie kurz davor, mit gezückten Messern die Küche zu stürmen. Und nachdem er auch noch den traditionellen Cordon-bleu-Plausch in einen Quinoaschnitzel-Plausch umgemodelt hatte, fand der Koch sein Fahrrad mit durchstochenen Reifen vor. Rückendeckung erhielt er von Altersheimleiter Oppenhöven. Wie jeden Montag aß er auch heute gemeinsam mit den Mitarbeitenden des Altersheims und wie jeden Montag tat er es mit einem solchen Heißhunger, als würde er den Rest der Woche fasten.

»Das schmeckt einfach hervorragend«, rief er immer wieder.

Oppenhöven hatte kleine rote Locken und einen Ausdruck, als schiene ihm stets die Sonne ins Gesicht. Wenn ein Bewohner starb, pflegte er die Hinterbliebenen mit den Worten »Kopf hoch, ihr seht euch bald wieder« zu trösten. Er schrieb einen Blog, in dem er über das Leben eines Altersheimleiters philosophierte. Am Ende seiner E-Mails stand ein Link zu dem Blog. Wenn es etwas gab, das die Angestellten des Altersheims verbündete, dann war es ihr Hass auf diesen Blog. Zu allem Unglück hatte Oppenhöven vor ein paar Wochen auch noch irgendeinen Preis dafür gewonnen. Er hatte eine Plakette erhalten, die er stolz um den Hals trug, so auch an diesem Morgen. Etwas Bulgur klebte an ihr, doch bis auf Anatol schien das niemand zu bemerken, da alle Angestellten viel zu sehr damit beschäftigt waren, Intrigen zu stiften und Allianzen zu schmieden. Da die Intrigen jedoch fast täglich wechselten, genauso wie die dazu notwendigen Allianzen, hatten alle längst den Überblick verloren, gegen wen sie kämpften und mit wem sie verbündet waren, weshalb der Einfachheit halber jeder nur noch für sich und gegen alle und jeden kämpfte. Deshalb schwiegen alle hasserfüllt, während Oppenhöven seine Monologe hielt.

»Apropos Anatol.« Und wie immer, wenn er das Wort an Anatol richtete, ergänzte er: »Übrigens. Was ist das eigentlich für ein Name? Ist das Russisch?«

»Griechisch.«

»Sind deine Eltern etwa Griechen?«

»Nein. Schweizer.«

»Interessant. Und woher dann der Name?«

»Wegen Schnitzler.«

»Schnitzel?«

Im Café hoben mehrere Hausbewohner hoffnungsvoll den Kopf.

»Schnitzler. Ein österreichischer Schriftsteller.«

Die Hausbewohner ließen den Kopf wieder sinken, tiefer denn je.

»Österreicher? Also habt ihr österreichische Wurzeln?«

Und immer so weiter.

Wie machte es Oppenhöven zu Hause mit seiner Frau? Fragte er sie auch, woher sie kam, unentwegt, gnadenlos, den ganzen Tag und die ganze Nacht, das ganze Leben lang?

»Übrigens Anatol«, fuhr Oppenhöven fort, nachdem er sich widerwillig von seiner Herkunftsfragerei hatte losreißen können. »Ich war neulich in der Buchhandlung und habe deinen Roman gesucht.« Bei der Erwähnung des Buches schien am Tisch eine Art imaginärer Trommelwirbel loszugehen. Schon lange hatte es die Leute interessiert, was es mit diesem Buch auf sich hatte. Obwohl alle Anatol mochten oder ihn zumindest nicht hassten, hofften sie doch klammheimlich, dass das Buch der absolute Mist war. Nicht wegen Anatol, sondern weil Niederlagen einfach unheimlich tröstlich waren: Der also auch nicht.

»Ich habe es nicht gefunden. Nirgendwo«, ereiferte sich Oppenhöven und machte dazu Brustschwimmbewegungen, als wäre er durch die Buchhandlung geschwommen. »Ich habe eine Verkäuferin gefragt. Sie sagte, sie hätte noch nie von so einem Roman gehört.«

Alle Augen waren auf Anatol gerichtet. Er räusperte sich und sagte:

»Man findet es bei den Kochbüchern.«

5

Am Nachmittag hatte Anatol einen Termin bei Herrn Gustav. Herr Gustav war der älteste und vitalste Bewohner des Altersheims. Sein Nachname war Gustav – und sein Vorname auch. »Meine Eltern waren große Scherzkekse«, pflegte er zu sagen. Er war achtundneunzig Jahre alt, erhöhte diese Angabe an schlechten Tagen jedoch um bis zu zehn Jahre. Seine Haut war fast durchsichtig und bei günstigem Lichteinfall glaubte man durch die Wange seine Zunge zu sehen. Er hatte in seinem langen Leben so gut wie alle Krankheiten gehabt, sie hatten seinen Körper auf jede nur erdenkliche Weise geschändet und jetzt thronte Herr Gustav in der Ruine seiner selbst wie ein König in seinem verlassenen Schloss und bereitete sich darauf vor, bis in alle Ewigkeiten weiterzuleben. Er verbrachte den ganzen Tag in einem immensen Bett, das Platz genug für vier oder fünf weitere Gustävchen geboten hätte. Darum herum bogen sich die Wände entlang Regale, die bis zur Decke mit Büchern gefüllt waren. Bücher aus dem letzten und vorletzten Jahrhundert, im eigenen Moder eingelegt.

Offiziell war es eine Leihbibliothek, die jedoch nach ganz eigenen Gesetzen funktionierte. Nicht jedem war es erlaubt, ein Buch auszuleihen. Roland Oppenhöven, beispielsweise, durfte auf gar keinen Fall ein Buch ausleihen, während wiederum Evi Pfister, wiewohl seit mehr als vier Jahren tot, ewiges Nutzrecht genoss. Auch Anatol gehörte zu diesem illustren Kreis der Leihberechtigten. Herr Gustav und er hatten sich angefreundet, nachdem ihn Anatol eines Tages gefragt hatte, ob er für die Wissenschaft tätig gewesen sei.

»Allerdings«, antwortete Herr Gustav feierlich.

Er hatte als Biologe an der Universität gearbeitet, bis er den Verstand verloren hatte, wie er voller Stolz erzählte.

»Eines Tages habe ich gemerkt, dass ich auf der Suche nach Wahrheit mit Vernunft und Verstandeskraft allein nicht mehr weiterkam. Wenn ich wirklich zur Wahrheit vordringen wollte, musste ich den Verstand verlieren. Es war eine bewusste, kalkulierte Entscheidung, die ich ganz allein im Dienst der Wissenschaft fällte. Leider hat das niemand verstanden.«

Er verlor seine Arbeit und wurde in die Psychiatrische Klinik eingeliefert. Vor zehn Jahren übersiedelte er ins Altersheim Abendruh, wo er seither auf seinem riesigen Schiffbett thronte und Tag für Tag kleine Zettel, die über die ganze Deckenlandschaft verstreut waren, mit seiner winzig kleinen Schrift bedeckte. Niemand durfte diese Mikrogramme lesen, doch wies Herr Gustav gerne darauf hin, dass seine Arbeit, sobald abgeschlossen, eine Revolution auslösen würde.

An diesem Morgen hatte er Anatol eine SMS geschrieben. Das Handy war seine neuste Entdeckung. Seit einiger Zeit traf man ihn zu jeder Tages- und Nachtzeit, wie er angeregt in irgendeiner slawisch klingenden Sprache telefonierte. Als ihn Anatol fragte, ob das nicht sehr teuer sei, antwortete er triumphierend:

»Man muss eben das richtige Abo haben.«

»Di Wahrh brauc dein Hilf«, hatte in der SMS gestanden. Er versuchte beim Schreiben immer möglichst viele Zeichen zu sparen. »Zeichen sind das Gold unserer Zeit«, pflegte er zu sagen.

Als Anatol ins Zimmer trat, saß Herr Gustav in Anzug und Krawatte auf dem Bett und nippte selig Champagner aus einer Champagnerflöte. Die Flasche stand auf dem Nachttisch neben dem Gebiss, das er nur noch an Weihnachten und Allerheiligen trug, und war schon fast leer. Überall im Zimmer glänzten versilberte Tabletts mit appetitlichen Häppchen: Hackfleischbällchen, mit Speck ummantelte Pflaumen, gefüllte Paprika, dazu gab es wahlweise Orangensaft oder Mineralwasser.

»Das ist der standardgemäße Umtrunk, der an der Universität zu jedem feierlichen Anlass, sei es eine Masterfeier, sei es die Emeritierung eines Kollegen, sei es die Trauerfeier für den unterdessen verschiedenen Kollegen, seit Jahr und Tag aufgetischt wird. Ergänzt von der immer gleichen Bach-Fuge, die von einem farblosen Cellisten angestimmt wird.«

»Fehlt nur der farblose Cellist«, meinte Anatol anerkennend.

»Wieso?«

Da erst entdeckte Anatol hinter all den Silbertabletts in

der Ecke einen kleinen Mann mit mausgrauem Gesicht, der versunken auf einem Cello spielte. Beeindruckt setzte er sich auf den Besucherstuhl an Herrn Gustavs Bett und nahm ein Glas Champagner in Empfang. Sie stießen an.

»Gibt es was zu feiern?«

»Ich habe meine Arbeit abgeschlossen.«

Wie auf Geheiß wechselte der Cellist das Thema und begann eine besonders triumphierende Musik zu spielen. Herr Gustav fuhr feierlich fort:

»Ich habe nie daran gezweifelt, dass ich die Wahrheit eines Tages finden würde. Nun stehen wir an der Schwelle einer Revolution und dürfen euphorisch aufatmen. Die Zukunft wird eine andere sein. Das ganze Leben wird ein anderes sein.«

Beschwingt angelte sich Herr Gustav eine Pflaume im Speckmantel. Er aß normalerweise kein Schweinefleisch, doch wo er gerade die Zukunft der Welt verändert hatte, durfte er ruhig mal eine Ausnahme machen.

»Ich gratuliere«, sagte Anatol. »Worum geht es genau?«

»Pilze«, sprach Herr Gustav mit vollem Mund.

»Bitte?«

Selbst der Cellist schien ungläubig hinzuhören. Die Musik war ein Spürchen leiser geworden und man konnte sehen, wie unter dem spröden Grauhaar ein feuerrotes Öhrchen hervorlugte.

»Schon lange wissen wir, dass die Pflanzen miteinander kommunizieren. Bäume sind keine Egoisten, die nur für sich selber schauen. Über ihre Wurzeln interagieren sie unterirdisch. Das ist wie ein riesengroßer Marktplatz, auf dem permanent Dinge getauscht werden.«

»Mineralien«, warf Anatol streberhaft ein. Sowohl Herr Gustav als auch der farblose Cellist bedachten ihn mit einem zurechtweisenden Blick.

»Den Pilzen kommt dabei eine besondere Funktion zu. Sie stellen das Netzwerk bereit, über das die Pflanzen miteinander kommunizieren können. Man muss sich das wie Facebook vorstellen. Die Pilze sind das Facebook der Pflanzen.«

Stolz wiederholte er den Satz so lange, bis Anatol verstand, dass er ihn offenbar notieren sollte.

»Ich habe nichts zum Schreiben dabei«, gestand er kleinlaut.

Der Cellist schüttelte enttäuscht den Kopf.

»Dann nimm doch einfach das Handy«, empfahl Herr Gustav nachsichtig lächelnd. Anatol tippte den Satz ins Gerät und Herr Gustav fuhr fort.

»Der Mensch hat sich immer mehr von der Natur entfernt«, verkündete er und zeigte demonstrativ auf den tippenden Anatol. »Statt in kooperativer Weise mit anderen Lebewesen zu leben, isst er sie lieber auf. Ein großes Problem ist, dass der Mensch, anders als die Pflanzen, nicht zu wissen scheint, was er braucht. Was braucht der Mensch?«

Die Frage ging an Anatol.

»Anerkennung?«, versuchte er es in Erinnerung an ein Proseminar.

Herr Gustav und der Cellist wechselten vielsagende Blicke.

»Der Mensch hat den Bezug zu sich selbst verloren. Er ist grotesk geworden, wie Rabelais' *Gargantua*: Er hat einfach nie genug. Doch kann er nichts dafür. Er hat gar keine Möglichkeit, herauszufinden, was er tatsächlich braucht. Und hier kommt mein pathologischer Wahnsinn ins Spiel. Was wäre, wenn es uns gelänge, den Menschen an das Netzwerk der Pilze anzuschließen? Wenn er ein Teil dieses Marktplatzes würde und nur noch jene Ressourcen tauschte, die er wirklich zum Leben braucht, in harmonischem Einklang mit allen anderen Lebewesen? Bitte, Maestro.«

Der Cellist wusste offenbar, was nun folgen sollte, denn er stimmte urplötzlich eine romantische Nummer von Schumann an.

»Ich war neunzehn Jahre alt und mit meinem damaligen Schätzchen, Anneliese Kolb, oh, der Lungenkrebs hat sie vor Jahren schon geholt, im Wald spazieren. Wir waren beide verliebt, ich vielleicht ein bisschen mehr. Da waren Pilze. Steinpilze. Wir gingen an ihnen vorbei, noch tiefer in den Wald hinein, wo wir uns küssten und –«

»Ich verstehe.«

»Als wir zurückkamen, es mochte vielleicht eine Stunde vergangen sein, sahen wir wieder das Feld mit den Steinpilzen und wir trauten unseren Augen kaum, denn sie hatten sich unterdessen um das Drei- oder Vierfache vermehrt. Wohin wir auch schauten, überall Pilze, Pilze, Pilze, Pilze.«

Anatol nahm sich ein Glas Orangensaft.

»Ich verstehe«, murmelte er seriös, obwohl er gar nichts verstand. Kurz hatte er geglaubt, gleich so etwas wie das Geheimnis der Rettung der Welt zu hören. Nun schienen es doch wieder nur Narreteien zu sein.

»Seit jenem Tag ahnte ich, dass Pilz und Mensch miteinander kommunizieren. Die Frage war nur, auf welche Art und Weise ihre Kooperation funktionierte. Es hat sehr viel Zeit gebraucht, ich glaubte schon zu sterben, ohne die Lösung gefunden zu haben, dann aber habe ich in den letzten Monaten sensationelle Durchbrüche verzeichnet. Zu verdanken ist das unserem neuen Koch, der in seinem Feldzug gegen das Fleisch den Pilz ganz oben auf die Speisekarte gesetzt hat. Das Ragout vom letzten Wochenende hat die Entscheidung möglich gemacht. Meine Arbeit ist abgeschlossen.«

Feierlich faltete er seine Serviette zusammen. Anatol schaute ihn fassungslos an. Das hörte sich alles etwas unglaubwürdig an. Andererseits hatte er von Pilzen keine Ahnung. So gesehen hatte er also gar nicht die Kompetenz, zu beurteilen, ob sich etwas unglaubwürdig anhörte oder nicht. Vielleicht war in diesem Fall ja gerade die Verrücktheit einer Aussage ein sicheres Anzeichen dafür, dass sie der Wahrheit entsprach. Er sah Herrn Gustavs strahlendes Mumiengesicht, in das sich bereits leichte Züge der Enttäuschung schlichen: Warum tanzte sein Gegenüber nicht wie ein Derwisch durchs Zimmer, wie es nach so einer umwerfenden Nachricht doch angezeigt wäre? Um wenigstens ein bisschen Stimmung zu erzeugen, fing Anatol an zu klatschen.

»Klatsch nicht. Wir sind hier schließlich nicht bei einem Diavortrag.«

Anatol hörte sofort auf.

»Sie wissen also, wie Pilze und Menschen miteinander sprechen können?«

Herr Gustav nickte.

»Und Sie wissen, wie wir auf ihr Netzwerk zugreifen können, um fortan …« Anatol suchte nach einer Formulierung, die feierlich genug war: »… in völligem Einklang mit der Natur und uns selbst zu leben?«

»Es ist eine Revolution«, erinnerte ihn Herr Gustav.

»Wow. Ich gratuliere. Das ist fantastisch. Aber was bedeutet das jetzt?«

»Im Juni findet im polnischen Lodz eine Konferenz der Mykologen statt. Dort will ich die Ergebnisse meiner Arbeit präsentieren, um einen Sturm der Entrüstung auf der einen Seite und unbeschränkten Jubel auf der anderen zu produzieren. Leider bin ich ein, zwei Jahre zu alt für diese Reise. Außerdem bekommt mir das polnische Essen so schlecht. Ich brauche jemanden, der für mich dorthin fährt.«

Er schaute Anatol aufmunternd an.

»Ich?«

»Mein Netzwerk ist nicht mehr besonders groß. Ich kenne mittlerweile fast nur noch Pfleger und Psychiater. Du bist der Einzige, dem ich es einigermaßen zutrauen würde, meine Resultate auf einer wissenschaftlichen Konferenz zu präsentieren.«

»Danke.«

Anatol war geführt. Mehr noch: Er fühlte sich geschmeichelt.

»Keine Angst. Man muss gar nicht besonders intelligent sein. Es reicht, wenn man den Text laut und deutlich vortragen kann.«

»Dann bin ich ja beruhigt.«

»Abgemacht!«

Spätestens jetzt spürte Anatol, dass er etwas Eigenständiges erwidern sollte.

»Ich hab grad so viel um die Ohren«, stotterte er. »Und dieses Familienfest im Juni.«

»Familienfest?«

Herr Gustav spuckte das Wort aus, als hätte er versehentlich statt Champagner einen Schluck Mineralwasser erwischt.

»Meine Großeltern. Goldene Hochzeit. Lange schon versprochen.«

Anatols Großeltern waren seit zehn Jahren tot und vermutlich froh, keine goldene Hochzeit feiern zu müssen, aber Familie war immer eine gute Ausrede.

»Familie? Wir reden hier davon, dass die Art und Weise, wie wir leben, radikal auf den Kopf gestellt wird, und du willst lieber Kartoffelpüree essen?«

Der Cellist begann ein anklagendes Solo zu spielen.

»Außerdem. Ich hab doch meine Arbeit hier.«

»Pha. Nach deinem Vortrag wirst du diese Arbeit nicht mehr nötig haben. Für uns alle wird ein völlig neues Leben anfangen. Je früher man damit anfängt, umso besser.«

»Verstehe.«

Herr Gustav mochte ja ein virtuoser Psychotiker sein, wie er sich selber voller Stolz bezeichnete. Er war aber auch uralt und seine Gesundheit hing an einem seidenen Faden. Man musste aufpassen, ihn so wenig wie möglich zu verärgern, denn jede Aufregung konnte das Ende bedeuten.

»Ich wäre so gerne dabei, nur ...«

»Selbstverständlich wirst du nicht leer ausgehen.«

Herr Gustav zeigte auf seine Leihbibliothek.

»Das wird mal alles dir gehören.«

Anatol betrachtete die modrigen Bände.

»Vielen Dank, das ist wirklich überaus großzügig von Ihnen.«

»Von dir!«, verbesserte Herr Gustav und streckte ihm ein abgemagertes Händchen entgegen. Emotionale Erpressung schien er wirklich meisterhaft zu beherrschen.

»Nach Lodz«, machte Herr Gustav und schaute ihm direkt in die Augen. »Nach Lodz. Nach Lodz. Nach Lodz.«

Offenbar versuchte er, ihn zu hypnotisieren, dachte Anatol und schloss schnell die Augen. Doch Herr Gustav ließ sich davon nicht beeindrucken und machte unbeirrt weiter:

»Nach Lodz. Nach Lodz. Lodz.«

»Es geht leider nicht.«

»Warum nicht?«

»Ich bin dann in New York.«

6

So ganz gelogen hatte Anatol nicht. Auch wenn er nicht unbedingt die Wahrheit gesagt hatte. Die Wahrheit war, Anatol wollte weg. Seit er sein Studium abgeschlossen hatte, träumte er davon, wegzugehen, ein anderes Leben zu leben, ein anderer Mensch zu werden, oder vielmehr: wirklich und wahrhaftig ein Mensch zu sein. In letzter Zeit war diese Sehnsucht immer stärker geworden, denn er war mittlerweile fünfunddreißig Jahre alt und damit in einem Alter, in dem man nicht mehr länger als Jungautor oder Nachwuchshoffnung galt, gleichzeitig war man noch zu jung, um als Altmeister durchzugehen. Es begannen jetzt die zähen Jahre, an denen sich so viele die Zähne ausbissen. Statt weiter von ihrer kärglichen Kunst zu leben, wurden sie Lehrer, was immer noch besser war als depressiv. Manche wurden natürlich auch beides. Dass Menschen in Anatols Umfeld zur selben Zeit mit ihrer Karriere so richtig durchstarteten, machte es auch nicht einfacher, wobei mit Menschen in seinem Umfeld niemand anderes als sein bester Freund und größter Rivale

Max gemeint war. Sie hatten zusammen studiert, und lange Zeit war ihre Konkurrenz rein literarischer und völlig spielerischer Natur gewesen. Sie duellierten sich darum, wer mehr Bücher besaß, wobei sie stundenlang darüber streiten konnten, ob Reclam-Ausgaben überhaupt als Bücher gewertet werden durften. Sie wetteiferten, wer mehr Klassiker gelesen hatte, wobei es zu größerer Ehre gereichte, wenn man vergriffene, vergessene, verschollene Meisterwerke per Zufall im Hinterzimmer eines Antiquariats in einer Kiste voller Kochbücher entdeckte und mit bebender Stimme davon berichtete. Sie lernten Gedichte und Aphorismen auswendig, und als sie realisierten, dass sie stärkeres Geschütz benötigten, gingen sie zu philosophischen Traktaten über. Beide schrieben sie. Max zeigte keinen großen Ehrgeiz, aber Anatol verfasste schon während des Studiums unzählige Kurzgeschichten und Romananfänge. Er gab Max alle zum Lesen, der sie manchmal lobte, manchmal zerriss. Irgendwie war klar, dass Anatol der Schriftsteller von ihnen beiden war, der am Anfang einer sicherlich gloriosen literarischen Karriere stand. Max würde irgendetwas anderes werden. Kritiker, zum Beispiel. Das konnte er wirklich gut.

Nach dem Studium verloren sie sich etwas aus den Augen. Anatol schrieb seinen ersten Roman, für den er nach langer Suche tatsächlich einen Verlag fand. Einen ziemlich kleinen und sonderbaren zwar, dessen Bücher nur in Spezialbuchhandlungen zu bekommen waren. Aber immerhin. Er hatte es geschafft. Das zumindest glaubte er, bis ihn sein alter Freund Max anrief und ihm mitteilte, ebenfalls einen Roman geschrieben zu haben. Und nicht nur das: Auch sein Roman wurde publiziert, aber nicht etwa bei einem skurrilen Nischenverlag, der sich hauptsächlich mit der Herstellung von Trauerkarten finanzierte, sondern bei einem namhaften Traditionshaus. Wer hier veröffentlichte, hatte es wirklich geschafft. Max hatte es wirklich geschafft. Sein Roman war eine Mischung aus philosophischem Essay, Wanderbericht und Science-Fiction, in dem tiefgründiges Nachdenken über den Klimawandel und die ökologische Verantwortung des Menschen zu einer erstaunlich süffigen Lesbarkeit fanden. Das Buch wurde ein Bestseller. Alle lasen es. Alle außer Anatol. Zwar hatte ihm Max das Buch mit einer sehr liebevollen persönlichen Widmung zugeschickt, doch er schaffte es einfach nicht über die ersten fünf Seiten hinaus. Eifersucht. Widerliche, kleingeistige Eifersucht, nichts anderes als das verhinderte ein Weiterlesen. Natürlich ließ er sich keine der phänomenalen Rezensionen entgehen und natürlich sah er unter physischen Schmerzen jene Literatursendung, in der das Buch von einem Kritiker als »eines der wichtigsten des Jahres, wenn nicht gar des Jahrzehnts« bezeichnet wurde. Natürlich bekam Anatol auf Facebook das neue, aufregende Leben seines Freundes hautnah mit: Er war dabei, als Max für eine Reportageserie durch China reiste. Er war dabei, als Max seine Lesetournee durch Südamerika wegen politischer Unruhen unterbrechen musste, und er war dabei, als Max die Tournee kurzerhand in eine atemlose Politreportage vor Ort ummodelte. Er bekam mit, wie Max eine Podiumsdiskussion in Berlin entnervt abbrach, da es, wie er danach in einem sehr zornigen Post schrieb, im

Moment Wichtigeres zu tun gebe, als zu diskutieren. Er las nicht nur eine Nachricht, die Max auf Arabisch gepostet hatte, sondern übersetzte sie auch mühsam mithilfe eines Wörterbuchs. Dabei fand er heraus, dass sie nicht den geringsten Sinn ergab.

Anatol bekam auch mit, wie Max, offenbar am Ende seiner Kräfte, bekannt gab, sich für drei Monate in einer Tinnitus-Klinik behandeln und in dieser Zeit gänzlich auf Facebook verzichten zu wollen – und wie er daraufhin tatsächlich verschwand.

Anatol hatte sich immer wieder für Stipendien und Auslandsaufenthalte beworben, bislang war jedoch nie etwas daraus geworden. Und man konnte wirklich nicht behaupten, er wäre dabei besonders wählerisch vorgegangen. Er bewarb sich für alles, was auch nur irgendwie infrage kam. Wenn es verlangt wurde, war er Krimiautor oder schrieb Kinder- und Jugendbücher, war Verfasser von historischen Romanen, Fantasy, Märchen, lokaler Geschichte oder Sachbüchern zum Thema Wein oder Elektronik. Hauptsache, sie ließen ihn ziehen. Doch bis anhin hatte ihn niemand ziehen lassen wollen und einfach so zu gehen erschien ihm wie Betrug. Selbstbetrug. Also blieb er.

Seit ein paar Wochen schöpfte er jedoch Hoffnung. Er hatte sich für ein halbjähriges Atelierstipendium in New York beworben. Max hatte ihn darauf aufmerksam gemacht, der sich zunächst selber bewerben wollte, wegen der Tinnitus-Behandlung jedoch verzichten musste. Da ihm die Gönnerhaftigkeit seines Freundes unerträglich schien, wollte Anatol erst nichts davon wissen, musste sich dann aber eingestehen, wie lächerlich das war: Er wollte unbedingt nach New York. Also reichte er seine Bewerbung ein.

Vor ungefähr zwei Wochen traf er bei einer Theaterpremiere einen bekannten Verleger, der in der Jury für das Atelierstipendium saß. Der Mann war schon etwas angetrunken und in seiner überschwänglichen Stimmung verriet er Anatol, wie angetan sie von seiner Bewerbung waren. »Wenn ich du wäre, würde ich schon mal die Koffer packen«, rief er ihm zum Abschied nach.

Seither sah sich Anatol in Gedanken immer häufiger durch die Straßen New Yorks wandeln. Natürlich gab es keinen Vertrag. Niemand hatte ihm bestätigt, das Stipendium zu bekommen. Alles, was er hatte, war das Gerede eines Betrunkenen. Doch in Zeiten der Dürre konnte auch das ungemein tröstlich sein. Und als er neulich mit Max telefonierte (Telefongespräche waren in der Klinik erlaubt, sofern man sich in gedämpftem Tonfall unterhielt und auf Schreie, Juchzer und dergleichen verzichtete), erzählte er ihm prompt, das Stipendium bekommen zu haben.

»Du gehst nach New York?«

»Ja.«

Manchmal musste man der Wahrheit eben Beine machen. Anatol wollte so sehr weg, dass er es in Gedanken bereits war. Darum hatte er Herrn Gustav absagen müssen. Er konnte nicht nach Lodz fahren und über das Facebook der Pilze referieren; er war ja schon in New York.

Allerdings war es nicht so einfach, an New York zu denken, wenn man den Hexenkessel betrat. Im Keller des genossenschaftlich betriebenen Restaurants gab es eine kleine Bar mit von unzähligen anarchistischen Hinterteilen zersessenen Hockern, für die selbst das Wort »museal« noch eine Ehre gewesen wäre. Obwohl sich Anatol beim Hereinkommen wie immer den Schädel am Türrahmen aus Stein gestoßen hatte, erkannte er sogleich die zusammengesunkene Gestalt mit dem schneeweißen Haar, das geradezu feengleich über einer himmelblauen Jeansjacke schwebte. Man sah sofort: Dieser Mann gehörte nicht hierher. Und das, obwohl – oder vielleicht gerade weil – er sich als Einziger der hier Versammelten die Erinnerungen eines legendären linken Alt-Bundesrats bis zum Ende angehört hatte. Es war ein Hochrisikospiel gewesen, seinen Vater in diesen Keller voller junger Autonomer zu lotsen – und ein Blick in sein Gesicht, das gleichzeitig geschockt und genervt aussah, zeigte, dass es schiefgegangen war. Aber schließlich hatte sich sein Vater in den letzten Jahren, vor allem nach seiner Pensionierung, immer mehr politisiert. Es war ja nicht nur das Hörbuch. Da waren die Demos und die Fahnen, die er bei jeder Gelegenheit aus dem Fenster hängte wie andere Leute ihre Unterhosen, und vor allem waren da die Artikel. All diese Artikel, die er in linken Zeitschriften und Internetportalen fand und mit flammenden Betreffen wie »Unerhört«, »Skandalös« oder »Das kann es doch nicht sein« an seinen Sohn weiterleitete. Eine halbe Stunde später griff er jeweils energisch zum Telefon und rief besagten Sohn an: »Hast du meinen Artikel gelesen?« Er hatte diese »Unerhört«-Stimme. Und sagte »meinen Artikel«, als hätte er ihn selber geschrieben. Tatsächlich schrieb er Leserbriefe, die jedoch nie abgedruckt wurden, was er als Auszeichnung ihrer provokativen Sprengkraft und als Aufforderung, noch mehr Leserbriefe zu schreiben, interpretierte. »Sie wollen mich kaltstellen«, meinte er mal, ohne genauer zu erklären, wer mit sie gemeint war und warum man einen pensionierten Schuhverkäufer, der sich für Solarstrom einsetzte, kaltstellen musste.

Alles kippte ins Extreme, als er die Kommentarspalte in Internetforen entdeckte.

»Hast du meinen Text in der *NZZ* gesehen?«, fragte der Vater damals am Telefon mit der Stimme eines Mannes, der gerade mindestens fünfundneunzig Thesen an die Wand genagelt hatte.

Als dann im Herbst die Nominierten für den Buchpreis bekannt gegeben wurden, schrieb er auf der Facebook-Seite der Organisatoren:

»Sehr geehrte Damen und Herren. Ihre Shortlist zeugt entweder von purer Ignoranz oder aber Korruption. Nur so kann ich es mir erklären, warum das mit Abstand spannendste, wichtigste und beste Buch der Saison, *Graues Brot* von Anatol Fern, nicht nominiert wurde. Ich verlange eine Erklärung und verbleibe einstweilen mit erhobenem Zeigefinger. Ihr Heinrich Fern.«

Dass er seine Texte mit der antiquierten Floskel »Sehr geehrte Damen und Herren« begann, empfand der Vater als ganz besonders raffinierten Schachzug. Es war sein Markenzeichen, für das ihn seine Fans liebten.

Diesmal war er aber zu weit gegangen.

»War das wirklich nötig?«, wollte Anatol genervt wissen. So sehen alle, dass du mein Vater bist.«

»Na und? Schämst du dich etwa dafür?«

Genau das Gleiche hatte er ihn schon mal gefragt. Damals war Anatol zwölf gewesen und hatte seinem Vater verboten, zu seinen Tennisspielen zu kommen.

»Ich bezahle deine Tennisstunden. Ich bezahle deinen Schläger und die komplette Ausrüstung, von den vielen Sonderfahrten ganz zu schweigen, und trotzdem darf ich nicht zu den Spielen kommen?«

»Du lenkst mich ab.«

»Annelies Meier lenkt dich nicht ab. Hugo Vollmer lenkt dich nicht ab. Bernhard Studer lenkt dich nicht ab«, fing er an, Namen anderer Eltern aufzuzählen. »Aber dein eigener Vater lenkt dich ab?«

Danach gondelte er melancholisch durch den Garten, schnitt wahllos irgendwelche Sträucher klein und erntete Früchte, die noch gar nicht reif waren. Das ging so lange, bis Anatols Mutter dieses Ein-Mann-Melodrama, das für alle Beteiligten zur Zerreißprobe geworden war, beendete: »Mein Gott, jetzt erlaub es ihm schon endlich, bevor er sich an meinem schönen Kirschbaum erhängt.«

Danach durfte der Vater die Spiele im Auto, das direkt neben dem Tennisplatz geparkt war, verfolgen. Da saß er dann und musste durch die Windschutzscheibe miterleben, wie sein Sohn das Spiel mal wieder frühzeitig aus den Händen gab. Wie würde sich das Blatt wenden, wenn der Vater unmittelbar dabei sein und ihm seine Anfeuerungsrufe und taktisch brillanten Hinweise direkt ins Ohr krähen könnte: Komm schon! Nicht aufgeben jetzt! Longline! Zu null würde der Sohn gewinnen, das stand fest. Stattdessen saß er machtlos im Auto und feuerte das Steuerrad an.

Einmal gelang Anatol ein Punkt mit einem sehr schönen Vorhand-Volley. Vor lauter Freude drückte der Vater auf die Hupe, worauf Anatol prompt den nächsten Punkt verlor. Danach hupte er nur noch innerlich.

Schämte sich Anatol für seinen Vater? Lag es vielleicht daran, dass er anderen Leuten Schuhe verkaufte? Der Vater war Inhaber von Schuhe Dux gewesen. Dux hatte der Name seines Vorgängers gelautet. Beim Versuch, diesen Namen in Schuhe Fern zu ändern, hatte die Kundschaft protestiert. Es sei ja schließlich nur ein Name, hatte der Vater gemeint und war zur alten Bezeichnung zurückgekehrt.

Schuhe Dux war ein Qualitätsgeschäft, das gepflegte Schuhe für den Mann von Welt verkaufte: Schwere Lederbrocken, die in ihrer Unzerstörbarkeit wie mumifiziert und mit ihrer stillosen Unförmigkeit die ideale Ausrüstung für den einsamen Weg über die Erde waren. Monologische Schuhe. Männerschuhe. Während ein paar Saisons hatte der Vater mit Kinderschuhen experimentiert und das Geschäft dabei beinahe in den Ruin gestürzt. Sein Leben war nicht auf Experimente angelegt.

Wenn Anatol seinen Vater im Schuhgeschäft besuchte, sah er ihn, wie er vor dem Kunden auf dem Boden kauerte: Beide Hände – die Hände, die Anatol getragen hatten, mit jener zärtlichen Hingabe, von der die Mutter bei der Trennung behauptete, dass er sie für seine blöden Schuhe aufgespart hätte – um den Fuß eines grobschlächtigen Mannes gewickelt, der gelangweilt auf die sich abzeichnende Halbglatze des Vaters starrte.

»Wo drückt der Schuh?«, fragte der Vater jeweils.

Schämte sich Anatol für ihn, weil er ihn so oft in dieser entwürdigenden Pose gesehen hatte? Wünschte er sich, ihn in der umgekehrten Rolle zu sehen? Wie ein vornehmer Herr thronend auf dem quadratischen Lederschemel, während ein anderer ihn fragte: »Wo drückt der Schuh?«

Tatsächlich war genau das die Frage, die nie jemand dem Vater gestellt hatte: Nicht, als die Mutter ihn verlassen hatte (»Ich will nicht länger von einem Paar Wildlederschuhe, Größe 42, in den Schatten gestellt werden.«), und auch nicht, als er gezwungen war, Schuhe Dux wegen ausbleibender Kundschaft vorzeitig zu schließen (erst starb der Mann von Welt und dann starb der Schuh für den Mann von Welt). Kein Wunder, dass er voller unerlöstem Schmerz war. Kein Wunder, dass er Kochbuchautoren auf Facebook dafür attackierte, missverständliche Angaben zum Niedergaren zu machen. Genau das hatte sich Anatol gesagt und beschlossen, dass mal wieder Zeit war für einen gemeinsamen Vater-Sohn-Ausflug. Was aber machte man bei einem typischen Vater-Sohn-Ausflug? Fischen? Baseball? Nein, entschied Anatol. Als Zugeständnis an die neu entfachte Che-Guevara-Seite seines Vaters wollte er ihn zu einem Punkkonzert im autonomen Hexenkessel einladen. Außerdem würde Bernadette auch da sein. Mit anderen Worten: Es würde ein gemütlicher Abend mit den Menschen, die er liebte.

Als ihm sein Vater erleichtert entgegensprang, sagte sich Anatol, dass sie vielleicht doch besser fischen gegangen wären.

»Was für eine Stimmung«, rief der linksgedrehte Schuhverkäufer, so als befänden sie sich nicht in einem miefigen Kellerclub, sondern im Zielraum der Lauberhornabfahrt. Tatsächlich schien er sich schon viel besser zu fühlen, die panische Fratze war einem Ausdruck konzentrierter Gelassenheit gewichen, wie er sie auch bei mittelmäßiger Gartenarbeit oder während des Wetterberichts trug.

»Jetzt genehmigen wir uns aber ein schönes Kühles«, trompetete er. Das Bier war lauwarm und nicht besonders schön. Das hielt ihn jedoch nicht davon ab, weiterhin die Rolle eines Mannes zu spielen, der es sich schmecken ließ.

»Männer trinken Bier«, dröhnte er durch das Lokal, damit diese faszinierende Neuigkeit auch möglichst alle hören konnten.

»Und was ist mit Frauen? Trinken die etwa kein Bier?«, wollte eine junge Frau wissen, die direkt neben ihnen an der Bar gerade drei große Bierbecher abholte.

»Doch. Die auch. Frauen auch.«

»Danke schön«, meinte sie und zog ab.

Der Vater schaute ihr zufrieden nach. Dieser Abend entwickelte sich immer mehr nach seinem Geschmack. Bereits hatte er eine interessante Diskussion mit der anwesenden Jugend geführt und sich dabei als Feminist und Frauenrechtler positionieren können. Zur Belohnung riskierte er einen gewaltigen Männerschluck von seinem großen Kühlen. Dabei entdeckte er das gerahmte Lenin-Bild an der Wand hinter der Bar.

»Lenin«, bedeutet er Anatol. Es klang wie: der auch hier.

Und nun beobachtete Anatol etwas beinahe Unfassbares: Sein Vater fing an zu tanzen. Das heißt, es war kein wirkliches Tanzen, es war vielmehr eine Art Phantomtanz, bei dem er kaum merklich die Schultern hin und her bewegte, als wolle er eine imaginäre Fliege abschütteln, die auf seinem Rücken gelandet war. Diese Art Phantomtanz machte er nur, wenn er ganz besonders gute Laune hatte oder enorm betrunken war, was beides so gut wie nie vorkam. Es war also ein geschichtsträchtiger Moment. Und nach wenigen Sekunden auch schon wieder vorbei.

»Diese jungen Leute wissen, worauf es ankommt«, erklärte er. Worauf er demonstrativ auf seine Brusttasche tippte.

»Was ist denn in dieser Brusttasche?«, fragte Anatol.

»Ein Brief.«

»Ein Leserbrief?«

»Ein Brief von Bettina.«

Damit zog er den Brief wie ein dilettantischer Zauberkünstler aus der Brusttasche und legte ihn zufrieden auf die Theke.

»Und wer ist Bettina?«

»Wir treffen uns seit zwei Wochen.«

Der Tonfall passte definitiv nicht zum Inhalt. Es klang, als wenn es sich um einen Brief von der Steuerbehörde handelte.

»Du hast jemanden kennengelernt?«

»Ja und nein.«

»Wieso nein?«

»Wir sind noch nicht zusammen.«

»Das braucht natürlich Zeit. Aber sie schreibt dir offensichtlich Briefe.«

»Ja.«

Als wäre damit alles Relevante über den Brief gesagt, steckte er ihn wieder ein. Offenbar hatte er ihn als eine Art Beweisstück, weniger für andere als für sich selbst, eingepackt. Das hier passierte wirklich. Er hatte eine Frau kennengelernt, die ihm Briefe schrieb. Liebesbriefe noch dazu.

Das war nur schon deshalb ziemlich spektakulär, da er geschworen hatte, sich nie wieder auf eine Frau einzulassen.

»Und auf einen Mann?«, hatte Anatol damals gefragt.

»Auch nicht. Ich will jetzt für den Rest meines Lebens alleine bleiben. So ist es am besten«, hatte er verkündet und demonstrativ ein Magazin mit dem Titel *Mein Leben – Mein Garten* aufgeschlagen. Und jetzt, fünf Jahre später, war plötzlich eine Bettina in sein Leben getreten.

»Und was macht Bettina?«, wollte Anatol wissen.

»Sie ist recht groß.« Und dann, nach einer Denkpause: »Sie arbeitet beim Tiefbauamt.«

»Romantisch.«

»Alles ist noch ganz frisch und neu. Aber unter uns …« Er dämpfte die Stimme, als hätte unterdessen der ganze Keller seine autonomen Gespräche eingestellt, um auch ja kein Detail der verruchten Liebesgeschichte zu verpassen.

»Wir chatten bis tief in die Nacht.«

»Gratuliere.«

Triumphierend sah Anatols Vater über die Köpfe der jungen Anarchisten hinweg. Der Fall war klar: Er war hier nicht nur der Mann mit dem progressiven Gedankengut, sondern auch der Playboy vom Dienst mit dem sündigen

Liebesregister und den Chat-Gesprächen bis nach Mitternacht.

»Und was ist mit dir?«, fragte er, womit sich an diesem Abend bereits die nächste Premiere ereignete: Sein Vater fragte ihn nach seinem Liebesleben. Das einzige Mal, als etwas ansatzweise Vergleichbares geschehen war, war Anatol dreizehn gewesen und hatte ein Mädchen aus seiner Klasse nach Hause eingeladen, um mit ihr ein Referat über Wildbäche vorzubereiten. Als das Mädchen gegangen war, fragte ihn der Vater: »Geht sie in deine Klasse?«

»Ja«, sagte Anatol.

Und das wars.

Jetzt aber waren sie älter und erfahrener. Trotzdem waren sie beide unmittelbar nachdem der Vater sich erkundigt hatte, schockiert. Nicht nur Anatol, auch sein Vater musste noch mal einen großen Schluck Bier nehmen. In diesem Augenblick rempelte ihn jemand von hinten an, worauf er die Hälfte des Biers auf seine Jeansjacke verschüttete. Danach ging es nur noch bergab. Um seine Jacke zu waschen, verschwand er auf der Toilette. Als er zurückkam, hatte er diesen leicht irritierten Gesichtsausdruck: »Die haben hier keine getrennten Toiletten.« Es handelte sich nur um eine Kleinigkeit, doch genügte sie, damit die Welt für ihn plötzlich zu einem feindlichen Ort wurde. Er tanzte nun nicht mehr, weder äußerlich noch innerlich, und wirkte plötzlich alt und müde. Er bewegte sich unsicher und tastete immer wieder seine Jackentaschen ab, wie um zu kontrollieren, dass auch nichts gestohlen worden war. Als die Band anfing, ihren krachend lauten Punkrock zu spielen, wirkte er endgültig wie ein

Mensch, der nur noch eines wollte: nach Hause. Der Form halber tat er sich noch zwei Lieder an, dann verabschiedete er sich mit der Ausrede, er habe ganz vergessen, dass heute ja Waschtag sei.

Anatol schaute ihm betroffen nach. Sein Vater tat ihm leid, denn er wusste genau, was in ihm vorging. Auch er ließ sich leicht aus dem Konzept bringen und hatte danach das Gefühl, die ganze Welt habe sich gegen ihn verschworen. In solchen Momenten fragte er sich, ob diese Angst vor Veränderungen und seine Unfähigkeit, souverän auf sie zu reagieren, der Grund waren, wieso er mit seinem Leben einfach nicht vom Fleck kam. Und plötzlich hatte er wieder das Bild seines Vaters im Schuhladen vor sich, der dem Kunden zu Füßen kniete: Wo drückt der Schuh?

Da entdeckte er Bernadette. Sie stand neben der Bühne vor dem Eingang zum Backstage-Bereich und machte seltsame Handzeichen in seine Richtung. Offenbar wollte sie, dass er zu ihr käme.

»Ich bin gleich wieder da«, sagte er zu seinem alten Ich, das er in diesem Augenblick hinter sich zu lassen gedachte.

Auf dem Weg zu Bernadette ermahnte er sich, nicht zu euphorisch zu fliegen. Niemand mochte den Anblick eines Menschen, dem die Bedürftigkeit aus allen Poren triefte. Er musste das Tempo drosseln und den Eindruck erwecken, als ginge er nicht zur Frau seiner Träume, sondern zu einem Stuhl, einer Lampe oder einem Medizinschränkchen. Doch als er bei ihr angekommen war, geschah etwas Überraschendes: Sie umarmte ihn. Er spürte einen leichten Würgereiz des Glücks, als sie ihre kräftigen Arme um seinen Hals schlang.

»Da bist du ja. Ich freue mich so, dass du gekommen bist«, rief sie.

Anatol erinnerte sich an die Aufforderung von Herrn Malz, dass es ein vielfältiges und interessantes Gespräch zu führen galt.

»Ich freue mich auch«, sagte Anatol und hoffte, es wenigstens interessant betont zu haben.

»Vielen, vielen Dank.«

Anatol verstand nicht so recht, wofür sie sich bedankte. Aber vielleicht war sie ja einfach froh, inmitten all der gleichgeschalteten Autonomen einen unabhängigen Geist anzutreffen. Vermutlich hatte sie einen schwierigen Abend hinter sich und alles, was sie jetzt brauchte, war die Gesellschaft eines Mannes, der für seinen großzügigen Humanismus bekannt war.

»Ich bin da«, bestätigte Anatol.

»Einfach super, dass du das anbietest.«

»Das würde doch jeder machen.«

»Schön wärs.«

Wovon zum Teufel redete sie? Anatol kniff die Augen zusammen, als könne er dadurch besser ihre Gedanken lesen.

Plötzlich meinte er zu verstehen:

»Du meinst die Pilze!«

»Was denn für Pilze?«

Bernadette schaute ihn irritiert an. Auch Anatol wunderte sich, wie er darauf gekommen war. Er sah Herrn

Gustav vor sich, der ihm mit einem Champagnerglas zuprostete und »Meine Arbeit ist abgeschlossen« krähte.

»Ich dachte nur. Bald ist wieder Pilzsaison.«

Bernadette nickte ratlos. Das Thema musste aus der Welt geschafft werden, weshalb Anatol »Pilze sind mir egal« tönte.

»Lass uns abhauen.«

»Das Konzert hat doch erst gerade angefangen.«

Offensichtlich hatte er Angst. Angst vor dieser Frau und ihrer destruktiven Welteinstellung. Man erzählte sich, sie hätte ihren Ex-Freund regelmäßig zusammengeschlagen. Würde sie mit ihm ähnlich umspringen?

»Die kommen auch ohne uns klar«, meinte Bernadette, nachdem sie einen Blick in den Partyraum geworfen hatte, wo das bereits stark alkoholisierte Publikum, gelangweilt vom Konzert, seine Gespräche wiederaufgenommen hatte.

Sie zündete sich eine Zigarette an.

»Ist das Rauchen hier nicht verboten?«

Es war leider das Grundgesetz seines Lebens: Je freier und fröhlicher sich die Menschen in seiner Nähe gebärdeten, desto mehr wurde er zum Robespierre. Kein Wunder, dass sie ihn früher den heiligen Anatol genannt hatten. Und tatsächlich sah er, wie aus Bernadettes Gesicht eine wutverzerrte Fratze wurde. Sie wird mich schlagen, dachte er. Und sie hat recht. Dann aber geschah etwas Unglaubliches. Ihr Gesicht hellte sich plötzlich auf, als wäre es vom Klang einer Harfe berührt worden, widerwillig zwar, man sah ihr die grausame Anstrengung an, doch am Ende war es geschafft, sie lächelte.

»Du hast recht. Wir werden bei mir zu Hause rauchen.«
»Wir gehen zu dir?«
»Na klar!«
Jetzt lachte sie sogar.
»Ich werde doch mit dir schlafen.«

7

In gewisser Weise hatte sie ihn doch verprügelt. Seine Überraschung war am größten gewesen, als sie in Hausschuhen aus weißem Plüsch am Bett erschienen war. Zu diesem Zeitpunkt leistete er bereits dem Imperativ »Zieh dich aus und leg dich hin« mustergültig Folge. Er war nackt bis auf seine Ganzkörpergänsehaut. Man hätte ihn malen können. Aber wer hätte ihn malen wollen? Bekanntlich war jeder Körper einzigartig, und genau das war das Problem. Wenn es nach Anatol gegangen wäre, hätte der Körper ruhig vom Versandhaus kommen können. Irgendein Standardmodell, Typ Skilehrer, Brusthaar, Bizeps. Die Seele sollte einzigartig sein. Der Körper war wurscht. Der männliche Körper, präzisierte Anatol, dessen gedankenvoller Mund sich direkt auf Höhe von Bernadettes Bauchnabel befand. Er konnte die Wärme ihrer Haut an der Nasenspitze spüren. Sowieso war die Luft im Zimmer sehr trocken, er hatte das Bedürfnis, sich zu schnäuzen, doch man schnäuzte sich nicht, wenn eine Anarchistin in Hausschuhen vor einem stand. Er hätte sie gerne umarmt, aber leider war das nicht möglich, da sie ihn ans Bett gefesselt hatte, also spreizte er einfach begeistert die Zehen.

Offenbar hatte sie viel Marquis de Sade gelesen. Oder Filme mit Chuck Norris gesehen? Sein Vorbild schien eher *Der arme Mann aus dem Toggenburg* zu sein – auch nachdem es ihm gelungen war, seine Fesseln aus Tempotaschentüchern zu zerreißen. Der Weg zur Ekstase war ein schmaler Grat zwischen Leidenschaft und Lächerlichkeit. Und aus irgendeinem Grund schien er stets Letzteres für sich zu pachten. Doch wenn er Bernadette sah, ihren schmalen hellen Körper mit den hervortretenden Schlüsselbeinen und den kleinen Brüsten, schien es ihm unmöglich, dass es so etwas wie die menschliche Lächerlichkeit überhaupt gab. Im Laufe der Nacht gelangte er unter ihre Fußsohlen, konnte jedoch keinerlei Anzeichen von akutem Pilzbefall feststellen. Es war aber auch ziemlich dunkel und es kam ihm ungehörig vor, zu diesem Zweck das Licht einzuschalten. Er atmete heftig, bis sie ihn fragte, ob er Herzprobleme hätte. Von da an behielt er sein Atmen für sich. Sie wiederum suchte lange nach Kerzen, um sengend heißes Wachs über seinen Brustkorb zu träufeln, bis er vor Schmerz schier wahnsinnig würde. »Ich freue mich sehr darauf«, gab er sich unternehmungslustig und gaukelte Betrübtheit vor, als sie anstatt der Kerzen nur eine Taschenlampe fand. Die Dunkelheit verschluckte sie und spuckte sie wieder aus. Ihre Küsse waren wie Besuche einer Gartenbauausstellung, der Koitus wie ein Heißluftballonflug, den man bei einem Preisausschreiben gewonnen hatte. Das Ding flog, doch nicht besonders hoch und man musste aufpassen, nicht die Stromleitungen zu touchieren. Am Ende behielt jeder sein Geheimnis für sich.

Er hatte geglaubt, sie wären schon seit vielen Stunden bei der Sache, doch als er auf die Uhr schaute, stellte er fest, dass es erst kurz vor halb elf war. Ekstase war auch nicht mehr das, was sie mal war. Zumindest bis die Abendnachrichten zu Ende waren, sollten sie noch durchhalten.

Als er am nächsten Morgen aufwachte, saß Bernadette auf einem Stuhl neben dem Bett und zog an einer Zigarette. Der Rauch, den sie ausblies, umhüllte gerade mal ihr rechtes Knie, der rosenfingrige Rest von ihr war nackt, in der Art, wie es Menschen ansonsten nur auf Gemälden flämischer Meister waren.

»Das war ein eindrückliches Erlebnis«, sagte Anatol im Stil eines Auslandskorrespondenten.

»Und wie jedes eindrückliche Erlebnis kommt auch dieses nun zu seinem natürlichen Ende.«

Irgendwie hatte er das Gefühl, dass er wohl gehen sollte. Ihre Körperhaltung schien zu sagen: Nur weil ich nackt bin, muss mich nicht gleich alle Welt nachahmen. Nun sah er auch seine Kleider, die so auf dem Bett ausgebreitet lagen, dass er nur noch hineinschlüpfen musste.

»Soll ich uns noch was zum Frühstück holen?«

Als Antwort nahm Bernadette einen frühstückseigroßen Zug von ihrer Zigarette. Ihre Stimme klang grabestief, als sie zu sprechen anhob:

»Wir haben das alles nicht verdient.«

»Was meinst du?«

»Ich spreche von unseren Gefühlen.«

So sehr sich Anatol freute, Bernadette über Gefühle zwischen ihnen referieren zu hören, so sehr wünschte er sich, sie würde dabei etwas positiver klingen.

Um zu signalisieren, sich des Ernstes der Lage bewusst zu sein, nahm er seine Brille aus dem Gleitcremetöpfchen und setzte sie linkisch auf.

»Es ist nicht richtig, dass wir es uns gut gehen lassen, während es so viel Leid auf der Welt gibt.«

»Aber«, versuchte Anatol ein ganz vorsichtiges Argument, »wenn wir es uns nicht gut gehen ließen, würde das am Leid der Welt ja trotzdem nichts ändern.«

»Das ist genau die Logik eines typischen Kapitalisten. Immer nur ich, ich, ich.« Bernadette war aufgesprungen und zitterte vor Wut. Ihre feuerroten Brustwarzen schienen direkt auf Anatols kapitalistisches Herz zu zielen. Anatol versuchte, sich zu verteidigen:

»Nein. Ich. Also … Was hat denn Liebe mit Kapitalismus zu tun?«

»Liebe ist purer Konsum. Hast du das etwa nicht gewusst?«

»Doch. Schon. Hmm. Könnte man nicht eher von einem Tauschgeschäft sprechen? Wie etwa bei den Pilzen.«

»Warum fängst du eigentlich immer wieder mit diesen verdammten Pilzen an?«

Sie trat wütend gegen ein Paar musealer Unterhosen. Anatol schaute ihrer Flugbewegung nach und machte sich eine innerliche Notiz, noch in dieser Woche neue Unterwäsche zu kaufen.

»Wer liebt, verschließt die Augen vor der Welt. Es gibt

Menschen, die das können« – hier zeigte sie auf Anatol – »ich hingegen kann und will das nicht.«

»Letzte Nacht.«

»Ein Ausrutscher!«

Sie lachte höhnisch, um zu zeigen, wie geringfügig das alles doch war. »Jetzt ist wirklich Schluss.«

Sie setzte sich zu Anatol aufs Bett und begann seinen Arm rhythmisch auf und ab zu streicheln.

»Ich weiß, das ist alles sehr verwirrend für dich. Aber meine Ideale sind mir sehr wichtig.«

»Man kann Ideale doch miteinander verbinden«, schlug Anatol vor.

»Nein«, informierte ihn Bernadette. »Dann sind es keine Ideale mehr, sondern Kompromisse. Und Kompromisse sind der Anfang vom Ende.«

»Ist das so?«

»Ja, und die Liebe ist der schlimmste Kompromiss von allen.«

Bernadette deutete nochmals auf Anatols einschlüpfbereite Kleider. Doch um ihr zu zeigen, dass er, was die Liebe anging, anderer Meinung war, verschränkte er die Arme vor der Brust und blieb demonstrativ nackt. Sie zuckte die Schultern und ging zu ihrer Yogamatte im Nebenzimmer.

Die Wohnung bestand aus insgesamt drei Zimmern, samt Balkon und Dachterrasse. Bernadettes Vater, ein bekannter Jurist, hatte sie für seine Tochter gemietet. »Ich hasse diese Wohnung«, hatte sie erklärt. »Ich würde alles dafür geben, um nicht hier wohnen zu müssen. Leider habe ich keine andere Wahl. Das Allerschlimmste ist die Dachterrasse.«

Ähnlich wie bei der Liebe war Bernadette der Ansicht, dass niemand eine Dachterrasse besitzen sollte, solange es so viel Leid auf der Welt gab – und wenn man unglücklicherweise doch eine besaß, kompensierte man das unverdiente Glück, indem man ganz besonders lautstark darunter litt.

»Ganz bestimmt gibt es bei mir keine hedonistischen Partys auf der Dachterrasse und sowieso achte ich sehr darauf, sie von niemand anderem außer mir benutzen zu lassen. So kann ich das Ausmaß egoistischen Sichgehenlassens wenigstens ein bisschen eindämmen«, hatte sie stolz erklärt.

Anatol trat ins Nebenzimmer, wo Bernadette sich auf der Yogamatte abmühte.

»Kannst du dir bitte etwas anziehen? Langsam wird es übergriffig.«

Anatol ging seine Unterhose suchen und kehrte zur Yogamatte zurück, wo ihn Bernadette mit den merkwürdigen Worten »Du kannst den Hausschlüssel gleich hierlassen, Nerina will heute noch einziehen« erwartete.

Obwohl es ein grammatikalisch völlig korrekter Satz gewesen war, hatte Anatol nichts davon verstanden. Wer war Nerina? Und warum sollte er seinen Hausschlüssel hierlassen?

»Nerina ist die Freundin von mir«, begann Bernadette ihm den Sachverhalt langsam und gereizt zu erklären, als redete sie mit einem Schwachsinnigen. »Die bei dir einziehen wird.«

»Warum?«, stellte Anatol eine seiner Meinung nach völlig berechtigte Frage. Bernadette sah das offenbar anders.

»Was fragst du so blöd? Es ist doch alles zigtausend Mal besprochen. Nerina und ihr Freund Philipp machen gerade eine schwierige Phase durch. Sie braucht Zeit für sich. Da hat dein Freund Max gemeint, dass deine Wohnung sowieso leer steht, da du für ein halbes Jahr nach New York fährst.«

Erschöpft von diesem Erklärungsmarathon brach Bernadette auf der Yogamatte zusammen.

»Aha«, machte Anatol derweil.

Er erinnerte sich wieder an sein Gespräch mit Max, daran, wie er »Ich habe das Stipendium. Ich gehe nach New York« geprahlt hatte. Da gab man mal ein bisschen an und schon standen wildfremde Menschen vor der Tür, um die Wohnung zu beschlagnahmen. Nun verstand er auch, was Bernadette mit »Einfach super, dass du das anbietest« gemeint hatte. Er hatte geglaubt, sie würde sich wirklich freuen, ihn zu sehen, in Wahrheit war sie begeistert gewesen, dass er wegging.

Falls er überhaupt wegging.

»Um ehrlich zu sein: Es ist noch nicht ganz sicher.«

»Wie bitte?«

Hätte er »Übrigens, ich habe Syphilis« gesagt, der Effekt wäre nicht dramatischer ausgefallen.

»Was soll das heißen, es ist noch nicht ganz sicher? Nerina steht mit gepackten Koffern auf der Straße und will einziehen.«

»Das weiß ich«, gab sich Anatol den Anschein eines Mannes, dem man über Nerina nichts erzählen musste. »Aber trotzdem. Geht es nicht etwas gar schnell?«

»Schnell? Verdammt noch mal. Nerina und Philipp

machen gerade eine schwierige Phase durch. Am Wochenende hat Nerina sämtliche Erstausgaben von Philipp aus dem Fenster geworfen. Wir müssen verhindern, dass sie noch mehr Sachen aus dem Fenster wirft, zum Beispiel sich selbst.«

Das waren schlechte Nachrichten. Wollte Anatol seine Wohnung wirklich einem Menschen überlassen, der den Hang hatte, Erstausgaben oder sich selbst aus dem Fenster zu werfen?

»Ich bin ja noch nicht mal in New York«, wagte Anatol einzuwenden.

In diesem Moment klingelte Bernadettes Handy. Sie warf einen Blick aufs Display und schaute Anatol vielsagend an: Nerina.

Seufzend nahm sie ab.

»Nerina? Wo bist du? Auf der Straße?«

Es klang nach Gosse und einem Arm voller Injektionsnadeln.

»Hör mal, es klappt nicht mit der Wohnung. Nein. Ich habe mit ihm geredet. Er will jetzt doch nicht.«

Einen Moment herrschte Stille am anderen Ende der Leitung. Dann konnte Anatol hören, wie eine schrille Frauenstimme ihren ganzen Frust über die verlogenen Männer vom Stapel ließ, sie klang gleichzeitig höhnisch und verletzt, aber auch routiniert und abgeklärt. Man begriff, dass sie diese Wutrede zu Hause häufig, derzeit vielleicht sogar permanent hielt und nur gelegentlich unterbrach, um zur Entspannung ein paar Erstausgaben aus dem Fenster zu werfen.

»Sie weint«, teilte ihm Bernadette mit.

Anatol fand eigentlich nicht, dass Nerina so klang, als ob sie weinte. Aber schließlich weinte ja jeder Mensch anders.

Was sollte er tun?

Am liebsten wäre er einfach gegangen. Doch wie konnte er, wenn Nerina noch immer mit gepackten Koffern auf der Straße stand? Und es war seine Schuld. Warum nur hatte er herumposaunen müssen, nach New York zu ziehen? Weil er selber es nicht mehr erwarten konnte, dass seine Träume endlich real wurden. Nicht der Wohnung hatte sein »per sofort« gegolten, als er Max erzählt hatte, er suche einen Untermieter, sondern dem Wind der Wirklichkeit, der sich endlich und per sofort zu seinen Gunsten drehen sollte. Nun. Der Wind hatte sich nicht gedreht. Er blies ihm nur stärker ins Gesicht.

»Vielleicht«, begann er.

»Warte mal. Er will etwas sagen«, unterbrach Bernadette die Brandrede ihrer Freundin.

»Was?«

»Vielleicht könnte ich ja für ein paar Tage zu meinem Vater ziehen.«

8

Am Nachmittag rief er bei der Kulturstiftung an, die mit der Stipendienvergabe betraut war, und erkundigte sich, ob die Ergebnisse schon bekannt seien. »Sie müssen eben ein wenig Geduld haben«, teilte ihm eine Frau in genervtem Tonfall mit, als rufe er pausenlos dort an. Anatol verabschiedete sich übertrieben herzlich von ihr in der Hoffnung, gerade solche Freundlichkeiten könnten die Jury am Ende positiv beeinflussen.

Seine Laune besserte sich, als Bernadette per SMS den Vorschlag machte, sich am Abend in Anatols Wohnung zum Fondue-Plausch zu treffen. Zwar hatte sie ihm deutlich zu verstehen gegeben, dass sie nicht zusammenpassten, da sie eine altruistische Sozialistin war und er ein egomanischer Kapitalist, doch nachdem es nur einen ganz kurzen Tobsuchtsanfall gebraucht hatte, damit Anatol ihrer Freundin Nerina seine Wohnung überließ, schien sie gewillt, sich die Sache zu überlegen.

Im Grunde war Anatol froh, die Wohnung los zu sein. Er wohnte schon zu lange hier. Sie hatte erst die beste

Zeit seines Lebens miterlebt und danach die schlechteste, und seit ein paar Jahren verharrte sie, genau wie Anatol, im Zustand des Limbos. Vor elf Jahren hatte er sie zusammen mit seiner damaligen Freundin Marta gemietet, und es war ihm später immer als Martas genialster und gleichzeitig diabolischster Schachzug vorgekommen, dass sie es gewesen war, die am Ende ausgezogen war. Damals war es ihm wie ein Akt der Gnade vorgekommen. Mittlerweile erkannte er daran nichts als pure, berechnende Boshaftigkeit. Die Wohnung war eine Falle, eine Endstation, das pure Nichts. Sie war wie ein Zaubertrick: Man betrat sie und verschwand von der Bildfläche. Anatol jedenfalls verschwand von der Bildfläche. Seit langer Zeit hatte er in der Wohnung nichts mehr verändert und hielt sie gerade noch sauber genug, um die Ameisen fernzuhalten – die natürlich trotzdem kamen. Was jedoch bestimmt nicht an der Wohnung lag, wie Anatol sich einredete: Es lag an den Ameisen.

Seine Mutter hatte ihn vor etwas mehr als einem Jahr besucht. Sie machte einen Spaziergang durch beide Räume, von dem sie längere Zeit nicht zurückkehrte. Anatol fand sie schließlich im Schlafzimmer, wo sie gerade mit dem Tatortreiniger telefonierte.

Seit er vom Weggehen träumte, war die Wohnung endgültig zu einem Übergangsort geworden, den er mit derselben nüchternen Gleichgültigkeit behandelte wie überhaupt sein ganzes Leben. Und seit er angefangen hatte, sich für all die Stipendien und Auslandsaufenthalte zu bewerben, standen in seinem Schlafzimmer die ganze Zeit zwei gepackte Koffer bereit, in denen sich alles Nötige befand, um jederzeit für kurz, lang oder auch sehr lang zu verreisen. Das war seine Wohnung: eine Wartebank. Sie war das, was man zurückließ. Das war nicht sein Leben. Er hatte im Moment nur kein anderes.

So war er dann fast schon gespannt, als er am Abend an der Haustüre seiner alten Wohnung klingelte. Ein unwirsches »Was?« erklang aus der Gegensprechanlage.

In der SMS hatte Bernadette geschrieben: »Nerina tanzt vor Freude um den Tisch.« Im Moment klang die Frau jedoch immer noch wie jemand, der sich gleich an Erstausgaben vergreifen würde.

»Ich bins, Anatol.«

»Wer?«

»Anatol Fern.«

Da auch sein voller Name keinerlei positive Reaktion auslöste, ergänzte er:

»Ich wohne hier.«

Die Türe wurde aufgerissen und vor ihm stand Nerina: eine kleine, rothaarige Person, die in einer Latzhose aus Jeansstoff steckte. Völlig überflüssig stand auf der Hose direkt über dem Brustbein in großen goldenen Lettern »I am the boss« geschrieben.

»Komm rein.«

In der Wohnung lag der Geruch von Räucherkerzen und von der verzweifelten Anstrengung, die Räumlichkeiten von allen möglichen unguten Gerüchen zu befreien. Auch sonst hatten bereits einige Änderungen stattgefunden. Anatols geliebter Schreibtisch direkt am Fenster hatte in die Ecke weichen müssen, um einer Gruppe beinahe mannshoher Schlingpflanzen Platz zu machen. Die Stehlampe war raffinierterweise aus dem Schlafzimmer in die Küche verschoben worden, damit man nicht mehr länger gezwungen war, seine Mahlzeiten im Halbdunkeln zu kochen. Außerdem war das Plakat einer Theateraufführung, in der Anatol vor Jahren mitgewirkt hatte, nicht mehr zu sehen. Soweit er das überblicken konnte, waren zumindest die Erstausgaben noch alle vorhanden.

So gleichgültig ihm die Wohnung in letzter Zeit gewesen war, spürte er beim Anblick all der Veränderungen doch einen Stich. Dabei waren es gar nicht die Veränderungen, die im Grunde lächerlich und geringfügig waren, es war das Tempo und die Unbarmherzigkeit, mit der sie vonstattengegangen waren. Elf Jahre hatte er hier gelebt und ein paar Stunden hatten ausgereicht, damit ihm seine Wohnung fremd wurde. Mehr noch: damit er sich selber nicht mehr in ihr wiederfand. Hatte er wirklich all die Zeit hier gelebt? Diese Wohnung sah weder nach ihm aus noch roch sie nach ihm.

»Riecht etwas komisch?«, wollte Nerina wissen, als sie sah, wie Anatol exzessiv herumschnupperte.

Da erinnerte er sich wieder an seine Mission. Er war hier, um seinen Ruf als kapitalistischer Aasgeier ein für alle Mal Lügen zu strafen. Er war kein Kapitalist, er war Sozialist. Ach was. Er war ein Hippie.

Ganz im Sinne von diesem Bekannten Martas, der sie vor ein paar Jahren besucht und sich als Freizeithippie bezeichnet hatte, womit gemeint war, dass er tagsüber in einer Versicherungsfirma arbeitete und abends Marihuana rauchte. »Ich kombiniere auch veganes Essen mit Fleisch«, hatte er ihnen erzählt, stolz, einen Weg gefunden zu haben, die Widersprüche dieser Welt aufzulösen. Außerdem verwendete er die ganze Zeit den Ausdruck »voll easy«, was offenbar der Leitspruch des Freizeithippies war.

»Voll easy«, sagte Anatol also, als ihm Nerina erklärte, dass sie andere Schubladengriffe montieren wolle. Und voll easy war es auch, als sie von ihren Plänen erzählte, die Wände ockergelb zu streichen. Voll easy fand er ihre Idee, einen kleinen Leguan in der Wohnung halten zu wollen, und voll easy lautete die Antwort, als sie ihm von ihrer Schilddrüsenüberfunktion erzählte. Unterdessen vermutete Nerina, dass dieser Mann, der seit einer halben Stunde dieselben zwei idiotischen Worte wiederholte, möglicherweise gerade einen Nervenzusammenbruch erlitten hatte. Nur das ergab Sinn. Warum sonst sollte er einem wildfremden Menschen einfach so seine Wohnung überlassen? Es hieß, er sei in New York, aber warum in aller Welt war er dann hier, mit einer Packung Fondue Moitié-Moitié in der Hand und rief »Voll easy« zum dutzendsten Mal?

Anatol hätte ihr sagen können, dass dies alles wegen Bernadette war. Wo blieb eigentlich Bernadette?

»Hat sie dir nicht geschrieben?«, fragte Nerina erstaunt, als er sie darauf ansprach. »Nein.«

»Sie ist krank.«

»Krank?«

»Sie hat Husten.«

Kurz darauf verschwand Nerina auf der Toilette, nicht ohne unterwegs die Frage aufzuwerfen, ob sie den Handtuchhalter im Badezimmer abmontieren könne, was Anatol mit einem matten »Voll easy« goutierte. Danach schrieb er Bernadette eine SMS: »Gute Besserung.« Die Nachricht gehörte nicht gerade in die Kategorie »Könnte auch aus Shakespeares-Liebessonetten sein«, doch er fühlte sich gerade etwas ernüchtert. Außerdem hatte er keine Ahnung, wo er übernachten sollte. In seiner Vorstellung waren Bernadette und er nach einem orgiastischen Fondue-Plausch Arm in Arm zu ihr nach Hause getanzt. Nun würde er höchstens alleine tanzen. Die Frage war nur, wohin.

»Kann ich heute bei dir übernachten?«, schrieb er seinem Vater.

»Selbstverständlich«, antwortete dieser zwei Sekunden später.

Er schrieb immer sofort zurück, selbst wenn es sich nur um eine versehentlich abgeschickte Nachricht des Inhaltes »rfztgh34mn« handelte. SMS-Freundlichkeit war seine Bezeichnung dafür.

Anatol überlegte. Er würde sich locker eine Woche bei seinem Vater einquartieren können. Auch zwei oder sogar länger, oder warum nicht gleich für immer, sein Vater würde sich bestimmt freuen? Endlich wieder ein Team. Zwei Männer ohne Illusionen, dafür mit SMS-Freundlichkeit.

Als Nerina zurückkam, schlug Anatol vor:

»Sollen wir mal das Fondue machen?«

»Ich habe keine Lust auf Fondue.«

Wie sich zeigte, hatte Nerina an diesem Abend nur Lust, sich mit billigem Weißwein zu betrinken und dabei unentwegt über ihren Freund Philipp zu schimpfen. Sie befand sich in einer gefährlich destruktiven Stimmung, einer Stimmung, wo man anderen nicht vor Freude um den Hals fiel oder gar Anstalten machte, berauscht um irgendwelche Tische zu tanzen. Vielmehr war es diese Art gefährlicher Nihilismus, wo man stets befürchten musste, der Mensch könne gleich aufstehen, um eine Flasche Bleichmittel auszutrinken. Also blieb Anatol, der spürte, dass man Nerina an diesem Abend nicht alleine lassen durfte. Das Fondue war gestrichen, der Wein geöffnet und Philipp betrat die Bühne. Wie bei allen Beziehungsgeschichten war es für Außenstehende beinahe unmöglich, all die kleinen Verletzungen und mikroskopischen Kleinkriege zu verstehen, die der Grund waren, warum man nun hier saß und sein Gegenüber »Ich könnte ihm die Fresse einschlagen« sagen hörte. Ein Ärgernis, auf das Nerina immer wieder zurückkam, schienen die Gutscheine zu sein, die dieser Philipp in seiner männlichen Ignoranz und Einfallslosigkeit ihr zu jedem Geburtstag schenkte. Gutscheine, schrie sie, wie andere Leute »Zyankali« schrien, kurz nachdem sie das Gift in ihrem Drink entdeckt hatten. Spätestens als sie sich im letzten Drittel der zweiten Weinflasche befanden, war aus Philipp, dem Möchtegernmacho und Geschenksdilettanten, endgültig ein sadistisches Monster geworden, das permanent um die Häuser zog auf der Suche nach neuen Gutscheinen, mit denen es seine Freundin schikanieren konnte. Zwar war ihm Nerina immer unsympathischer und Anatol glaubte zu verstehen, warum man das Bedürfnis haben konnte, sie mit Gutscheinen zu quälen, doch da sie nun hier zusammen in seiner Wohnung saßen, schien es ihm nur schon aus geografischen Gründen angebracht, sich rückhaltlos auf ihre Seite zu schlagen. Und genauso entfesselt, wie er zuvor Nerinas Renovierungspläne angefeuert hatte, gab er nun den empörten Philipp-Kritiker, ja Philipp-Feind und Philipp-Jäger, der diesen, hätte er zufälligerweise gerade neben ihm gesessen, im Rahmen eines kleinen Faustkampfes vernichtend zerstört hätte. Nachdem sie die dritte Flasche geöffnet hatten, fand Anatol, dass er allmählich lange genug auf Nerina aufgepasst hatte. Jeder soziale Altruismus hatte Grenzen. Und jeder altruistische Sozialismus auch. War nicht jeder für sich selber verantwortlich?

»Wo willst du hin?«, fragte Nerina, als er sich abrupt erhob. Ihr Tonfall stellte klar, dass er nirgendwohin wollte. Also setzte sich Anatol wieder.

Bei der vierten Flasche änderte sich plötzlich die Narration. Philipp war nun nicht mehr länger der Möchtegernmacho und das Monster, sondern »die große Liebe meines Lebens«, ein »sensibler, hochintelligenter Mensch«, der sie gerettet hatte, »der Einzige, der mich wirklich versteht« und außerdem offenbar eine Granate im Bett. Angesichts dieser erfreulichen Neuigkeiten mutierte auch Anatol vom Feind zum Fan, der davon redete, Philipp unbedingt kennenlernen zu wollen. Als er sich »Ich liebe Gutscheine, es gibt keine bessere Geschenkidee« rufen hörte, realisierte er, dass ein neuerlicher Tiefpunkt erreicht war.

Sie waren bei der fünften Flasche angelangt, einem Glühwein, der bereits seit Monaten offen stand und den sie mit selbstzerstörerischer Beharrlichkeit kalt tranken, als Nerinas Handy klingelte.

»Das ist Philipp«, lallte sie.

»Wie schön«, lallte Anatol zurück und gönnte sich einen extragroßen Schluck.

»Nimm ab. Nimm ab«, kreischte Nerina.

»Wieso?«

»Er darf nicht wissen, dass ich betrunken bin. Na los, jetzt nimm schon ab.«

Also tat Anatol wie befohlen und sagte so nüchtern wie möglich: »Hallo, Philipp.«

»Sie ist bei dir, ich weiß es. Sie ist bei dir, du Arschloch«, röchelte es ihm entgegen.

»Sag ihm nicht, dass ich bei dir bin«, verlangte Nerina, was nicht besonders logisch war, da er ja schließlich mit ihrem Handy telefonierte.

»Sie ist nicht da. Soll ich ihr etwas ausrichten?«

»Natürlich ist sie da. Ich hab sie doch gehört. Ich höre alles.«

Auch Philipp, so schien es, hatte getrunken, und vermutlich keinen Glühwein.

»Ich komm jetzt vorbei und brech dir deine verdammten Beine, hörst du?«

Diese martialische Ankündigung stärkte das Philipp-Bild von Flasche Nr. 2: Der Mann war ein Monster.

»Er hat gemeint, er komme vorbei und breche mir die Beine«, erzählte er Nerina, nachdem das Gespräch abrupt beendet worden war.

»Das stimmt wahrscheinlich. Wenn er getrunken hat, ist Philipp zu allem fähig.«

Trotz allem schwang in ihrer Stimme auch ein wenig Stolz mit.

Da wollte man verhindern, dass jemand aus dem Fenster sprang, und am Ende des Abends fand man sich mit gebrochenen Beinen wieder. Aber war das nicht immer so? Zum Glück wusste der Mann nicht, wo Anatol wohnte.

»Doch. Weiß er. Ich habe es ihm ja aufgeschrieben«, korrigierte Nerina.

»Wenn das so ist, sollte ich wohl besser gehen.«

»Ja. Geh.«

Und so wurde Anatol aus seiner eigenen Wohnung hinausgeworfen. Nochmals drehte er sich um und musterte gedankenvoll die Wände. Bald werdet ihr alle ockergelb sein, schien sein Blick zu sagen.

»Warte. Ich hab noch etwas für dich«, rief Nerina.

Was konnte das sein? Ein Glühwein to go?

Da erschien sie mit zwei handlichen Reisekoffern in den Händen. Fein säuberlich gepackt beinhalteten sie alles Nötige, um jederzeit verschwinden zu können.

»Die kannst du gleich mitnehmen.«

Eine halbe Stunde später torkelte er durch die nächtliche Stadt. Verwirrt. Verwahrlost. Verloren. Der Glühwein gärte in seinem Gedärm und er wusste nicht, wohin. Eigentlich hatte er ja bei seinem Vater schlafen wollen, doch der hatte vor ein paar Stunden geschrieben: »Habe ganz vergessen: Heute ist Bettina-Abend. Brauche sturmfreie Bude.« Dann hatte er die hustende Bernadette gefragt, ob er bei ihr übernachten könne, doch sie hatte nicht reagiert. So lief er einfach weiter. Über zwei Brücken und durch einen Park, bis er vor dem Altersheim Abendruh stand. Er suchte seinen Badge in der Gesäßtasche und öffnete die Tür, nahm den Lift – nichts war trauriger, als um halb vier in der Nacht Lift zu fahren – hinunter in den Keller, wo die Mitarbeiter-Katakomben waren. Dort legte er sich hin, auf die gerippte Holzbank direkt unter seinem Spind, an dem noch immer nicht sein Name stand.

9

Der nächste Morgen war schlimm. Und es waren nicht so sehr der Glühwein, die nächtliche Flucht aus seiner eigenen Wohnung oder die Erkenntnis, dass aus Bernadette und ihm vermutlich nie ein Traumpaar oder überhaupt ein Paar werden würde. »Was fällt dir eigentlich ein, mir um drei in der Nacht eine SMS zu schicken?« Natürlich, es war spät in der Nacht gewesen und sie war krank. Trotzdem klang die Nachricht irgendwie nicht nach dem typischen Anfang einer Liebesgeschichte.

Diese Ereignisse mochten vielleicht irritierend und bedrückend sein, für sich genommen waren sie jedoch auch nicht weiter tragisch. Es war etwas anderes. Anatol fühlte sich leer an diesem Morgen. Die Illusionen waren allesamt zerbröselt, und vor ihm befand sich nichts mehr als die schnöde, deprimierende Wirklichkeit. Seine einzige Hoffnung war New York. Vor lauter Verzweiflung hatte er am Morgen, kurz nach dem Aufstehen, noch mal bei der Stiftung angerufen. »Ich habe Ihnen doch gesagt, Sie müssen sich gedulden«, schimpfte die Dame.

Doch wie sollte man sich gedulden, wenn man das Gefühl hatte, jeden Augenblick zu explodieren? Für eine wirklich dramatische Explosion war Anatol jedoch viel zu gut erzogen. Wie bei allem im Leben zeigte er sich auch beim Explodieren von seiner zurückhaltenden Seite und leise, beinahe stumm, zerriss es ihn, wie Feuerwerk mit ewig langer Zündschnur und fast unhörbarem Knall.

Mittwochs war jeweils Bingomorgen. Anatol übernahm seit Monaten die Spielleitung und war bei den Hausbewohnern wegen seiner fröhlichen Art äußerst beliebt. Für sie war Anatol ein kleines Licht in einem dunklen Raum. Er war wie der Pfarrer, nur dass er statt dem Himmelreich die Bingozahlen verkündete.

An diesem Morgen jedoch verkündete er die Zahlen, als wären es Todesurteile. Angeekelt betrachtete er jede einzelne von ihnen: wieder so ein Stein, den er den Hügel hinaufrollen musste. Er hasste sie. Er hasste Bingo. Die Hausbewohner warfen sich verstörte Blicke zu. Die Forderungen nach Antidepressiva nahmen zu. Wo ein kleines Licht gewesen war, war nun wieder Rabenschwärze. Der Tod senkte sich über den Aufenthaltsraum des Abendruhs und er hatte die Gestalt von Spielleiter Anatol Fern. Schließlich musste eine Pflegerin einschreiten und ihn vom Bingo abziehen.

»Oppenhöven will dich sprechen«, flüsterte sie ihm vielsagend zu.

Oppenhöven empfing ihn in seinem Büro. Er trug wieder oder immer noch die Plakette sowie eine fragende

Miene, die sowohl Besorgnis ausdrückte als auch die Überzeugung, dass jedem Menschen geholfen werden konnte. Fast jedem.

»Anatol«, rief er, als käme dieser gerade von einer Weltreise zurück.

An der Wand hing ein gerahmtes Foto von Oppenhöven und seiner Familie. Wie immer stellte er dem Besucher die einzelnen Personen vor: »Meine Frau. Meine Tochter. Mein Sohn.«

»Guten Tag«, sagte Anatol. Der Glühwein.

»Anatol. Ich mache mir große, große Sorgen.«

Dann biss er herzhaft von dem Sandwich ab, das auf dem Tisch bereitlag, was die vorhergehende Aussage etwas infrage stellte. Vielleicht aß Oppenhöven ja aus Kummer. Vielleicht war er auch einfach ein zu Widersprüchen neigender, mit anderen Worten komplexer Mensch.

»Es geht dir nicht gut«, stellte er mit vollem Mund fest und zeigte erst auf Anatol und danach auf das gerahmte Familienfoto, als wolle er sagen: So sehen Menschen aus, denen es gut geht.

»Eine Erkältung«, nuschelte Anatol.

»Das tut mir leid«, machte Oppenhöven und rollte mit dem Bürostuhl einen halben Meter zurück. Er war ein großer Hypochonder, der vor jeder seiner Visiten im Pflegerinnenzimmer anrief und fragte, ob gerade der Norovirus grassiere.

»Aber ich denke, es ist mehr als nur eine Erkältung«, fuhr Oppenhöven belehrend fort. »Ich denke, wir haben es mit einem grundsätzlichen Problem zu tun.«

Grundsätzliches Problem? Anatol konnte förmlich dabei zusehen, wie sich der formvollendete Nihilismus, der ihn die letzten Stunden begleitet hatte, im Laufschritt aus dem Staub machte und die alten Bekannten namens Feigheit, Panik, Ohnmachtsgefühl zurückkehrten.

»Vielleicht erinnerst du dich an unser Bewerbungsgespräch. Ich habe dir damals gesagt, dass wir hier nur Mitarbeiter gebrauchen können, die nicht permanent mit einer Überdosis Schlaftabletten liebäugeln. Denn genau das macht der Großteil unserer Bewohner ja schon. Unsere Aufgabe besteht darin, den Bewohnern das Gefühl zu vermitteln, dass das Leben einen Sinn hat, auch wenn wir nicht daran glauben. Heiterer Zweckoptimismus. Es geht darum, dem Tod ins Gesicht zu lachen. Und dem Leben auch.«

»Haha.«

»Sehr gut! Davon will ich mehr sehen.«

»Das war aber ironisch gemeint.«

»Solange niemand den Unterschied merkt, völlig egal.«

Anatol schaute nochmals zum gerahmten Familienfoto an der Wand. Plötzlich erschienen ihm die lachenden Gesichter in einem ganz anderen Licht.

»Ich will dir noch eine Chance geben, aber sehr viel Geduld habe ich ehrlich gesagt nicht mehr.«

Anatol stellte sich vor, wie Oppenhöven denselben Satz zu seiner Familie sagte. Was war Familie eigentlich anderes als eine letzte Chance, die man permanent verspielte, und trotzdem blieb sie einem immer erhalten, während man einen Job von einem Tag auf den anderen verlieren konnte?

»Übermorgen haben wir unseren folkloristischen Nachmittag«, holte ihn Oppenhöven ins Jetzt zurück. »Ich möchte, dass du da so richtig in die Vollen gehst.«

Der folkloristische Nachmittag war so etwas wie der gesellschaftliche Höhepunkt im Monat. Jeden letzten Freitag zwischen 14 und 15 Uhr spielte in der Cafeteria eine Ländlerkapelle zum Tanz auf, dazu gab es Kekse, Kaffee und Limonade. Die Stimmung oszillierte, je nach Kaffeemenge, zwischen Schläfrigkeit und Ekstase, wobei auch die Ekstase starke Züge von Schläfrigkeit aufwies. Die meisten Bewohner verlangten schon nach den ersten paar Tönen, dass man sie auf ihr Zimmer zurückbringe. Andere retteten sich sofort in den Tiefschlaf, und dann gab es noch ein paar wenige, die tatsächlich das Tanzbein schwingen wollten, wobei sie für dieses tollkühne Unterfangen zuweilen zuerst ihren Tanzpartner aufwecken mussten. Es war also leichter gesagt als getan, bei einem solchen Anlass so richtig in die Vollen zu gehen, trotzdem bemühte sich Anatol, Oppenhövens Imperativ in die Tat umzusetzen, und füllte die Schalen mit Keksen auf, als wäre dies der Spaß seines Lebens. Singend verteilte er Limonadeflaschen auf den Tischen und während er Bewohner zur Toilette begleitete, platzte er beinahe vor Vergnügen.

Diese Mehrfachbelastung strengte an. Und so war er ganz froh, dass die Ländlerkapelle diesmal aus Krankheitsgründen abgesagt hatte, weshalb er den DJ an der Stereoanlage mimen sollte, eine Aufgabe, die per se schon für gute Laune stand: Er war der Mann, der hier für die Party sorgte. Anatol drückte auf Play. Ein Schwyzerörgeli fegte leicht irr los. Und Oppenhöven schaute anerkennend zu ihm: So habe ich mir das vorgestellt.

Zunächst blieb die Tanzfläche leer – abgesehen von ein paar Pflegerinnen, die im Wiegeschritt über das Parkett schwankten, weniger um zu tanzen, als um die Erinnerung ans Tanzen aufrechtzuerhalten. Alle widmeten sich dem Kaffee, den Keksen und dem Kuchen. Nach einer Weile aber erhoben sich die ersten Bewohner. Es handelte sich um die zierliche Frau Späni und Herrn Grob, der sie um zwei Köpfe überragte und überhaupt ein Koloss von einem Mann war, unbezwingbar, unsterblich. Jedenfalls so lange, bis er zu tanzen anfing und jeder Schritt von der künstlichen Hüfte und all den Schmerzen erzählte, die ihn fest im Griff hatten. Auch Frau Späni wirkte wie die Kopie einer Erinnerung an sich selbst, der sie hier an Ort und Stelle nachtanzte. Doch das war ganz egal, denn mit all dem, was eben nicht mehr möglich war, machten die beiden das Leben selbst erst so richtig sichtbar. Es war rührend und traurig und obwohl er doch in die Vollen gehen sollte, hatte Anatol unvermittelt Tränen in den Augen. Sie alle hier, dachte er, warteten auf den Tod. Die einen warteten, indem sie warteten, die anderen warteten, indem sie tanzten, die dritten warteten, indem sie Sinalco tranken. Auch Herr Gustav, allein in seinem Zimmer, wartete, er wartete mit seinem Wahnsinn, der ihn wohl auch nicht vor dem Ende retten konnte. Und auch er, Anatol, wartete.

Plötzlich stand Frau Schwaninger vor ihm. Frau Schwaninger, für die er immer Luzerner Rahmkäse kaufen musste.

»Jetzt tanzen Sie aber mit mir.«

Er spürte Oppenhövens begeisterten Blick im Rücken, während ihn Frau Schwaninger wie einen Teenager an der Hand auf die Tanzfläche führte. Und da waren sie. Eben noch hatten sie mit Luzerner Rahmkäse gedealt, nun bewegten sie sich zu einem Schwyzerörgeli im Kreis. Es war nicht gerade Kuschelrock, doch ab einem gewissen Alter war eigentlich alles irgendwie Kuschelrock. Anatol konnte nicht tanzen, was sie nicht weiter zu bekümmern schien. Es ging hier um etwas anderes. Um die Bewegung, das Drehen und Halten und überhaupt, das Sein.

»Das Traumpaar des Jahrhunderts«, rief Herr Malz von seinem Rollstuhl aus.

Anatol lächelte ihm zu und glaubte gleichzeitig etwas Ironisches in den Augen des alten Mannes zu erkennen, eine Frage, mehr noch, einen Vorwurf: Das hier ist nicht dein Leben.

Er hatte kein Recht, sich als Pensionist auszugeben. Das hier war nicht sein Tod, auf den er wartete. Erst galt es zu leben, mit all den Schicksalsschlägen, Verwirrungen und Idiotien.

Als er das erkannte, stürzte wieder alles auf Anatol ein: Bernadette, die Wohnung, sein erfolgsloses Schreiben, Max und New York und irgendwo im Hintergrund auch die Pilzkonferenz in Lodz. Und obwohl sie immer noch zusammen tanzten, Frau Schwaninger mit geschlossenen, Anatol mit weit aufgerissenen Augen, und obwohl sich ihre Hände weiterhin hielten, kam es ihm nun so vor, als drehte er sich alleine in einem Kreis, der immer kleiner und kleiner wurde, ein winziger Punkt an einem folkloristischen Nachmittag, der sich kreisend im Universum verlor.

»Lächeln, Anatol«, schrie Oppenhöven. »Lächeln!«

10

Geburtstag hatte man immer im falschen Moment. Es wäre eine große Erleichterung gewesen, wenn man in Jahrgängen der Schwäche und des persönlichen Siechtums den Geburtstag hätte zurückstellen können: »In diesem Jahr nicht.« War es nicht ein schrecklicher Irrtum, dass man nichts leisten konnte und dennoch ein Jahr älter wurde? Wo blieb da die Gerechtigkeit? Alter sollte eine Belohnung sein für Leute, die wirklich etwas erreicht hatten, und nicht eine schnöde Selbstverständlichkeit, die noch dem größten Faulpelz zugutekam. Doch die Zeit kannte kein Pardon. Und nicht nur die Zeit. Auch die Familie.

Traditionellerweise war Anatols Geburtstag der einzige Tag im Jahr, wo sie alle drei, Vater, Mutter, Sohn, an einem Tisch zusammensaßen. Wie die Familie Oppenhöven. Nur weniger grinsend, da ihre Münder vom Verzehr zähen Entenfleisches beansprucht waren. Der Tisch, an dem diese Idylle sich gnadenlos jährte, befand sich im Thai-Restaurant Rössli. Man hatte sich für dieses Lokal vor allem wegen der großen Schnittmenge an Speisen entschieden, die sich mit den Allergien der einzelnen Familienmitglieder vertrugen. Wenn sich jemand nach dem Abend schlecht fühlte, was sehr wahrscheinlich war, lag es jedenfalls nicht am Essen. Apropos Schnittmenge. Gleich zu Beginn bestellte Anatol als Familiensprecher beim Kellner eine große Portion Jasminreis für drei Personen. Dieser Reis, der in einer großen Schüssel in die Mitte des Tisches gestellt wurde, vermittelte ihnen das Gefühl, eine Einheit zu sein, ein Clan, der zusammenhielt, was auch immer geschehen würde. Keine verstreuten Einzelgänger, die mit verwirrter Seele durch ihr Leben taumelten, sondern eine Gemeinschaft, die miteinander durch dick und dünn ging, ein Fleisch, ein Reis, eine Familie. Insgeheim war jeder froh, dass er nur den Reis mit den anderen teilen musste und nicht auch seine Beilagen.

Wie gewohnt bestritt die Mutter den Großteil der Unterhaltung. Sie trug ein feuerrotes Kleid, das wie gemacht war für die VIP-Lounge einer Stierkampf-Arena und trank Martinis, die sie beim Kellner durch ein Schnippen mit den Fingern bestellte. Ihre Gesprächsbeiträge waren als Monologe angelegt. Man durfte jedoch zuhören. Die Titel ihrer Monologe konnten etwa »Aus dem Leben einer knallharten Businessfrau« oder auch »Investieren, Investieren, Investieren« lauten. Als Wahl-Kommunist versuchte der Vater anfangs noch Gegensteuer zu geben, doch war seine »Neoliberale Scheiße« kraftlos und sein »Alles Abzocker« wenig originell und zudem so leise gehaucht, dass es im dominanten Martini-Schnippen der Mutter hilflos unterging. Schließlich verzog er sich auf die Toilette, wo er ewig verweilte. Endlich kam er zurück. Er sah gut aus. Er sah aus wie ein Mann, der die Zeit auf der Toilette zu etwas Fruchtbarem genutzt hatte. Kampfeslust leuchtete aus seinen Augen, Widerspruchsgeist umspielte seinen Mund, und sein Herz schlug im Rhythmus der *Internationale*. Er setzte sich gerade hin und öffnete den Mund, um Lenin alle Ehre zu machen, da sagte die Mutter:

»Du siehst schrecklich aus, lass dich mal untersuchen. Du bist jetzt in einem Alter, wo viele Männer sterben.«

Worauf der Vater den Mund wieder schloss.

Irgendwann erinnerte sie sich an den Grund ihres Beisammenseins.

»Und dann habe ich dich bekommen«, rief sie und zeigte auf Anatol, um alle möglichen Unklarheiten aus dem Weg zu räumen.

»Ich war auch mit dabei«, protestierte der Vater, dessen Durchschlagskraft wieder in den deprimierenden Prä-Toiletten-Modus zurückgefallen war.

»Aber als Zaungast. Geboren habe ich den Kerl ganz alleine. Erzähl Anatol, wo du in der Nacht der Geburt warst. Los, erzähl es ihm.«

Die Spannung hielt sich in Grenzen. Dieses Gespräch wiederholte sich jedes Jahr von Neuem.

»Zu Hause«, sagte der Vater widerwillig.

»Im Bett«, triumphierte die Mutter. »Du hast geschlafen, während ich unser Kind unter irrsinnigen Schmerzen geboren habe. Das Kind war schon auf der Welt und man hat dich zu erreichen versucht, doch du hast das Telefon nicht gehört, so tief hast du geschlafen.«

»Ich habe das Telefon nicht überhört. Du hast ihnen die falsche Nummer gegeben. Eine Autogarage haben sie angerufen. Mein Sohn kommt auf die Welt und als Erstes erfährt es ein Autohändler.«

Die Mutter überging diesen Einwurf.

»Anatol. Solltest du mal Vater werden, sorge unbedingt dafür, dass du bei der Geburt mit dabei sein kannst. Die Glückshormone, die dabei ausgeschüttet werden. Dein armer Vater hat nichts davon abbekommen, darum ist er jetzt so depressiv.«

»Ich bin nicht depressiv!«

»Aber ich bin glücklicher als du.«

Anatol überlegte: War die Mutter glücklich? Sie war vor allem unterwegs. Sie hatte eine Wohnung in der Stadt, doch weil sie nie da war, hatte sie sie mittlerweile ihrer Putzfrau überschrieben. Sie musste immer überall gleichzeitig sein, und es konnte ihr nie schnell genug gehen. Das Leben war zu klein für sie. Und zu eng. Platzangst war ihr Lebensgefühl. Und stets versuchte sie, die Wände um sich herum noch ein Stück weiter zu verschieben, denn noch immer konnte sie nicht frei atmen. Vielleicht war es Distanz, wonach sie sich sehnte. Vielleicht Nähe. Auch ihre Leidenschaften wechselten wie die Rabattwochen im Supermarkt. Mal schwärmte sie vom Autofahren, dann hielt sie Brandreden dagegen. Eines Tages rief sie an: »Ich habe mir ein Fahrrad gekauft!« Eine Woche später erfuhr Anatol von seinem Vater, dass die Mutter mit dem Fahrrad in den Rhein gefallen war. Gefallen oder gefahren. Niemand wusste es so genau. Und vermutlich war beides wahr.

Gab es Männer in ihrem Leben? Gab es Frauen? Auch das war ein Geheimnis. Mal erwähnte sie einen Bruno, ein andermal eine Ricarda. Gemeinsam war all diesen Namen, dass die Mutter sie als Geschäftspartner bezeichnete. Sie liebte dieses Wort und sprach es mit jener verruchten Zärtlichkeit aus, die für gewöhnlich Latin Lovers vorbehalten war. Anatol konnte sich seine Mutter schlecht mit einem solchen Liebes-Geschäftspartner im Bett vorstellen. Aber er hatte sie sich auch schlecht mit seinem Vater im Bett vorstellen können – wofür er dankbar war. Im Grunde konnte er sich seine Mutter nur so vorstellen, wie sie jetzt gerade war: halb betrunken vor sich hin monologisierend, ein Häuflein Familienreis vor sich auf dem Teller.

»Sag mal, gibt es da jemanden in deinem Leben?«, fragte sie und nahm Anatols Hand. Wie immer war er fast erschrocken, wie eiskalt sich ihre Hand anfühlte. Man wollte sofort den Puls suchen, um herauszufinden, ob er überhaupt vorhanden war. Gab es jemanden in seinem Leben? Er dachte an Bernadette und die verschiedenen Ausgehvarianten, die er ihr vorgeschlagen hatte und die sie zunächst ablehnend und dann überhaupt nicht mehr erwidert hatte. Die Antwort wäre also ein klares »Nein« gewesen. Nein, es gibt niemanden, überhaupt niemanden. Doch zuvor hatte der Vater von seinen Beziehungsschwierigkeiten mit Bettina berichtet. Er hatte das Wort »harzig« benutzt, genau wie das Wort »Kommunikationsprobleme« sowie die Floskel »Pause wird uns guttun«. Er hatte so pragmatisch-zerknirscht gewirkt, als erzählte er von einem Tunnelbau, der ins Stocken geraten war.

Offenbar war das ein Talent unter den Männern dieser Familie: Alles Leichte wurde ihnen sofort unsagbar schwer. Was als romantisches Zwitschern begann, hörte sich am nächsten Tag schon wie der Lagebericht aus einem Krisengebiet an. Anatol verspürte eine Art genetischen Überdruss. Darum sagte er:

»Ja, es gibt jemanden, aber ich will nicht darüber reden.«

»Na wunderbar«, ärgerte sich die Mutter. »Ich mache hier mal wieder die Alleinunterhalterin und von eurer Seite schweigt es mir entgegen. Sogar wenn es etwas Interessantes zu erzählen gibt, behaltet ihr es lieber für euch. Ihr seid geizig, hört ihr, und schrecklich langweilig. Was bin ich froh, dass ich damals gegangen bin.«

Jetzt war es Anatol, der aufstand und zur Toilette ging. Und dann saß das nächste männliche Familienmitglied in der engen Kabine und ärgerte sich über seine mangelnde Durchschlagskraft. Wie beim Fußball. Der eine wurde durch den anderen ausgewechselt, doch es änderte nichts am Resultat. Die Mutter hatte recht. Man durfte nicht schweigen, man musste sprechen. Sich wehren. Nur war irgendwann der Moment erreicht, wo die Menschen einen schon so genau zu kennen glaubten, dass sie einem keine Veränderung mehr zutrauten. Jede Veränderung wurde nun nicht mehr als positive Weiterentwicklung verstanden, sondern als bizarrer Bruch mit der Vergangenheit, als Frechheit, ja als Beleidigung. Man war es den Menschen schuldig, der zu sein, der man immer schon gewesen war. Neue Wege waren nichts als Verrat. Neue Gedanken Verrat. Ein neuer Job: schmeckt nach Verrat. Eine neue Frisur: Verrat. Man musste schon einen schweren Nervenzusammenbruch erleiden, damit die Leute sagten: Okay, ich verstehe, er ist durch eine schwere Zeit gegangen. Es bleibt ihm wohl nichts anderes übrig, als sein Leben zu ändern. Im Grunde musste man das Leben bereits verloren haben, damit man es ändern durfte.

Aus Gewohnheit warf Anatol einen Blick auf sein Handy. Jemand hatte ihn angerufen. Die Nummer kam ihm bekannt vor, doch er wusste nicht, woher. Vielleicht ist es wichtig, murmelte er und drückte die Wahltaste.

»Da sind Sie ja endlich«, sagte die Frau von der Kulturstiftung. »Ich versuche schon den ganzen Tag, Sie zu erreichen. Es gibt Neuigkeiten. Die Jury hat eine Entscheidung getroffen.«

Etwas an ihrer Stimme klang beunruhigend. Es erinnerte ihn an seine Schulzeit, an den Tonfall seines Lehrers, wenn er ihm seine Prüfung in Geometrischem Zeichnen zurückgab.

»Und?«, machte Anatol. Er spürte, wie seine Hand zitterte.

»Ja, es ist immer so eine Sache mit diesen Bewerbungen. Es kann halt nur einer gewinnen. Ihre Bewerbung hat der Jury wirklich gut gefallen. Aber wir haben uns für jemand anderes entschieden.«

»Danke«, sagte Anatol ohne Sinn und Verstand.

Danach starrte er auf dem Toilettensitz verharrend wie besinnungslos vor sich hin. Schloss die Augen, öffnete sie wieder. So sah ein Mensch aus, der wirklich keinen Plan mehr hatte.

Schließlich erhob er sich überraschend bestimmt und drückte die Spülung.

Als er zurückkam, stand auf dem Tisch eine Torte mit brennenden Kerzen. Dahinter saßen seine Eltern mit einem breiten Grinsen, das sie eigens für ihn aufgesetzt hatten.

»Happy birthday«, sagte seine Mutter.

»Alles Gute zum Geburtstag«, assistierte sein Vater.

»Ich muss los«, sagte Anatol.

»Wohin?«

Seine Mutter schaute ihn irritiert an, das Grinsen, wiewohl nie ganz echt, verschwand.

»Nach Polen.«

II

Die Nachricht, dass Anatol nach Polen reisen würde, versetzte Herrn Gustav in einen Zustand der Euphorie, der seinen fahlen, zerbröselnden Körper regelrecht lebendig erscheinen ließ. Echtes rosarotes Blut zuckelte den dürren Ast seines linken Oberarmes hinauf und sein kleines zahnloses Gesicht sah im Nu aus wie eine lachende Mandarine. Mit einer schwungvollen, fast schon jugendlichen Geste öffnete er das Nachtschränkchen neben seinem Bett, in dem sich die Minibar befand, und holte eine Flasche gekühlten Champagner heraus. Einen Moment schien er sogar mit dem Gedanken zu liebäugeln, das Gebiss einzusetzen, entschied sich jedoch dagegen, wohl wissend, dass jeder Bruch mit Gewohnheiten den Anfang von Chaos und Verzweiflung bedeutete.

»Ich bin begeistert«, krächzte er mit der Kraft jenes Lungenflügels, der ihm nicht entfernt worden war. »Natürlich habe ich nie daran gezweifelt. Ich wusste, du bist ein kluger Junge, der die Bedeutung meiner Erkenntnisse zu schätzen weiß.«

»Das Facebook der Pilze«, platzierte Anatol, um zu zeigen, wie gut er aufgepasst hatte.

Tatsächlich war er sich überhaupt nicht im Klaren, was er von der Sache halten sollte. Gustav Gustav mochte mal ein renommierter Wissenschaftler gewesen sein, dessen Publikationen über Pilze für Furore gesorgt hatten, doch füllte er auch Unmengen von Karteikarten mit mikrogrammischen Notizen, die, wie Anatol einmal per Zufall gelesen hatte, etwa »Ich liebe den Geruch geschmolzener Butter« lauteten. Andererseits: Warum konnte man nicht eine Vorliebe für revolutionäre Erkenntnisse *und* geschmolzene Butter pflegen?

Herr Gustav zeigte ihm das Programm der Konferenz in Lodz, und tatsächlich, da stand sein Name geschrieben. Am Samstagnachmittag zwischen 16 und 17 Uhr sollte Professor Gustav Gustav über »Das Netzwerk der Pilze« sprechen und die Welt auf den Kopf stellen. Danach gab es eine Kaffeepause.

»Ich werde den Organisatoren schreiben, dass ich krankheitshalber verhindert sei. Mein wissenschaftlicher Mitarbeiter werde mich vertreten. Doktor …?«

Offenbar erwartete Herr Gustav einen Namensvorschlag von Anatol. Er versuchte es mit Anatol Fern.

»Unmöglich. Kein Mensch, der sich mit Pilzen beschäftigt, würde so heißen. Wir brauchen etwas Seriöseres.

»Wie wärs mit Claudius W. Zimmermann?«

»Zu auftrumpfend. Willst du mich etwa in den Schatten stellen? Vergiss nicht, du reist als meine rechte Hand.«

»Wie heißen denn rechte Hände von Pilzforschern?«

»Pass auf, ich sags dir: Tobias Rogg.«

»Aha.« Anatol war wenig begeistert.

»Kommen wir nun noch zu den Geschenken«, rief Herr Gustav relativ überraschend und machte Anatol auf eine schwarze Sporttasche aufmerksam, die prall gefüllt auf dem Schreibtisch lag und aussah, als gehörte sie einem Eishockeyspieler.

»Was ist da drin?«, wollte Anatol wissen.

»Schokolade. Aber nicht für dich«, rief Herr Gustav mit erhobenem Zeigefinger. »Die ist für meine alten Kollegen auf der Konferenz bestimmt. Du wirst sie ihnen überreichen. Sofern sie noch leben.«

»Ist das denn nicht sicher?«

»Sicher ist nur, dass Jean Baptista gestorben ist. Die Geschichte seines Suizids durch den Verzehr eines hochtoxischen Pilzragouts hat damals selbst den Weg in die geschlossene Anstalt der Psychiatrie gefunden. Auch Phil Waddingham ist tot, genauso wie Svenja Kubiceck. Aber Holger Varts könnte noch leben. Er war von uns allen der mit Abstand stärkste Raucher.«

In diesem Stil ging es weiter. Herr Gustav erwähnte einen Namen nach dem anderen. Es war ein unheimlicher Tanz der Lebenden und der Toten, wahrscheinlich aber vor allem der Toten. Sie alle tanzten zum schleppenden Atem, der Herrn Gustavs Erinnerungsstrom begleitete, und in der bleichen Skeletthand hielten sie als ein Souvenir aus dem Diesseits, in das sie unverhofft noch mal zurückgekehrt waren, eine Tafel Schokolade.

»Wer noch lebt, bekommt eine Schokolade. Für alle anderen zündest du in der Kirche eine Kerze an«, fasste Herr Gustav den Auftrag bündig zusammen.

»Und noch etwas! In Lodz gibt es einen großen Friedhof namens Doly. Ich möchte, dass du dorthin gehst und diesen Fünfzig-Franken-Schein auf das Grab von Piotr Zelinski legst. Aber vergrab ihn ein bisschen. Damit er nicht sofort gestohlen wird.«

So langsam wuchs in Anatol der Verdacht, dass der Vortrag über die Pilze nur ein Vorwand war. Seine eigentliche Mission war die Reise zu den Toten, an die er Geschenke verteilen sollte.

»Es wäre vielleicht nicht schlecht, wenn ich noch etwas besser informiert wäre, worüber ich eigentlich referieren soll.«

»Ich schicke dir den Text per WhatsApp«, meinte Herr Gustav generös.

»Aber was ist, wenn die Leute Fragen stellen?«

»Ich habe schon an unzähligen Konferenzen teilgenommen, glaub mir, die Leute stellen keine Fragen. Und wenn doch, dann antwortest du: Vielen Dank, das ist eine sehr interessante Frage. Leider kann ich sie nicht beantworten, da es den Zeitrahmen sprengen würde. Und dazu lächelst du intelligent und drückst aufrichtiges Bedauern aus.«

»Kann man intelligent lächeln, wenn man Tobias Rogg heißt?«

»Man kann es zumindest versuchen.«

Da ertönte plötzlich der Klang eines Akkordeons, gefolgt von zwei oder drei schläfrigen Frauenstimmen. War es schon wieder Zeit für den folkloristischen Nachmittag? Dann aber sagte sich Anatol, dass wohl einfach einer der Hausbewohner in seinem Zimmer eine Ländlermusik aufgelegt hatte. Schwerhörig wie die meisten Bewohner spielte er den melancholischen Jodel in voller Lautstärke ab, welcher durch die Gänge und Stockwerke des Abendruhs schwappte und sich mit dem Milchkaffeegeruch aus der Cafeteria zu einem trüben, schwerfälligen Endzeitgeschmack vermengte, der in jedem Zuhörer, der nicht taub, schwerhörig oder mit einem Bein im Grab war, nur einen Gedanken provozierte: weg. Und zwar sofort. Zugegeben. Es war nicht das, wovon Anatol geträumt hatte. Er hatte nach New York gewollt. Nun ging er nach Lodz. Er hatte schreiben wollen. Nun hielt er einen Vortrag über Pilze. Aber war es nicht immer so? Die Wirklichkeit war das, was man anstelle seiner Träume lebte. Und ein wenig schmeckte das Ergebnis noch nach den Träumen. Es war nicht richtig. Aber es war eben auch nicht ganz falsch. Es war eine Mischung, die einen gerade noch genug im Ungewissen rätseln ließ, um die momentane Ernüchterung mit Fassung zu ertragen.

»Hörst du das?«, fragte Herr Gustav, und Anatol glaubte, er meinte das Akkordeon.

Sicherheitshalber hörte er ganz genau hin.

»Das ist der Klang des Neuen«, fuhr Herr Gustav mit gewichtiger Miene fort. »Er lässt sich nicht aufhalten. Erst mag er noch ganz leise sein, wodurch ihn nur solche mit ganz feinem Gehör überhaupt wahrnehmen. Dann aber wird er lauter und lauter und eines Tages füllt er die ganze Atmosphäre aus, sodass ihn keiner mehr ignorieren kann. Man kann sich die Ohren zuhalten, natürlich, doch das Neue ist trotzdem noch da. Das ist die Wahrheit.«

Anatol nickte. Das klang gut. Doch waren die Wahrheiten, die er bisher gekannt hatte, leider nie so eindeutig gestimmt gewesen. In der Regel klangen sie gerade unklar genug, dass man sie ebenso gut für ihr Gegenteil halten konnte. Milchkaffee-Wahrheiten.

»Du wirst sehen«, schwärmte Herr Gustav und legte ihm eine knöcherne Hand auf die Schulter, »nach dem Vortrag wird dein Leben ein ganz anderes sein.«

ZWEITER TEIL

STERNSTUNDE EINES PILZWISSENSCHAFTLERS

12

»Was machst du denn hier?!«

Alles hatte so gut angefangen. Er hatte das Flugzeug der Marke easyJet in der Manier eines Wissenschaftlers betreten, der auf dem Weg zu einem bedeutenden Kongress war, wo er vor anderen bedeutenden Wissenschaftlern bedeutende Erkenntnisse präsentieren würde. Er spürte den ehrfurchtsvollen Blick der Flugbegleiterin auf sich, als er sich auf seinen Sitzplatz in der Mitte fallen ließ und es allein kraft seiner Aura schaffte, der entwürdigenden Enge um ihn herum Gewicht und Stimmigkeit zu verleihen. Der Sitzplatz war nicht eng, nein, vielmehr wusste er ihn einfach hervorragend auszufüllen. So ging es weiter. Den Orangensaft bestellte er mit einer mehrsprachigen Weltläufigkeit, die den Polyglotten aus Leidenschaft verriet. Sowohl Deutsch, Englisch als auch Französisch kamen in der kurzen, aber virtuosen Bestellung zur Anwendung, wobei allen Anwesenden klar war, dass dies nur bescheidene Müsterchen aus Anatols immensem Repertoire waren. Und dann das Croissant. Es war in Plastik verpackt, sah aus wie Plastik und schmeckte wie Plastik. Doch Anatol verzehrte es mit einem Genuss und einem Hauch von Gourmet und Michelin-Küche, die das Croissant zu etwas werden ließen, das nach Montmartre am frühen Morgen aussah. Als die Passagiere nach der Landung klatschten, kam es Anatol so vor, als gelte der Applaus teilweise auch ihm.

Er verließ das Flugzeug, wie er es betreten hatte: als Wissenschaftler von Format. In dieser Façon schnappte er sich seinen Koffer sowie die Sporttasche mit dem Schokoladereservoir, nämlich schnell, schnittig und entschieden. Kein zögerndes Abwägen vor dem Fließband: Ob das wohl mein Koffer ist? Stattdessen »Jawohl«, »Jawohl« und »Let's go«.

Als Wissenschaftler von Format marschierte Anatol auch aus dem Flughafenterminal und in derselben bravourösen Substanz enterte er kurz darauf die S-Bahn nach Warschau, wo er die Nacht verbringen wollte, bevor er am nächsten Tag nach Lodz weiterreiste. Da hörte er hinter sich eine vertraute Stimme:

»Was machst du denn hier?!«

Er drehte sich um, und da stand sein alter Freund und Erzrivale Max – nur sah er viel besser aus als früher. Während ihrer Studienzeit war Anatol der Gutaussehende von ihnen beiden gewesen. Ein hoch aufgeschossener Mann, dessen durch lange Spaziergänge und exzessive Masturbation fit gehaltener Körper von einer makellosen Haut gekrönt wurde, auf der man die Pickel mit der Lupe hätte suchen müssen, und zwar erfolglos. Ganz anders Max. Er kiffte zu viel, trank zu viel und sein krummer, langgezogener Körper erinnerte an eine rheumatische Vogelscheuche. Mit Schuppen.

Jetzt aber hatte sich das Blatt gewendet. Jetzt war Anatol der Mann mit dem Jammertal als Körper, während Max einfach fantastisch aussah. Groß war er immer schon gewesen. Nun hatte er auch Muskeln. Allein vom Aussehen wäre niemand auf den Gedanken gekommen, er könnte Schriftsteller sein. Fitnessinstruktor, hätte man getippt. Oder Schauspieler, der einen Fitnessinstruktoren spielte. Oder einfach Model. Es war beeindruckend und beleidigend zugleich: Schriftsteller sollten nicht so gut aussehen. Das Haar pechschwarz und in einer gewitzten Weise geschnitten, dass man sofort »Schade, dass sich das mit meinem Haartyp nicht machen lässt« dachte. Der Teint: reinstes Rosa. Wie von einem Babyhintern kopiert. Die Zähne eine Sinfonie in Weiß. Kurz: ein unerträglicher Anblick.

Als sie sich umarmten, spürte Anatol die beinharte Brustmuskulatur eines russischen Türstehers. Was war passiert? Er kannte diesen Menschen nicht mehr.

»Ich dachte, du bist in New York?«

»Nein, bin ich nicht«, meinte Anatol nicht besonders geistreich. Hilflos zuckte er die Schultern.

»Und du? Ich dachte, du bist in der Tinnitus-Klinik?«

»Nein, bin ich nicht«, imitierte ihn Max fröhlich. Doch als er Anatols gequältes Grinsen sah, ergänzte er: »Als ich anfing, über die dunklen Machenschaften der Tinnitus-Lobby zu recherchieren, haben sie mich vorzeitig entlassen.«

»Es gibt eine Tinnitus-Lobby?«

»Bestimmt.«

Max zeigte auf Anatols Sporttasche.

»Die sieht schwer aus. Was ist da drin? Bücher?«

»Schokolade.«

»Hast du ein neues Hobby?«

»Es ist nur ein Geschenk. Für Leute, die vielleicht gar nicht mehr leben.«

»Du musst mir alles erzählen. Wie gut, dass wir uns hier treffen.«

Er sagte es so, als wäre der Flughafen von Warschau ein typischer Treffpunkt für ihn. Und dann realisierte Anatol, dass es tatsächlich so war. Denn genau so funktionierte jetzt das Leben seines erfolgreichen Freundes.

»Sag mal. Hast du heute Abend eigentlich schon etwas vor?«, fragte Max.

»Warum?«

»Du könntest zu meiner Buchpräsentation kommen.«

Zwei Stunden später saß Anatol in einem schummrigen Bibliotheksraum, wo die Vernissage der polnischen Übersetzung von Max' Bestseller über die Bühne ging. Als er erfahren hatte, dass die Vernissage in einer Bibliothek stattfinden sollte, hatte Anatol so etwas wie Erleichterung verspürt. Der Freund mochte vielleicht einen Bestseller geschrieben haben, der in zahlreiche Sprachen übersetzt worden war, doch hatte er es offensichtlich doch nicht in die erste Liga der Autoren geschafft, deren Lesungen in Literaturhäusern und Theatern stattfanden. Eine Bibliothekslesung, da war sich Anatol sicher, bedeutete eine greise Zuhörerschaft, zusammengesetzt aus Witwen und pensionierten Lehrern. Das uringelbe Licht der Deckenlampe würde eine Atmosphäre dumpfer Seichtigkeit verströmen, sodass selbst eine Lesung Kafkas etwas schleppend angemutet hätte. Alle wären erkältet. Selbst im Hochsommer. Sogar der Autor, mochte er die Bibliothek noch so fidel betreten haben, würde ungefähr nach zwanzig Minuten zu husten anfangen. Fragen würden keine gestellt, außer von der Moderatorin, sofern es eine Moderatorin gäbe und sie nicht zu erkältet für Fragen wäre. Nach der Lesung verließe das Publikum geschlossen den Raum. Man würde ihnen nachschauen und sich verwundert fragen, wie derart alte Menschen so schnell laufen konnten.

Tatsächlich fand sich Anatol in einem bis auf den letzten Platz besetzten Raum inmitten von Studentinnen wieder, die allesamt kaum älter als zwanzig waren. Alle sahen sie klug und fantastisch aus. Die einzige Person im ganzen Raum, die nicht klug und fantastisch aussah, war Anatol. Selbst die Moderatorin, die zugleich die Übersetzerin des Buches war, eine Koryphäe und, wie Koryphäen das an sich hatten, schon weit über sechzig, machte einen dynamischen und topfiten Eindruck, als kämen Erkältungen für sie nicht infrage. Sie fahre in den Sommermonaten zum Wandern in die Schweiz, im letzten Jahr sei sie auf dem Napf gewesen, verriet sie das Geheimnis ihrer Gesundheit, was Max zum Anlass nahm, von seiner Zeit als Nacktwanderer zu erzählen, womit er seine Zuhörerschaft schon vor dem ersten gelesenen Satz komplett für sich einnahm. Ein Autor musste also gar nicht gut schreiben können, sagte sich Anatol. Es genügte, wenn er sich die Kleider vom Leib riss und auf den Napf hinaufmarschierte, schon flogen ihm die Herzen zu. Anatol schaute sich um und nahm fassungslos zur Kenntnis, wie die Studentinnen eifrig Notizen machten. Sie schrieben und schrieben. Was, zum Teufel, schrieben die? Nacktwandern? Napf? Bei einer Bibliothekslesung von Anatol hatte mal ein älterer Mann in der ersten Reihe gesessen, der während der gesamten sechzig Minuten pausenlos Notizen gemacht hatte. Wahrscheinlich ein Journalist, dachte Anatol damals. Nach der Lesung war der Mann zu ihm gekommen: Er habe da eine Liste sämtlicher grammatikalischer Entgleisungen angelegt, die sich Anatol geleistet hätte.

Max erzählte den schmachtenden Studentinnen, Schreiben sei für ihn dasselbe wie eine schöne Frau zu verführen. Dann schwärmte er, er halte die polnische Literatur für die beste in Europa. Als Nächstes zitierte er ein Gedicht der polnischen Nobelpreisträgerin Wisława Szymborska. Das ganze Gedicht. Auswendig. Auf Polnisch. Danach schien das Publikum bereit, sich an Ort und Stelle die Kleider vom Leib zu reißen und loszuwandern, wohin auch immer Max sie führen mochte – angepeitscht von der Moderatorin und Napfspezialistin, die orgiastisch »Er rezitiert unsere Szymborska. Auf Polnisch!« brüllte. An dieser Stelle bemerkte Max, er sei übrigens nicht der einzige lebende Schweizer Autor, der an diesem Abend unter ihnen weilte. Alle schauten sich um auf der Suche nach einem weiteren blendend aussehenden Schweizer Autor und entdeckten stattdessen Anatol.

»Das ist mein Freund Anatol Fern«, stellte ihn Max vor.

Wie, so konnte man die Gedanken der Studentinnen

förmlich hören, kann dieser unrasierte Knilch der Freund unseres galanten Charmeurs sein, und die Moderatorin nahm, etwas melodramatisch, ihre Brille ab und putzte sie demonstrativ.

»Anatol hat ein Buch geschrieben mit dem Titel *Blaues Brot.*«

»*Graues Brot*«, korrigierte Anatol.

»Das ist doch dasselbe«, belehrte ihn die Moderatorin. Der Fall war klar: Ihre Geduld für diesen völlig unbekannten Verfasser von einem Werk mit idiotischem Titel war restlos aufgebraucht.

»Anatol ist einer der witzigsten Autoren, die ich kenne«, fuhr Max unerbittlich fort, worauf Anatol geheimnisvoll lächelte, scheinbar ganz in Gedanken an einen seiner legendären Witze.

»Hey Anatol«, rief Max mit gespielter Natürlichkeit: »Ist dein Roman eigentlich schon ins Polnische übersetzt worden?«

»Noch nicht. Aber wir verhandeln gerade über eine Übersetzung ins Französische.«

Anatol wusste selber nicht so genau, wer mit »wir« gemeint war. Doch es klang gut. Es klang nach einem Rudel Agenten, die mit Pokerface am Hörer hingen, um den Deal mit diesen Franzosen endlich klarzumachen. In Wahrheit hatte ihn ein Französischlehrer per E-Mail gefragt, ob er Teile des Romans mit seiner Klasse übersetzen dürfe. Das einfache Deutsch und die Übersichtlichkeit der Handlung eigneten sich seiner Meinung nach perfekt dazu.

Die polnischen Studentinnen schauten ihn mit Gesichtern an, aus denen jegliches Interesse entwichen war und die in ihrer absoluten Ausdruckslosigkeit einzig von der Moderatorin übertroffen wurden. Sie sah aus, als stünde sie auf dem Napf und wüsste nicht, wie weiter. Nur Max strahlte. Mein Freund, der Schriftsteller, schien sein Strahlen zu sagen. Er war immer schon gut darin gewesen, die kleinen Errungenschaften seiner Freunde viel höher zu bewerten als seine eigenen. Ein weiterer schöner Charakterzug, den Anatol nicht besaß.

»Wie auch immer«, machte die Moderatorin, nachdem sie sozusagen vom inneren Napf herabgestiegen war, »lasst uns wieder zum eigentlichen Thema zurückkehren.«

Zwei Stunden später saßen sie in der Bar des Nobelhotels, in dem Max auf Kosten seines Verlags abgestiegen war. Die Übersetzerin hatte sich zu diesem Zeitpunkt verabschiedet, davor hatten sich Anatol und sie während der Taxifahrt zum Hotel jedoch noch ein erbittertes Wortgefecht rund um die Frage »Wer war der größere Schriftsteller, Thomas oder Klaus Mann?« geliefert. Anatol hatte für Klaus Partei ergriffen und dies, obwohl er keine Zeile von ihm kannte. Doch es kam ihm so vor, als wäre es seine Pflicht, sich quasi als Fürsprecher der kleinen Autoren für ihn starkzumachen, also bezeichnete er ihn als Genie und Giganten und tausendmal besser als seinen Vater. Jedes dieser Attribute traf die Übersetzerin wie ein Schlag ins Gesicht. Immer wieder schaute sie fassungslos zu Max: Dein Freund ist verrückt geworden, vollkommen wahnsinnig. Klaus besser als Thomas. Beim Abschied verzichtete sie darauf, Anatol die Hand zu geben.

»Was ist mit dir los?«, wollte Max wissen.

»Nichts. Wieso?«

»Du machst mir einen etwas angespannten Eindruck.«

»Das muss der Jetlag sein.«

»Von der Schweiz nach Polen gibt es überhaupt keine Zeitverschiebung.«

»Ich meine ja auch nicht den Flug. Ich meine das Leben. Ich habe Jetlag vom Leben.«

»Ha.«

Ein Mann trat zu ihnen und fragte, ob sie einen Staubsauger kaufen wollten.

»Ist er denn gut?«, erkundigte sich Max.

»Nicht besonders.«

»Dann lieber nicht.«

»Ich verstehe Sie«, meinte der Mann anerkennend. »Trotzdem bedauere ich Ihre Entscheidung.«

Damit ging er hinaus.

»Diese Staubsaugervertreter«, meinte Max. »Nirgendwo ist man vor ihnen sicher. Und jetzt zu dir. Was ist mit dir los?«

»Nichts. Sagte ich doch schon.«

»Was sollte dann dieses Gerede von wegen Klaus ist größer als Thomas? Und wo wir schon dabei sind: Warum schreibst du schlechte Rezensionen meines Buches auf Amazon?«

»Was?«

Es war die Wahrheit. Leider. An dem Abend, als Max' Buch in einer bedeutenden Literatursendung gefeiert worden war, hatte Anatol unter dem Pseudonym Werner Berner einen furchtbar höhnischen Verriss auf Amazon veröffentlicht.

»Werner Berner? Idiotisch.«

»Wie hast du es herausgefunden?«

»Mann. Ich lese deine Texte, seit wir sechzehn sind. Niemand kennt deinen Stil besser als ich. Werner Berner hin oder her.«

»Es tut mir leid.«

»Das will ich hoffen. Dabei war das ein richtig guter Text. Habe mich köstlich amüsiert. Der Anatol, dachte ich. Der kann wirklich gut schreiben. Schade nur, dass er den Glauben an sich verloren hat.«

Max griff nach seinem Bier. Dabei konnte Anatol seine Patek Philippe sehen. Früher wusste der Freund oft nicht mal, was für ein Tag gerade war, und nun lief er mit dieser Uhr durch die Welt. Instinktiv schaute Anatol auf sein Handy. Sein Vater hatte ihm eine Nachricht des Inhaltes »shfdsdh44« geschrieben.

»Wie geht es deiner Mutter?«, fragte Max.

»Gut. Glaube ich.«

Max war schon immer der Liebling seiner Mutter gewesen. »Der Max«, schwärmte sie. »Das ist mir mal einer. Aus dem wird mal was Großes.« Daraufhin ließ sie den Blick durch den Raum schweifen, auf der Suche nach weiteren Lebewesen, aus denen mal Großes würde, und nachdem sie nichts dergleichen gefunden hatte, fuhr sie umso heftiger fort: »Dieser Max. Einer unter Tausenden.«

»Sie hat mir kürzlich einen sehr netten Brief geschrieben«, sagte Max.

»Kann ich mir vorstellen.«

Die Mutter schrieb eigentlich nichts außer E-Mails. Doch als Max' Buch erschien, teilte sie ihre Begeisterung in einem Facebook-Post mit, der mit den Worten »Ich habe ein Buch gelesen« begann. »Ein Meisterwerk«, schwärmte sie am Telefon. »Das Buch ist ein kongeniales Meisterwerk.« An dem Wort »kongenial« hatte sie offensichtlich einen Narren gefressen und wiederholte es immer wieder. In ihrer neu entfachten Literaturlust hatte sie kürzlich auch Anatols Buch rezensiert. Lange Zeit hatte sie es einfach ignoriert: »Es liegt auf meinem Stapel«, versicherte sie Anatol, und das, obwohl beide wussten, dass es keinen Stapel gab. Das Schlafzimmer seiner Mutter war leer bis auf ein Bett und eine telefonierende Mutter, sofern sich diese im Schlafzimmer aufhielt, was nur selten der Fall war. Lesen erforderte Ruhe. Und Ruhe war genau das, wovor die Mutter sich fürchtete. Allein schon das Wort machte sie nervös, da es einen Friedhofsgeschmack verströmte. Wer ein Buch las, freundete sich mit seinem Ableben an, was ihrer Meinung nach eine unverzeihliche Leichtsinnigkeit war. Vor allem aber las sie keine Bücher, weil sie einfach keine Lust dazu hatte.

Lange Zeit ärgerte sich Anatol über das Desinteresse der Mutter. Doch als sie plötzlich anfing, sein Buch nach ihren ganz eigenen literaturwissenschaftlichen Maßstäben zu kritisieren, sehnte er sich nach der guten alten Zeit zurück.

»Die Bilder stimmen nicht«, erklärte sie nun am Telefon.

»Was für Bilder?«

»In deiner Geschichte. Du verwendest Sprachbilder, die nicht logisch sind.«

»Das nennt man Poesie.«

»Nein. Das nennt man unlogisch. Konstruiert. Man liest diese Bilder zwar, kann sich aber nichts darunter vorstellen.«

»Du vielleicht nicht. Aber Tausende andere schon.«

Das klang schwach, zumal er keine Ahnung hatte, wer diese Tausende begeisterten Leser sein mochten. Aber die Mutter ließ sich sowieso nicht beirren.

»Und deine Hauptfigur ist völlig unglaubwürdig.«

»Ach ja? Zufälligerweise ist sie mir in vielen Punkten ähnlich.«

Die Mutter überlegte, aber nur ganz kurz:

»Dann bist du eben unglaubwürdig.«

Der Abend mit Max verlief zähflüssig. Ein Abend, an dem die Gespräche mit jedem Bier bitterer wurden. Irgendwann wechselten sie zu Wein. Jetzt wurden die Gespräche auch noch pathetisch. Sie gingen zu Schnaps über. Danach wollten sie sich beinahe an die Gurgel gehen. Sie kehrten zu Bier zurück. Aber es war zu spät – viel zu spät. Anatol sah keine Möglichkeit mehr, aus der Rolle eines Mannes, der seine Talente verschwendete, auszusteigen, was möglicherweise damit zu tun hatte, dass es der Wahrheit entsprach. Selbst sein Gang nach Lodz, die wissenschaftliche Konferenz, Herr Gustav und das Facebook der Pilze erschienen wie eine Bestätigung dieser These. Zunächst hatte er Max voller Enthusiasmus davon berichtet. Doch je länger er erzählte, desto merkwürdiger, idiotischer und fragwürdiger hörte sich das alles an. Es erinnerte ihn an seine Versuche, die Handlung einer Geschichte, an der er gerade schrieb, jemand anderem zu erzählen. Danach verspürte er jeweils nicht mehr die geringste Lust, besagte Geschichte zu Ende zu schreiben.

Er blickte in das fragende Gesicht seines Freundes und wusste, was er dachte.

»Warum, zum Teufel, machst du das?«

Anatol erwähnte Herrn Gustav. Ein alter Mann. Auf dem Sterbebett liegend.

»Also aus Mitleid. Schon wieder!«

»Wieso schon wieder?«

»Hast du etwa nicht gerade völlig grundlos deine Wohnung dieser entsetzlichen Nerina überlassen?«

»Nerina?«

»Ich sage nur: Gutscheine.«

»Ihr Freund wollte mich verprügeln.«

»Zu Recht. Wie kommst du auf die Idee, ihr deine wunderschöne Wohnung zu überlassen?«

»Du hast das doch vorgeschlagen.«

»Ich? Ganz sicher nicht. Ich wollte dir nur eine Möglichkeit geben, Pluspunkte bei Bernadette zu sammeln. Konnte ja nicht ahnen, dass du gleich die Wohnung räumst.«

»Im Moment bin ich nicht ganz ich selbst.«

»Das warst du nie. Aber früher hatte es irgendwie mehr Stil.«

Anatol verabschiedete sich noch vor Mitternacht. Als er sah, wie betrübt sein Freund reagierte, fühlte er sich plötzlich auch betrübt.

Gerne wäre er einfach sitzen geblieben und sie hätten weitergeredet, so wie früher. Endlos lange Gespräche durch die Kurven der Nacht, die mit jeder Stunde verrückter, surrealer wurden, und sie beide im freien Fall mit der Gewissheit einer unendlich sanften Landung.

Doch die Zeit der sanften Landungen schien vorüber. Genauso wie die Zeit der surrealen Gespräche. Das Leben war jetzt konkret wie eine Totenmaske. Das, was geschah und noch geschehen würde, schien unveränderlich zu sein.

Max hatte vorgeschlagen, am nächsten Morgen zusammen zu frühstückten, doch Anatol behauptete, sehr früh loszumüssen. Was nicht ganz gelogen war. Er hatte tatsächlich früh aufstehen wollen, um auf dem Weg nach Lodz noch nach Żelazowa Wola zu fahren und sich das Geburtshaus von Chopin anzuschauen. An diesem Plan wollte er unbedingt festhalten, obwohl er mittlerweile gar keine Lust mehr verspürte. Die Lust schwand noch mehr im Laufe der Reise, die sich lang und umständlich gestaltete. Es war bereits Nachmittag, als er in Żelazowa Wola zusammengefaltet aus dem Bus gestiegen war und als Allererstes eine überlebensgroße Büste des Komponisten sah, am Wegrand im Gras ruhend, direkt neben einer Tafel, die den Besucher darüber aufklärte, dass das Restaurant geöffnet war. Bei diesem Anblick wäre er am liebsten wieder gegangen, doch der nächste Bus fuhr erst in zwei Stunden. Also kaufte er sich ein Ticket und marschierte durch die Ausstellungsräume, in denen alles diese saubere Melancholie atmete, wie man sie von Chopins Musik kannte. Vielleicht war das Haus auch einfach nur aufgeräumt. Aufgeräumt und menschenleer. Nicht mal sich selber spürte man hier. Anatol musste an den Satz von Max denken: »Früher warst du auch nicht du selbst, aber damals hatte das mehr Stil.« Aber war Stil haben nicht dasselbe wie man selber sein?

Das Gefühl der Abwesenheit von allem und jedem verstärkte sich noch, als er kurz darauf in den Garten hinaustrat. Das Gras war sehr grün und so frisch gemäht, dass es beinahe künstlich wirkte. Auch hier gab es keine Menschen. Trotzdem war es nicht still, denn aus den Wipfeln der Bäume klangen Chopin-Sonaten aus Lautsprechern. Der ganze Park pulsierte unter dieser Musik. Davon abgesehen pulsierte nichts. Man hatte den Eindruck, man könnte tot umfallen und die Leiche würde sich einfach so in Luft auflösen.

Von dem Gedanken inspiriert legte sich Anatol auf die Wiese und schloss die Augen. Als er wieder aufwachte, stellte er fest, dass er über eine Stunde geschlafen und soeben den Bus verpasst hatte.

Der nächste fuhr in zwei Stunden.

Kurz nach neun kam er am Bahnhof Fabryczna in Lodz an, von wo Anatol mit dem Taxi zum Universitätshotel fuhr. Er war müde und registrierte kaum etwas von der nächtlichen Stadt. Zwanzig Minuten später befand er sich schon auf seinem Zimmer und verstaute seine Sachen in den verschiedenen Schränken und Schubladen. Als wolle er Max oder vielleicht mehr noch sich selber beweisen, dass sein Leben nach einem ganz bestimmten Plan verlief, dessen subtile Genialität sich erst nach und nach entfaltete, um dann umso tiefer zu beeindrucken, hängte er

Jacken auf Kleiderbügel, rief nicht nur eine Socken-, sondern auch eine Unterhosenschublade ins Leben und stellte die Zahnbürste ins Zahnputzglas in der Manier eines Eroberers, der die Fahne seines Landes in den fremden Boden rammte.

Danach fühlte er sich zu müde, um im Hotelrestaurant etwas zu essen. Ihm blieb ein Sandwich, das er vor der Abfahrt gekauft hatte. Er schaute auf sein Handy. Nach der letzten Nachricht hatte sich sein Vater nicht mehr gemeldet, doch war »shfdsdh44« auch keine Information, die nach weiteren Ausführungen verlangt hätte. Auch sonst hatte niemand geschrieben. Aus Gewohnheit las er ein paar alte Nachrichten, von Bernadette und von Max, und wie immer fühlten sie sich dadurch nicht nur alt an, sondern so, als wären sie oder man selbst aus der Zeit gefallen.

Nebenan nieste jemand. Er dachte so lange darüber nach, was wohl »Gesundheit« auf Polnisch heißen könnte, bis eine Erwiderung absurd gewesen wäre. Eigentlich wollte er vor dem Einschlafen noch ein paar Eindrücke in dem Notizbuch festhalten, das er eigens zu diesem Zweck gekauft hatte. Doch er war so müde, dass ihm nur noch der eine Satz gelang, eine Art Postkartengruß an unbekannte Adresse:

»Ich bin gut angekommen.«

13

Am nächsten Morgen betrat Anatol um Punkt zehn das Gebäude der naturwissenschaftlichen Fakultät. Er trug Anzug und Krawatte, wie Herr Gustav ihm eindringlich nahegelegt hatte, wobei er nichts von dunklen Augenringen gesagt hatte oder von einem wächsernen Gesichtsausdruck, vor dem jeder Einbalsamierer den Hut gezogen hätte. Es regnete, Anatol hatte keinen Schirm, schlecht geschlafen und fühlte sich nicht in Stimmung, ein Referat über Pilze zu halten, selbst wenn es die Welt auf den Kopf stellen sollte. Was er bezweifelte. Er hatte das Referat nun mehrmals gelesen und dabei nichts entdecken können, was auf revolutionäre oder sogar evolutionäre Umschwünge hingedeutet hätte. Natürlich, er war kein Biologe. Er war Geisteswissenschaftler. Evolutionäre Umschwünge erkannte er in der Regel erst dann, wenn sie längst geschehen waren. Der Text war auf Englisch geschrieben und ganz offensichtlich unter der Prämisse, dass ein Satz nicht gelungen war, solange er nicht mindestens an einer Stelle das Wort »thoroughly« beinhaltete. Herr

Gustav hatte das Wort mit einer solchen Großzügigkeit über die Seiten gekippt, als wäre es ein raffiniertes Gewürz, das den Gedanken einen besonderen Pfiff verlieh: den Pfiff der Wahrheit. War thoroughly ein Modewort, das jeder Pilzwissenschaftler, der etwas auf sich hielt, so oft wie möglich verwenden sollte, oder war es einfach das Lieblingswort von Gustav Gustav? Anatol hatte es nie zu einem lupenreinen Oxford-Englisch gebracht, was nicht weiter tragisch war, es sei denn, man war dazu gezwungen, im Minutentakt das Wort thoroughly zu wiederholen, was jeweils so klang, als ringe man mit einer Fledermaus im Mund. Der Gedanke daran, dieses Wort immer und immer wieder aussprechen zu müssen, vergällte Anatol die letzte Freude auf den Vortrag.

Am Empfang drückte man ihm eine Mappe mit den Unterlagen der Konferenz in die Hand sowie einen Anstecker, auf dem sein neues wissenschaftliches Pseudonym geschrieben stand. Kurz darauf betrat die wissenschaftliche Hilfskraft Dr. Tobias Rogg den Seminarraum 12b der Konferenz »Neueste Erkenntnisse in der Pilzwissenschaft«.

Während seines Studiums hatte es Anatol geliebt, frühmorgens noch leicht verschlafen mit einem Becher Cappuccino in der Hand den Vorlesungssaal zu betreten. Und selbst wenn man am Vorabend um elf ins Bett gegangen war und nicht mehr zu sich genommen hatte als eine Tasse Fencheltee und die Präliminarien von Hegels Phänomenologie, gebot es sich trotzdem so zu tun, als trüge man gerade den schlimmsten Kater des Semesters mit sich herum. Unmöglich, dass man etwas Substanzielles zu diesem Morgen beitragen würde. Fragwürdig, ob man überhaupt etwas verstehen würde. Doch nach zehn, fünfzehn Minuten konnte man beobachten, wie der vom Wodka trübe Blicke aufzuklaren schien. Ein Stift wurde mit einer erstaunlichen Energiegeladenheit gezückt und Notizen gemacht, bei denen es sich nicht etwa um Anmerkungen zum eigenen Testament handelte, nein, Vorlesungsnotizen! Und nach einer weiteren Viertelstunde geschah das Unfassbare: Der Mann, der zu Beginn der Vorlesung noch im Wachkoma gelegen hatte, hob den Arm und stellte eine Frage. Und nicht irgendeine Frage, sondern die intelligenteste des Semesters. Sogar dem Dozenten blieb die Spucke weg, wobei nicht ganz klar war, ob die Verblüffung tatsächlich mit dem Inhalt der Frage zu tun hatte oder doch eher mit dieser bravourösen Rückkehr aus dem Reich der Toten. Triumphe. Das war die Studienzeit in Anatols Erinnerung. Triumphe des Geistes, oder vielmehr Triumphe der Freiheit des Geistes. Triumphe des Ichs, das damals jederzeit für eine Überraschung gut war und sich, wie Anatol mittlerweile wusste, auf dem Höhepunkt seiner selbst befunden hatte.

Als er den Seminarraum 12b betrat, verspürte Anatol wieder etwas von diesem alten Glücksgefühl, abgesehen davon, dass er keinen Cappuccino in der Hand hielt und ihm an der Brust ein Name steckte, der weder nach Freiheit noch nach Wodka klang. Tobias Rogg klang einfach nach Tobias Rogg.

Im Raum schlug ihm ein kräftiges Odeur entgegen, das Odeur schwerer, ungelüfteter Geister – und Männerparfüm. Es mochten ungefähr dreißig Personen versammelt sein. Zumeist ältere Herren, in Anzug und Krawatte, mit geröteten, frisch eingecremten Händen, manche hatten sogar eine Blume im Knopfloch. Die Festlichkeit ihrer Aufmachung kontrastierte mit der Gebrechlichkeit, mit der sie sich bewegten und hektisch an ihren Hörgeräten drehten, bis sie die Frage ihres Gegenübers endlich verstehen und empört das Sitzkissen ablehnen konnten, das dieses ihnen angeboten hatte. Die Frauen wirkten größer, kräftiger, dynamischer. Einfach vitaler. Sie trugen fulminante Röcke aus schweren blutdunklen Stoffen, die am Leib eines ihrer zerfallenden männlichen Kollegen unweigerlich dessen Niedergang bedeutet hätten. Anatol bemerkte eine stämmige Frau im feschen Blumenrock, die unermüdlich zwischen den Sitzreihen hin und her rannte. Sie hatte etwas Heldenhaftes an sich, das über die Welt der Pilze hinauszureichen schien. Sollte einer ihrer gebrechlicheren Kollegen einen Schwächeanfall erleiden, wäre sie bestimmt in der Lage, ihm mit einer Herzmassage unter die Arme zu greifen oder, falls nötig, kleinere operative Eingriffe gleich selber vorzunehmen. Es gab auch jüngere Wissenschaftler. Anatol sah einen Mann mit violetten Augenringen, die den Melancholiker aus Leidenschaft verrieten. Man konnte sich ohne Weiteres vorstellen, wie er verträumt an einem Fliegenpilz schnupperte. Vorne rechts saß ganz alleine ein groß gewachsener Herr mit dem zurückgekämmten Haar eines Filmstars längst vergangener Tage und dem Gesicht eines ehemaligen Rennpferds, das man aus Ehrfurcht vor den einstigen Leistungen nicht geschlachtet hatte. Stolz blickte er in die

Ferne, während seine sachte tänzelnden Lippen entweder seinen Vortrag memorierten oder aber Verwünschungen auf die akademische Welt ausstießen. Aus purer Gewohnheit suchte Anatol nach der attraktivsten Person im Raum, womit nicht jene allgemeine Attraktivität gemeint war, die auch Menschen im hohen Alter noch für sich beanspruchen konnten, es ging nicht um die Attraktivität von Erfahrung, nicht um die Schönheit eines Gesichts, in dem das Leben seine Spuren hinterlassen hatte, nein, es ging um Aussehen, sexuelle Anziehung und darum, wer hier noch seine eigenen Zähne hatte. Es war dies eine Frau in Anatols Alter, mit hellem kurz geschnittenem Haar und einem irgendwie strengen Ausdruck im Gesicht, nicht gerade schlecht gelaunt, aber doch entschlossen, noch das Schlimmste zu überstimmen. Irgendwie versprühte sie die Aura einer Hundebesitzerin, die es gewohnt war, »Bei Fuß«, »Hol das Stöckchen« oder »Fass!« zu brüllen. Anatol war auf sie aufmerksam geworden, als sie beim Hereinkommen direkt in den Hellraumprojektor hineingelaufen war. Sofort hatte Anatol Sympathie für sie verspürt, denn auch ihm war dieses Missgeschick schon mehr als einmal passiert. Diese Frau aber vollbrachte das Kunststück, in den Hellraumprojektor zu laufen, ohne sich dabei vollkommen lächerlich zu machen. Im Gegenteil. Der Zusammenprall strahlte etwas erstaunlich Würdevolles aus. Er wirkte irgendwie gekonnt. Fast schon virtuos. Wenn sich hier jemand lächerlich machte, dann der Hellraumprojektor. Aber sicher nicht die Frau, die nun den Gang zu den Sitzplätzen hinauflief und sich in der zweiten Reihe direkt neben Anatol niederließ.

»Hallo«, sagte sie und reichte ihm eine warme, leicht verschwitzte Hand.

»Jola.«

»Anatol.

»Und warum steht da dann Tobias?«

»Tobias Anatol. Das ist mein Name. Tobias Anatol Rogg.«

»Aha.«

Die Konferenz begann.

Natürlich war es nicht richtig, von einer Konferenz über Pilze gute Unterhaltung zu erwarten. Das hier war Wissenschaft, keine Fernsehshow. Wahrheit war das einzige Kriterium und nicht, ob der Zuschauer eine gute Zeit hatte. Im Gegenteil. Wenn sich Anatol so umschaute, schien eine fortgeschrittene Benommenheit bei den Zuhörern als Gütesiegel zu gelten. Die Wahrheit war eine langweilige Sache. Ganz im Gegensatz zur Lüge, die rasant und frech auftrumpfte. Andererseits: Der Titel der Konferenz lautete ja »Neueste Erkenntnisse der Pilzwissenschaft«. Konnte man da von den Vortragenden nicht ein wenig, nun ja, Enthusiasmus erwarten? Warum dieser Ton, der an eine Leichenrede gemahnte, warum diese schamvolle Verstocktheit, diese vernuschelten Nebensätze, bei denen selbst jener kleine Teil unter den Gästen, der kein Hörgerät trug, nervös am Ohr herumzudrehen begann? Warum diese bedrückende Atmosphäre? Und warum diese Schuhe? Denn wie sich zeigte, ging die elegante Kostümierung der anwesenden Wissenschaftler von der Krawatte bis zu den Knöcheln, um dort radikal aufzuhören. Ausnahmslos alle trugen sie ausgelatschte Sportschuhe, die selbst in den Achtzigern nicht mehr topfrisch gewesen waren und von deren einstmals aerodynamischem Federn heute bloß noch ein ausgeleiertes Echo zu hören war: Wie sollte man mit solchen Schuhen zu neuen Erkenntnissen gelangen? Mit solchen Schuhen war man dazu verdammt, der Evolution immer ein paar Meter hinterherzulatschen.

Enttäuscht war Anatol auch von dem jungen Zwangsmelancholiker. Er hatte zunächst jeden Vortrag mit einem ironischen Hähä kommentiert, worin Anatol die unmenschliche Häme des Genies zu erkennen glaubte. Als er aufstand, zeigte sich, dass auch er die obligaten Sportschuhe trug, doch aufgrund seines vielversprechenden genialischen Gelächters wollte ihm Anatol das durchgehen lassen. Doch zu Anatols Enttäuschung hielt er einen Vortrag mit dem Titel »Weiterentwicklung einer Multiplex-PCR zur Differenzierung aller bisher bekannten Brucella-Arten«, der sich auch genauso anhörte.

Unvermittelt kam Anatol ein verrückter Gedanke: Vielleicht würde er auf dieser Konferenz einen Coup landen.

Er hatte sich darauf eingestellt, der Mann mit dem lächerlichen Vortrag zu sein, Doktor Tobias Rogg aus Switzerland, der wissenschaftliche Assistent mit den vielen thoroughlys und dem Facebook der Pilze. Facebook der Pilze? Ins Hirn geschissen? Und wo sind deine Sportschuhe? Vor die Türe. Doch je mehr bleierne Referate er sich anhörte, desto deutlicher ahnte er, dass sein Vortrag womöglich genau das war, was diese Konferenz brauchte:

etwas Unerhörtes, Freches, Gewagtes. Eine Revolution. Eine Evolution. Das war es doch, wonach die Menschen, Pilzwissenschaftler oder nicht, tatsächlich lechzten. Wahrheiten, die einen hoffen ließen. Wahrheiten, die einen den Verstand nicht verlieren ließen. Wahrheiten, die möglicherweise Lügen waren, aber was spendete denn mehr Trost: eine kleine menschenfreundliche Lüge oder die Weiterentwicklung einer Multiplex-PCR? Je näher sein Referat kam, desto aufgeregter wurde er. Er spürte den Blick der heldenhaften Professorin im feschen Blumenrock: Sie nickte ihm zu, als wollte sie ihm sagen: Let's rock. Anatol nickte zurück. Okay, Baby.

Dann erhob er sich. Zu früh. Erst war noch der Herr mit dem Gesicht eines ehemaligen Rennpferds an der Reihe. Wie um Anatol anzustacheln, übertraf dieser Vortrag alle bisherigen an Länge und Langeweile. Danach schien niemand mehr Lust auf Pilze oder das Leben im Allgemeinen zu haben. Aber dann erhob sich Anatol zum zweiten Mal. Nicht wie üblich, mit einer hektischen Rasanz, als hätte jemand in seinem Rücken »Lauf um dein Leben, die Welt geht unter« gerufen, sondern langsam, fast schon grazil, eher wie ein Eiskunstläufer, der kurz davorstand, die Kür seines Lebens nach Hause zu laufen. So glitt er nach vorne, einen Fuß nach dem anderen auf den Boden setzend, während seine Miene ernst, ja fast schon feierlich war. Das Podium mit dem Projektor umtänzelte er gekonnt und statt sich an einem zu gierig genommenen Schluck Wasser zu verschlucken und die ersten Minuten seines Referats mit Husten zu verlieren, ignorierte er das bereitgestellte Glas. Ein kleines Räuspern, das aber bereits schon gedankenvoll, bereits schon räsonierend klang, und dann fing er an zu sprechen. Aber was heißt da sprechen? Anatol sprach nicht. Er sang. Von Pilzen und von Menschen und wie sie zusammenleben konnten. Vom Netzwerk sang er, das sie gemeinsam bilden würden, einem Netzwerk, in dem jeder seine Bedürfnisse kannte und befreit war von all der überflüssigen Ratlosigkeit, dem fehlgeleiteten Sehnen und Träumen und Schäumen von Dingen, die einen geradewegs ins Verderben führten. Vom Paradies auf Erden, in dem jeder auf den anderen Rücksicht nahm, der Mensch auf die Pilze und die Pilze auf den Menschen. Nur gemeinsam sind wir stark. Lasst uns also gemeinsam in die Zukunft gehen. Die Pilze weisen uns den Weg. Von einer Revolution sang er, von einer Evolution. Und dies alles auf Englisch. Und zwar so, als hätte er nie anders gesprochen. Butterweich kamen die Ausdrücke über seine Lippen und es war gerade das Wort thoroughly, das sich als sein treuster Verbündeter erwies. Es war sein Begleiter, sein Freund und Mentor, sein Sancho Panza, der ihn zu immer neuen Höchstleistungen anpeitschte. Zugegeben, Sancho Panza war nicht gerade fürs Anpeitschen bekannt. Aber dies war ein revolutionärer Moment. Die Geschichte musste umgeschrieben werden. Wie gut war der Text doch verfasst, wie genial hatte Herr Gustav das doch gemacht. Professor Doktor Gustav Gustav, dachte Anatol, ich ziehe meinen Hut vor dir. Aus lauter Dankbarkeit streute er noch ein paar eigene thoroughlys ein.

Als er zu Ende war, schien das Publikum einen Moment innezuhalten, dann ging der Applaus los. Er war warm und definitiv länger als bei seinen Vorrednern, vielleicht nur nicht ganz so lang wie bei der Professorin mit dem geblümten Rock, aber schließlich war sie auch eine der Organisatorinnen. Und siehe da. Als er zu ihr herüberschaute, sah er sie mit Vehemenz auf den Tisch trommeln. In der letzten Reihe sprang sogar jemand auf. Standing Ovation bei einer Konferenz über Pilze? Nein. Die Person ging nur auf die Toilette. Doch sie lächelte ihm zu, als wollte sie ihm sagen: Unglücklicherweise ist meine Blase nicht ganz so großartig wie Sie. Und dann sah er Jola, die Frau, die zum reinen Vergnügen in Hellraumprojektoren lief. Sie applaudierte dynamisch und dabei glaubte Anatol zu sehen, wie sie ihm vielsagend zunickte. Wir zwei müssen reden, schien dieses Nicken zu sagen. Das fand Anatol auch.

Er räusperte sich gediegen.

»Gibt es Fragen?«

Es folgte die schönste Kaffeepause seines Lebens. Verschiedene Leute kamen auf ihn zu, ja was heißt da: kamen? Sie stürmten regelrecht auf ihn los, um ihm zu gratulieren. Ein kleiner Mann mit Glatze wollte wissen, ob Anatol ihm den Text per Mail schicken könne. »Wie lautet Ihre Adresse«, schmetterte Anatol. Eine Frau fragte, wann er habilitieren werde. »Im Oktober«, antwortete Anatol. Ein Dritter erkundigte sich, wo der Zucker sei, »da drüben«, informierte Anatol. Alle wollten wissen, wie es Gustav Gustav gehe. »Blendend«, erklärte Anatol. Natürlich hatte der Arzt beim letzten Besuch »Es ist ein Wunder, dass er noch lebt« geflüstert, doch dies war weder der Ort noch die Zeit für Hiobsbotschaften.

Während das Gespräch seinen Lauf nahm, und die

Atmosphäre so süß und lauwarm wurde wie der aufgelöste Nescafé Dolce Gusto, kam der melancholische Brucella-Spezialist hereingeschlurft und schenkte sich missmutig einen solchen Kaffee ein, wobei Anatol sofort der scharfe Kontrast zwischen dem Dolce Gusto und der Leichenbittermiene des Mannes auffiel. Leider konnte er diese gewitzte Beobachtung niemandem mitteilen, also beschränkte er sich darauf, in einer herrlich vielsagenden Weise zu grinsen.

»Kompliment, Ihr Referat war faszinierend«, rief Anatol, als wäre er Sprecher einer Gruppe alteingesessener Pilzwissenschaftler, der hier einem aufstrebenden Jungspund auf die Schultern klopfte.

»Klar«, meinte der Kerl irgendwie ironisch.

Da haben wir den Beweis, dachte Anatol. Es sind genau diese Typen, die sich für Differenzierungen von Brucella-Arten und dergleichen interessieren, die nicht über ihren eigenen Schatten springen können, wenn es darum geht, einem Geniestreich ihre Ehre zu erweisen. Noch vor einer Woche war er selber so ein von Ressentiments getriebener Einzelkämpfer gewesen. Nun aber realisierte er, wie viel angenehmer es doch war, Komplimente zu bekommen und Komplimente zu verteilen.

»Der Kaffee schmeckt hervorragend. Was ist das für eine Marke?«

»Stinknormaler Nescafé«, rief jemand aus dem Hintergrund.

»Stinknormal schmeckt am besten«, wagte Anatol eine These, die vom Plenum wie ein elftes Gebot aufgenommen wurde.

»Sie haben wirklich sehr gut vorgetragen«, lobte ihn die Professorin mit dem geblümten Rock, die sich mit einer Tasse dampfendem Schwarztee direkt vor ihm aufgebaut hatte.

»Es ist alles eine Frage der Atmung«, erklärte Anatol.

Die Professorin nickte, als mache sie sich gerade eine innerliche Notiz: atmen.

»Kennen Sie die Netzwerk-Analyse von Taylor?«, erkundigte sich der Mann mit der Glatze.

»Ja«, sagte Anatol.

Dies schien ihm die richtige Antwort zu sein.

»Und was halten Sie davon?«

»Nun …«

Bevor er antworten konnte, fuhr die Professorin dazwischen: »Langweilen wir unseren Gast doch nicht mit wissenschaftlichen Fragen.« Das war irgendwie befremdlich, befanden sie sich doch auf einer wissenschaftlichen Konferenz. Doch hatte Anatol gerade anderes zu tun, als sich über merkwürdige Kommentare zu wundern.

»Entschuldigen Sie«, sagte er zu seinen neuen Fans, »ich müsste mal kurz an die frische Luft.«

Er verließ die Cafeteria, schritt zügig am Empfang vorbei und durch die automatische Schiebetüre nach draußen, wo das Licht so grell war, dass man blinzeln musste, doch er hatte keine Zeit für Blinzeln und marschierte geradewegs in das Licht hinein, noch zwei, drei Schritte, dann blieb er stehen. Und machte sie, die Becker-Faust.

Als Jugendlicher im Tennisverein war sein Held Boris Becker gewesen, der schwierige Bälle mithilfe eines, aus heutiger Sicht absolut bizarren Hechtsprunges zu erreichen versuchte. Besonders wichtige Punktgewinne feierte er, indem er die Faust ballte, als zerquetschte er in ihr seinen Gegenspieler. Auf dem Platz versuchte der junge Anatol sein Vorbild zu imitieren. Den Hechtsprung hatte er ein einziges Mal gemacht – danach sprang er ein halbes Jahr überhaupt nicht mehr. Die Faust war einfacher und weniger riskant. Doch war Anatol ein nur mittelmäßig begabter Spieler, weshalb die Faust nur selten zum Einsatz kam. Da sie jedoch so etwas wie der intrinsische Wert des Spiels war, der heimliche und eigentliche Grund, warum er nicht auf dem Fußballplatz stand wie alle anderen, ballte er die Faust bald auch, wenn ihm ein schöner Return gelungen war, oder wenn er besonders gut gekämpft hatte. Niemand verstand, warum der Junge sich so freute, wenn er doch gerade 6:2, 6:1 verloren hatte, doch sie wussten ja auch nicht, was Anatol wusste: dass man in dem Moment, wo man die Becker-Faust machte, ein Sieger war.

»Machen Sie da etwa die Becker-Faust?«

Er drehte sich um und da stand die große Frau mit Kurzhaarschnitt, die so rauchte, wie sie mit Hellraumprojektoren umsprang. Mehr denn je schien ein Hund ein passendes Accessoire für sie zu sein. Ein großer Hund. Ein Kampfhund, vielleicht.

»Nein. Eh. Mach ich nicht«, erwiderte Anatol nicht besonders überzeugend, weshalb er ihr die Wahrheit gestand:

»Ich habe früher Tennis gespielt.«

»Und jetzt nicht mehr?«

»Jetzt referiere ich über Pilze.«

In diesem Augenblick klang es tatsächlich wie ein logischer Aufstieg: erst das Tennis, dann die Pilze.

»Vielen Dank für Ihr Referat, ich habe mich köstlich amüsiert.«

»Gerne geschehen«, rief er großzügig, aber auch etwas irritiert: amüsiert?

»Das Facebook der Pilze«, erinnerte sie an den Titel. »Diese ganze Geschichte mit den kommunizierenden Pilzen. Ich habe mich totgelacht.«

So sehr er sich über ihr Kompliment freute, so unpassend fand er die Bemerkung mit dem Totlachen. Natürlich, Wissenschaft sollte auch Spaß machen, genau das war ja sein Credo gewesen. Doch es gab Grenzen.

»Was ist denn Ihr Spezialgebiet?«, fragte er, womit er sanft, aber trotzdem bestimmt andeuten wollte, dass sie möglicherweise die revolutionäre Note in seinem Referat nicht bemerkt hatte.

Jola lachte.

»Ich habe überhaupt kein Spezialgebiet. Also zumindest kein wissenschaftliches. Ich arbeite für den technischen Dienst.«

»Was?«

»Ich bin Technikerin.«

»Sie sind Technikerin«, lachte Anatol entspannt.

Auf einen Schlag wurde aus einer penetranten Fachkollegin, der man es nie recht machen konnte, eine charmante Außenseiterin, die mit ihrer Offenheit und Unbescholtenheit inmitten dieser grauen Uniformiertheit einen erfrischend eigenständigen Ton setzte. Anatol erinnerte sich an die Szene mit dem Hellraumprojektor und nun erschien sie ihm in einem ganz anderen Licht. Das war gar kein Unfall gewesen, sondern die herzhafte Begrüßung zweier Arbeitskollegen.

Wie alle vergeistigten Menschen war Anatol von dem unbändigen Bedürfnis getrieben, sich mit Handwerkern zu verbrüdern. In seinen Augen war dies der Ritterschlag des Akademikers, der in zwei Welten zu Hause war.

»Und was sagen Sie zur Konferenz, gefällt sie Ihnen?«, fuhr er daher in vertraulichem Tonfall fort. Und weil er sich gerade so vertraulich fühlte, setzte er hinzu:

»Übrigens, wollen wir uns nicht einfach duzen? Ich heiße Anatol.«

»Ich weiß. Und Tobias. Und wegen der Konferenz«, raunte sie und senkte theatralisch die Stimme, »ich finde sie sterbenslangweilig.«

»Tatsächlich?«

»Aber dein Referat war eine erfrischende Ausnahme.«

Anatol verstand, was sie damit sagen wollte: Sein Referat war das mit dem menschlichen Flair. Im Grunde sollte man alle Referate daraufhin überprüfen, ob sie die Leute vom technischen Dienst erreichten, sagte er sich und teilte diesen faszinierenden Gedanken sofort Jola mit, die erschrocken zusammenzuckte.

»Bitte nicht!«

Sie zündete sich eine neue Zigarette an und rauchte sie hastig. Der Gedanke, künftig noch mehr Referate hören zu müssen, schien eine geradezu traumatische Wirkung auf sie zu haben.

»Wie ist denn die Arbeit im technischen Dienst?«, wollte Anatol wissen.

»Geht so. Ich würde verrückt werden, wenn ich nur das machen müsste. Aber zum Glück habe ich noch meine Leidenschaft.«

»Hunde«, probierte Anatol.

»Wieso Hunde?«

»Nur so ein Gedanke.«

»Ich mag keine Hunde. Außerdem bin ich allergisch.«

»Auf Hunde?«

»Ich bin auf ziemliches vieles allergisch.«

Sie sagte es mit dem Stolz einer Sammlerin. So wie andere Leute »Ich besitze mehrere komplette Rosenthal-Services« sagten.

»Natürlich schränkt das sozial etwas ein. Darum ja die Büsten.«

»Welche Büsten?«

»Ich mache Büsten von Leuten, die ich kenne. Mein Therapeut hat mir dazu geraten. Aber mittlerweile mache ich sie aus purem Vergnügen.«

»Die Therapie ist also abgeschlossen?«

»Die Therapie ist nie abgeschlossen. Nur hat sie angefangen, Spaß zu machen.«

»Und was sind das für Büsten?«

Sie überlegte, wobei sie mit dem Gedanken spielte, ob sie sich noch eine weitere Zigarette gönnen sollte.

»Zum Beispiel habe ich eine von Professorin Wojda angefertigt.«

Das war die energische Professorin im geblümten Rock.

»Sie hat ihr so gut gefallen, dass sie gleich eine zweite bestellt hat.«

»Was will sie denn mit zwei Büsten?«

»Keine Ahnung. Falls eine kaputtgeht oder so.«

Der Gedanke erfreute sie so sehr, dass sie sich jetzt tatsächlich noch eine anzündete.

»Du könntest ja eine Büste von mir machen«, schlug Anatol vor.

Als Mann, der hier die amüsanten Referate hielt, schien ihm das irgendwie angemessen.

Jola blies den Rauch aus und musterte seinen Kopf mit Kennerblick von allen Seiten.

»Ich denke«, begann sie schließlich, »das ist ein Thema, das wir heute Abend weiterdiskutieren sollten.«

»Heute Abend?«

»Beim festlichen Abendessen!«

14

Jeder Mensch erlebt in seinem Leben wenigstens ein Mal eine Sternstunde. Bei manchen ist es vielleicht auch nur eine Sternminute. Es ist der Moment, wo man genau so ist, wie man sich das immer gewünscht hat. Nicht jenes steife Wesen, das im Korsett der eigenen Unzulänglichkeiten gefangen ist. Nicht jener Kobold, der sich an seinen eigenen Ressentiments vergiftet und ohnmächtig dabei zusehen muss, wie ihm statt geistreichen Aphorismen nur immer wieder dieselben verklemmten Allgemeinplätze zum Mund herauskriechen. Nicht jenes vor Nervosität schwitzende Häuflein Elend, das sich selber im Weg steht und sich so ungelenk bewegt, als studiere es gerade einen Slapstick ein – und der Slapstick heißt: mein Leben. Sondern frei, leicht und charmant. Unter dem Eindruck eines Siegerlächelns löst sich die verspannte Haut unter dem Schädel, der angenehm runder wird. Der ganze Körper bewegt sich ruhiger, bewusster, im Fluss seiner selbst. Wie ein Dampfer, der so gemütlich wie unerbittlich losfährt im Wissen, dass er ankommen wird –

und nicht wie ein geisteskrankes Pedalo, das nach wenigen Minuten schon die erste Boje rammt und traurig untergeht. Der Mund ist Herr seiner selbst. Die Zunge rotiert darin mit der Sicherheit einer Sekretärin, die das Zehnfingersystem mit der Muttermilch eingesogen hat. Jeder Satz sitzt und ist eine Granate. Wie im Fernsehen folgen die Lacher auf den Fuß, nur dass sie hier echt sind. Dies ist das Leben. Und heute Abend ist alles möglich. Man hört sich reden, man sieht sich leben, man kann es kaum glauben. So einfach ist das also?

An diesem Abend war Anatol definitiv auf dem Weg zu den Sternen. Auf dem Programm stand das festliche Abendessen, wobei die dazu passende Garderobe in Anatols Fall darin bestand, seinen Anzug vom Nachmittag um eine Krawatte zu ergänzen. Man saß an einer langen Tafel in einem Restaurant namens Acapulco. Graue Backsteinwände, ein junger, verträumter Kellner und leise säuselnder Pop im Hintergrund. Es war eine Atmosphäre knospender Illusionen, in der einem sogar der Tod nur wie ein unbestätigtes Gerücht erschien.

Anatol saß in der Mitte des Tisches, gegenüber der Professorin mit dem geblümten Rock, die unterdessen einen schwarzen Rock trug, und dem Herrn mit dem Gesicht eines ehemaligen Rennpferdes, an dem sich nichts geändert hatte. Er sprach nicht übermäßig viel und ließ die anderen, so nannte er es für sich selbst, gewähren, doch streute er immer wieder kleine Aperçus ein, die genauso appetitlich und mundgerecht daherkamen wie das Essen auf ihren Tellern. Apropos: Nie zuvor in seinem Leben hatte Anatol ein Abendessen ästhetischer verzehrt. Denn tatsächlich gehörte es zum Drama seiner Existenz, dass er es einfach nicht zu formvollendeten Tischmanieren schaffte. Statt das Essen auf dem Teller zu loben, zu studieren, zu analysieren und zu fotografieren, aß er es schlicht sofort auf. Die anderen hatten noch kaum den Brokkoli aus zehn verschiedenen Perspektiven aufgenommen, da war sein Teller bereits leer und nur der leicht fettige Glanz auf seinen Lippen und die Schweißperlen auf seiner Stirn erzählten die traurige Geschichte eines Mannes, der ins Restaurant gekommen war, mit keinem anderen Plan, als sich den Bauch vollzuschlagen. Doch an diesem Abend wurde aus ihm ein Connaisseur. Er untersuchte seinen gemischten Salat samt Crevettenspieß mit der Attitüde eines gelangweilten Juweliers, dem schon weitaus edlere Stücke unter die Nase gekommen waren. Er brillierte beim Verzehr der Suppe, aus deren Tiefe er immer wieder neue Bestandteile ans Tageslicht beförderte. Und er verschnitt. Oh, was verschnitt er nicht alles an diesem Abend. Und in wie viele Teile. Sein Meisterstück lieferte er beim Hauptgang. Lamm. Niedergegart. Nach der Pensionierung hatte es eine Weile lang so ausgesehen, als würde sein Vater eine Ruhestandskarriere als Hobbykoch hinlegen. Niedergaren sollte dabei im Zentrum seines Schaffens stehen. Es war für Anatols Vater mehr als nur eine Form des Garens, es war eine Lebensform. Nachdem der Körper fünfzig Jahre lang im täglichen Arbeitsstress unter Zeit und Leistungsdruck zäh und trocken geworden war, schmorte er nun gemütlich im eigenen Saft. Das Leben hatte wieder einen Sinn. Statt auf den Tod, wartete man nun auf das Stück Rindshuft im

Ofen. Natürlich war diese Obsession nur von kurzer Dauer. Ein niedergegartes Fleisch ist eben doch nur ein niedergegartes Fleisch. Bald verrauchte die Begeisterung des Vaters und er kaufte sich einen neuen Toaster, der ihm der angebrachte Gefährte auf der Reise ins Nichts zu sein schien. In Erinnerung geblieben aber waren seine Monologe, geblieben war das Wissen, von dem Anatol jetzt zehren konnte, als wäre es selber das allerzarteste Fleisch. Seine Forschungskollegen trauten ihren Ohren nicht. Der Mann war offenbar nicht nur die Zukunft der Pilzwissenschaft und ein begnadeter Aphoristiker, nein, er war auch ein heimlicher Chefkoch. Ein Gourmet mit sieben Hauben. Es stellte sich heraus, dass auch die Professorin eine leidenschaftliche Köchin war. Was folgte, war ein kulinarisches Duett der beiden Pilzwissenschaftler, das in einem bewegenden Austausch von Hackbratenrezepten endete.

An dieser Stelle wagte Anatol einen triumphierenden Blick in die Runde und entdeckte am anderen Ende des Tisches Jola. Auch sie hatte ihn soeben bemerkt und winkte ihm, wobei sich ihre Lippen bewegten. Es war sehr laut im Restaurant, weshalb Anatol kein Wort verstehen konnte, doch aufgrund ihres Gesprächs am Nachmittag nahm er einfach mal an, dass es um die Büste ging. Also zeigte er mehrmals auf seinen Kopf und reckte dann den Daumen nach oben. Da Jola nicht zu verstehen schien, wiederholte er diese Aktion immer wieder und erst als er die verwunderten Blicke bemerkte, die ihm Professorin Wojda zuwarf, beendete er sein Schauspiel und wendete sich wieder dem niedergegarten Lamm zu.

Während des Essens erschien plötzlich der melancholische Brucella-Spezialist. Er wirkte so farblos wie am Nachmittag und trug immer noch dieselben Kleider. Sogar auf eine Krawatte hatte er verzichtet. Er machte den Eindruck, als habe er sich nur sehr widerwillig hierherbewegt, und auch jetzt ließ er mit sichtlicher Abscheu den Blick über die Tafel schweifen. Alle Stühle waren besetzt. Auf das Problem angesprochen, verzog sich der verträumte Kellner in die innere Migration.

»Und bei euch im Büro gibt es keine Stühle?«, herrschte ihn Anatol an.

Als er vorhin auf die Toilette gegangen war, hatte er eine Türe gesehen, die mit »Büro« angeschrieben war.

»Äh. Doch. Vielleicht schon«, stammelte der Kellner.

»Na dann komm.«

Zwei Minuten später sah man den Pilzwissenschaftler Tobias Anatol Rogg einen bordeauxroten Ohrensessel aus dem Büro des Restaurants Acapulco tragen. Derselbe Anatol, der bei den Vorbereitungen zum letzten Weihnachtsfest im Altersheim schon nach den ersten paar Klappstühlen mit Verdacht auf Bandscheibenvorfall hatte ausscheiden müssen, trug hier Ohrensessel, als hätte er sein Leben lang nichts anderes getan.

»Könntet ihr etwas zusammenrutschen«, sagte er zu dem Grüppchen Pilzwissenschaftler am oberen Ende der Tafel. Er hatte seine Bitte vor allem an Jola gerichtet, die unterdessen bereits zu einer Art Komplizin geworden war, und tatsächlich organisierte sie sogleich das allgemeine Rutschkommando. Nur wenige Sekunden später konnte sich der Brucella-Spezialist, ein kaum hörbares

»Danke« nuschelnd, in den Ohrensessel sinken lassen, wo er feststellte, dass sein Kopf sich unmittelbar auf Höhe des Lammfilets befand.

Nachdem er fünfunddreißig Jahre abstinent gewesen war, fing Anatol um 21.32 Uhr mit dem Rauchen an. Aus den Augenwinkeln hatte er gesehen, wie sich Jola zur Eingangstüre bewegte.

»Gehst du rauchen?«, brüllte er so laut, dass die Professorin erschrocken zusammenzuckte.

»Ja«, bestätigte Jola, worauf Anatol verschwörerisch verkündete:

»Ich komm mit.«

»Sie rauchen?«, fragte die Professorin immer noch erschrocken, jetzt aber spielerischer, ironischer.

»Leider«, antwortete Anatol mit einem vielsagenden Grinsen, das vom Verlust mindestens eines Lungenflügels erzählte. Ein Mann und seine Sucht. Das war die dramatische Geschichte des Tobias Rogg. Bevor er aufstand, kippte er sein Weinglas in einem gierigen Schluck hinunter, der vermuten ließ, dass Nikotin längst nicht sein einziges Laster war.

Dann schlurften sie hintereinander zum Ausgang, Jola, Anatol. Duo furioso. Zwei unzähmbare Freigeister, die sich noch vor dem Dessert aus dem Staub machten, um ihrer tödlichen Lust zu frönen. Immer on the wild side. Wie öffnet man die Türe? Aha. Man muss ziehen!

Draußen hatte es angefangen zu regnen, was Anatol mit der Bemerkung »Es regnet« kommentierte. Jola gab ihm eine Zigarette, und während er noch etwas planlos daran zog, erklärte sie:

»Bald gibt es Nachtisch.«

Beide hatten sie das Triumphgefühl verspürt, gefährlicher, unkonventioneller, individueller als ihre Kollegen zu leben, nun aber fiel es ihnen sichtlich schwer, das dafür passende Gesprächsrepertoire zu finden. Trotzdem wollten sie so schnell nicht aufgeben. Vor allem Anatol stand hier in der Pflicht. Schließlich hatte er sich mit seinem Referat, das manche als zum Totlachen empfunden hatten, als origineller Geist etabliert, der stets mit einer überraschenden Volte aufwartete. Leider fiel ihm, vom Essen schwer geworden, nichts Besseres ein als »Das Lamm war gut«.

»Köstlich.«

»Zart.«

»Und wie.«

»Niedergegart.«

»Fantastisch.«

»Verdaut man auch besser.«

»Mein Vater hat ein Magengeschwür.«

»Oje.«

Damit war das freibeuterische Gespräch zu Ende. So leicht wollte sich Anatol jedoch nicht geschlagen geben. Er schnorrte sich von Jola eine weitere Zigarette und begann rauchend die Straße hochzuschlendern, wie von einer plötzlichen Entdeckerlust gepackt. Oder hatte ihn ein Gedanke gepackt, dem er dringend nachgehen musste? War es nach all der Geselligkeit, die er gestiftet hatte, Einsamkeit, wonach ihn verlangte? Das jedenfalls schien sein

Blick zu verraten, als er nach ein paar Metern die Eingangstüre einer Bar mit dem Namen Johnnie Walker musterte. Einen Whisky und ein Bier, das war es, was er jetzt brauchte. Würde Jola ihn begleiten? Er drehte sich um. Und stellte fest, dass sie in der Zwischenzeit wieder reingegangen war.

Das Dessert wurde serviert.

Nach dem Abendessen wollten sie noch weiterziehen. Mittlerweile bestand das einstmals dreißigköpfige Team der Pilzwissenschaftler nur noch aus einem Schrumpftrüppchen von fünf Leuten, zu dem neben Anatol und Jola auch Professorin Wojda sowie der Herr mit dem Gesicht eines Rennpferdes und, zur allgemeinen Überraschung, der Brucella-Spezialist gehörten. Es war der Rennpferd-Herr, der die Führung übernahm und das Grüppchen mit schelmischem Grinsen in den ersten Stock einer Hard-Rock-Kneipe lotste, wo sie allerdings wider Erwarten auf einen vollkommen leeren Saal trafen, in dessen hinterem Bereich sie sich nach kurzem Zögern niederließen. Kaum hatte jeder ein großes Bier vor sich stehen, begann Professorin Wojda mit einer langwierigen Ausführung, deren Titel etwa »Aus dem turbulenten Leben einer Pilzwissenschaftlerin« lauten konnte. Man erkannte sofort die geübte Rednerin, vor allem aber, für wie selbstverständlich sie es hielt, die ungebrochene Aufmerksamkeit zu erhalten. So hörten ihr alle hoch konzentriert zu und es mutete umso rebellischer, ja fast skandalös an, als Jola nach ungefähr einer Viertelstunde Dauermonolog zur Dartsscheibe auf der anderen Seite ging und zu spielen anfing. Anatol schaute ihr entgeistert, aber auch bewundernd nach. Was für eine mutige Frau. Nun sah er, dass sie ihm mit Zeichen zu verstehen gab, er solle zu ihr kommen und mitspielen. »Ich kann doch nicht mit dir Darts spielen, während die Professorin über Budgetkürzungen redet«, versuchte er ihr zu bedeuten, doch sie verstand nicht oder wollte nicht verstehen. Andererseits, war er nicht der Freigeist in dieser Gruppe? Das Enfant terrible, der Mann, der immer für eine Überraschung gut war? Stand er nicht außerhalb gesellschaftlicher Konventionen? Wer, wenn nicht er, konnte es zur Dartsscheibe schaffen?

Schließlich entschied er sich für einen Mittelweg. Er ging zum Darts, doch in einer bedauernden und widerstrebenden Weise, die deutlich machen sollten, wie schwer ihm dieser Gang fiel. Endlich hatte er es geschafft und stand neben Jola, die ihn aber kaum wahrnahm und mit verbissener Miene einen Pfeil nach dem anderen fortballerte.

»Toller Abend«, sagte Anatol.

»Nicht schwatzen. Spielen«, forderte sie ihn auf.

Sie einigten sich auf ein Duell. Nun zeigte sich, dass Jola, anders, als es ihr professionelles Auftreten hatte vermuten lassen, nicht besonders gut war in Darts. Das heißt, eigentlich war sie sogar richtig schlecht. Sie schoss die Pfeile mit brachialer Urgewalt, ohne zu zielen. Ja, sie schaute gar nicht wirklich hin und schien zu glauben, die Pfeile würden, mal losgeschossen, schon von selber den Weg ins Ziel finden.

»Das ist richtig mies«, kommentierte sie zerknirscht.

Nun war Anatol ausgerechnet in Darts ziemlich gut.

Während seiner Studienzeit hatten er und Max ganze Nächte damit zugebracht, Nächte, in denen sie eigentlich hatten Frauen kennenlernen wollen. Im Spiel gegen Jola stellte Anatol erfreut fest, nichts von seiner Zielsicherheit verloren zu haben. Vor lauter Begeisterung geriet er in einen regelrechten Wettkampfrausch, und während Jolas Pfeile kläglich ins Nichts segelten, gierte Anatol immer ehrgeiziger nach dem Punktemaximum. Jedes Mal, wenn er ins Schwarze traf, leuchtete die Dartsscheibe farbengewaltig auf und eine Triumphmusik erklang, bei der es sich, wie ihm Jola erklärte, um die polnische Nationalhymne handelte. Beides, Lichtershow und Musik, waren ziemlich laut und bald schon begannen die Pilzwissenschaftler auf der anderen Seite irritiert zu verfolgen, wie Doktor Tobias Anatol Rogg, dieses Energiebündel, nach einem langen ereignisreichen Tag noch Kraft und Muse fand, um auch beim Darts alle Rekorde zu brechen.

Als Anatol und Jola schließlich zu ihrem Grüppchen zurückkehrten, war er sogar leicht verschwitzt und etwas außer Atem.

»Übrigens«, sagte er. »Ich soll für Herrn Gustav zum Grab von Piotr Zelinski gehen. Es liegt auf einem Friedhof namens Doly. Weiß jemand, wie ich am besten dorthin gelange?«

»Das ist ziemlich weit außerhalb«, meinte Professorin Wojda. »Am besten, Sie nehmen ein Taxi.« Sie hielt inne. »Oder warten Sie mal. Jola, du wohnst doch direkt neben dem Friedhof. Vielleicht könntest du Herrn Rogg ja morgen nach der Konferenz dorthin führen?«

»Aber morgen habe ich meinen Töpferkurs.«

»Am Sonntag?«

»Es ist ein Spezialkurs.«

»Nun denn. Vielleicht ist Herr Rogg am Montag ja noch in Lodz?«

»Ich fahre erst am Dienstag«, bestätigte Anatol, wobei ihm gleichzeitig einfiel, dass er am Dienstag ja eigentlich wieder arbeiten musste.

»Also abgemacht«, sagte die Professorin und es klang, als meine sie damit nicht nur den Ausflug zum Friedhof.

Kurz darauf verabschiedeten sich alle aus der Gruppe und Anatol, der sich gerade ein frisches Bier an der Bar geholt hatte, war plötzlich alleine. Alleine mit dem Brucella-Spezialisten. Auch der saß noch über einem halben Bier. Anatol setzte sich zu ihm und eine Weile lang taten sie nichts außer schweigen, wobei insbesondere der Brucella-Spezialist nicht den Eindruck machte, als ob er noch irgendwann zu reden vorhätte. Er tat Anatol leid, der das Gefühl nur zu gut kannte, sich in einer Gruppe als Außenseiter zu fühlen. Das Leben war einfach nicht gerecht, dachte Anatol, der gerade genug Alkohol intus hatte, um gefährlich philosophisch zu werden. Plötzlich hatte er eine Art Obi-Wan-Kenobi-Gefühl. Mit anderen Worten: Er verspürte Weisheit gepaart mit Redezwang und Pathos. »Hör mal«, hörte er sich selber sagen, »der Mensch ist nie das, was er ist. Er lebt im Schatten seiner selbst, denn dort ist es sicher und bequem. Doch wo Schatten ist, ist kein Licht. Der Mensch schrumpft auf die Größe eines Gartenzwergs. Darum ist es wichtig, aus dem Schatten herauszutreten. Wenn man kein Gartenzwerg sein will.«

Insbesondere das holprige Ende hatte gar nicht mehr nach Obi-Wan Kenobi geklungen. Der Brucella-Spezialist schaute ihn verstört an:

»Wie bitte?«

»Wie wärs mit ner Runde Darts?«

15

Am nächsten Morgen erwachte Anatol mit einem schweren Kopf, weshalb er sich kurzerhand entschied, die ersten Vorträge auf dem Tagesprogramm zu schwänzen. Stattdessen saß er mit einem Cappuccino, den er an irgendeinem Stand to go gekauft hatte in dem kleinen Park neben der Unibibliothek und dachte an nichts. Frieden lag auf seinen Lippen und in seinem Herzen. Nerina, die Frau mit der Gutscheine-Phobie, die seine Wohnung im Sturm erobert hatte, ließ ihm folgende Nachricht zukommen: »Es gibt keinen Aceto Balsamico mehr.« Er las die Zeilen, doch sie wollten nicht wirklich zu ihm durchdringen. Nerina und der Aceto Balsamico schwebten durch seine alte Wohnung, die wie ein Paralleluniversum wirkte, ein Paralleluniversum mit farbigen Schubladengriffen, das mit dem seinen kaum mehr etwas zu tun hatte. Und auch die Tatsache, dass er am Dienstag nicht auf der Arbeit erscheinen würde, kam ihm wie eine lächerliche Lappalie vor. Morgen würde er mit Jola zum Grab von Piotr Zelinski gehen und dem Toten, wer auch immer er gewesen war, seine letzte Ehre erweisen. Das war, was zählte. Alles andere kam ihm bloß wie ein übles Gerücht vor, wie die Störeffekte eines anderen Lebens, das im Moment vor allem eines war: lästig.

Als er um halb eins den Konferenzraum betrat, meinte er so etwas wie Erleichterung bei den Teilnehmern zu bemerken. Er war zurückgekehrt. Der Mann, der tags zuvor ein faszinierendes Referat gehalten hatte und darüber hinaus mit seinem Charme, seinem Witz und seiner Fähigkeit, in Stresssituationen den Überblick zu bewahren, Stichwort Ohrensessel, für jene besondere, ja magische Atmosphäre gesorgt hatte. Das hier war nicht einfach nur eine weitere Konferenz im Leben eines Pilzwissenschaftlers. Das hier war *die* Konferenz.

Natürlich ließ Anatol nicht erkennen, dass er sich seiner Rolle bewusst war. So setzte er sich demonstrativ in die letzte Reihe. Macht ihr hier mal alleine weiter, schien seine lässige Haltung zu sagen. Doch mit seinem wachsamen Blick, dem Blick des Hirten auf dem Feld, gab er ihnen gleichzeitig zu verstehen: Ich bin da, ich bin bei euch. In der Hand hielt er noch immer den Cappuccino to go, was die Unabhängigkeit und Originalität seines Handelns zusätzlich unterstrich. Statt sich wie alle anderen ein ungenießbares Gesöff in der Cafeteria zu holen, ging er weite und möglicherweise gefährliche Wege, um sich seinen handgerösteten Kaffee mit frischer Bio-Milch zu ziehen. Er machte, was er wollte.

Seine anhaltende Hochstimmung war auch der Grund, warum er sich nach der Diskussion eines ihm absolut unverständlichen Vortrags über »Modulare Ansätze einer synthetischen Pilzgenese« zu Wort meldete. Er hatte geglaubt, der Klang seiner Stimme würde allgemein für Erleichterung sorgen, genau wie die messerscharfe Arbeit seines Verstandes einmal mehr als stimulierend empfunden würde. Dass sein Beitrag nicht stimulierend, sondern sinnlos und bizarr war, merkte Anatol in dem Moment, als er zu sprechen anfing. Er versuchte sich zu retten, indem er am Ende einfach nochmals die These seines eigenen Referats wiederholte und daran erinnerte, dass allein ein gemeinsames Netzwerk von Pilzen und Menschen die Rettung bringen könne. Der Referent, ein älterer Herr aus Schweden, bedankte sich sehr freundlich für die äußerst interessante Bemerkung. Leider könne er nicht mehr darauf eingehen, da dies den Zeitrahmen sprengen würde.

In der Pause zog ihn Professorin Wojda zur Seite und verriet ihm konspirativ flüsternd, sie gedenke das Referat zum »Netzwerk der Pilze« in den Sammelband der Konferenz aufzunehmen. Anatol zeigte sich erfreut, obwohl er nicht recht verstand, warum für so eine Information konspiratives Flüstern notwendig war. »Aber bitte, verraten Sie es keinem«, raunte ihm die Professorin zu.

»Selbstverständlich«, raunte Anatol zurück.

»Es soll mein persönliches Geschenk sein für den guten Gustav.«

»Der gute Gustav«, wiederholte Anatol.

Danach fühlte er sich seltsam verwirrt. Jedoch nur so lange, bis ihm eine Doktorandin aus Lyon erzählte, wie sehr sie sein Referat beeindruckt habe. Sie wollte wissen, ob er sich vorstellen könne, dasselbe Referat auf einer Konferenz in Lyon zu halten.

»Es wäre mir ein Vergnügen. Noch dazu, da es Lyon ist.«

»Sie kennen Lyon?«

»Ich kenne und liebe es.«

Tatsächlich war er nur einmal in Lyon umgestiegen. Am Bahnhof war er beinahe von einem Obdachlosen, dem er kein Geld hatte geben wollen, verprügelt worden.

»Ein raues Pflaster«, ergänzte er.

Die Doktorandin seufzte zustimmend.

Jola sah er nur kurz. Sie trug eine Lederjacke, und als Anatol sie mit verschwörerischer Miene begrüßte, schien sie ihn zunächst nicht zu erkennen. Er hatte sich vorgestellt, wie sie vor dem Eingang eine Zigarette nach der anderen rauchend und wild durcheinanderredend die Ereignisse des vergangenen Abends nochmals Revue passieren ließen. Mit Schalk in den Augen kehrten sie in den Vorlesungssaal zurück, von den anderen Wissenschaftlern eifersüchtig beobachtet: Da haben sich zwei gefunden.

Doch wirkte Jola entrückt und distanziert, sie saß neben dem melancholischen Brucella-Spezialisten, mit dem sie sich offenbar köstlich amüsierte, während Anatol neben einer greisen Professorin aus Salzburg saß, die während der Referate immer wieder einnickte und leise vor sich hin schnarchte. Als er Jola in einer Pause fragte, ob sie eine Zigarette für ihn hätte, streckte sie ihm wortlos ihr Päckchen hin, auf dass er sich selber bedienen sollte, bevor sie sich wieder dem Brucella-Spezialisten zuwendete. Immerhin. Es blieb ihm ja noch der Friedhofsbesuch.

Allerdings hatte Jola am nächsten Tag doch keine Zeit, da dann etwas stattfand, das in Anatols Ohren wie Brotbackkurs geklungen hatte.

»Aber wir können am Dienstag zum Grab.«

»Ich habe mir die ganze Woche freigenommen«, hörte sich Anatol zu seinem eigenen Erstaunen sagen.

Am Ende der Konferenz versammelten sich alle Teilnehmer fürs Gruppenfoto. Üblicherweise pflegte Anatol bei solchen Anlässen die Außenzone zu belegen. Einerseits aus Unfähigkeit, andererseits aus Eitelkeit. Er bildete sich nämlich ein, es sei irgendwie vornehmer, auf einem Gruppenfoto nur in Form eines Kinns oder eines Ohrläppchens vorhanden zu sein. Tatsächlich gab es Fotos, Familienfotos, auf denen er so weit vom übrigen Personal entfernt stand, dass man ihn für einen Passanten hätte halten können, der versehentlich ins Bild hineingelaufen war. Lange hatte Anatol geglaubt, allein im Schatten gelange der Mensch zu wahrer Würde. Tatsächlich war der Mensch im Schatten jedoch vor allem eines: nicht zu sehen. Nun aber schienen geheime Kräfte ihn direkt ins Zentrum des Geschehens zu spülen. Da stand er, neben der Professorin mit dem geblümten Rock und dem Dekan, der nur fürs Foto erschienen war, und grinste, was das Zeug hielt. Auf dem Foto sah er aus wie eine Mischung aus Sektenguru, ewigem Studenten und seinem Vater am Hochzeitstag. Man sieht immer schlechter aus, als man sich fühlt, dachte Anatol. Doch er sah nicht unglücklich aus. Wenn man es nicht besser gewusst hätte, hätte man gedacht: Das ist mal ein typischer Pilzwissenschaftler.

Wie bewegt er selber war, realisierte Anatol erst so richtig, als er Professorin Wojda zum Abschied umarmte. Sie hatte ihm die Hand hingestreckt, doch hatten sie einfach zu viel zusammen erlebt, um sich auf so förmliche Weise zu verabschieden.

»Danke«, flüsterte er.

Eigentlich wäre das ihr Part gewesen. Doch als von der Professorin nichts gekommen war außer einem leisen Röcheln, hatte er die Umarmung gelockert und das ersehnte Wort halt selber gesagt.

»Richten Sie Gustav bitte meine liebsten Grüße aus.«

»Sehr gerne.«

Falls er noch lebt, dachte Anatol. Nach dem Vortrag hatte er mehrfach versucht, den alten Wissenschaftler zu erreichen. Vergeblich. Auch eine WhatsApp-Nachricht mit dem Inhalt »Referat-Triumph auf ganzer Linie« war lange ungelesen geblieben, dann aber hatte ihm Herr Gustav das Victory-Zeichen geschickt. Er liebäugelte allem Anschein nach noch mit dem Leben.

»Vielleicht sieht man sich mal wieder«, meinte die Professorin und schien dabei an eine ferne Zukunft zu denken, die möglicherweise ihre Wiedergeburt in einem anderen Leben bereits miteinschloss.

»Ich bleibe noch ein paar Tage hier.«

»Tatsächlich?«

Sie wirkte beeindruckt von so viel Lodz-Begeisterung, gleichzeitig aber auch irritiert: Hatte der Mann kein Leben? Musste er nicht zurück zur Arbeit? Rief nicht seine Forschung? Freiheit war immer verdächtig. Sofern man nicht eine gute Ausrede wie zum Beispiel eine gebrochene Hüfte oder eine schwere Bronchitis vorweisen konnte, erregten Menschen, die weder Plan noch Verpflichtungen hatten, das Misstrauen und den Neid ihrer Mitmenschen.

»Ich muss morgen leider zu meinen Studenten zurück«, sagte die Professorin mit kaum verhülltem Vorwurf in der Stimme, worauf ihr Anatol feierlich gestand, dass er die Woche in Lodz nutzen wolle, um für ein neues Buch zu recherchieren.

»Ah ja? Und darf man fragen, was das Thema ist?«

»Pilze.«

Als die Professorin davongerauscht war, dachte Anatol über seine Aussage nach. Die Idee mit dem Pilzbuch war ein spontaner Einfall gewesen, der ihm gar nicht so schlecht vorkam. Ein Pilzbuch. Besser: Ein Pilzbestimmungsbuch. Pilze waren gesund und faszinierend, dies war unbestritten. Alle Menschen liebten Pilze, doch nur die wenigsten wagten, sie zu sammeln – aus Furcht, sich tödlich zu vergiften. Hier würde Anatols Buch einsetzen, eine Aufklärungsschrift im besten Sinne: Der Pilz, dein guter Freund, wäre sein Motto. Natürlich würde er viel recherchieren und Interviews mit Experten wie Herrn Gustav oder Professorin Wojda führen müssen. Selbstverständlich würde das alles enorm literarisch geschrieben sein, durchsetzt von burlesken Anekdoten, feinfühligen Reflexionen über das Zusammenleben von Mensch und Natur und geistreichen Sentenzen, die in Erinnerung blieben. Es wäre nicht nur ein Buch. Es wäre ein Geschenkbuch. Hochglanzpapier und malerische Kunstfotografien von Pilzen aller Façon. Preis achtundfünfzig

Franken. Anatol wusste auch bereits, was im Vorwort stehen würde: Alles begann auf einer Konferenz in Lodz.

Kaum hatte er das Unigebäude verlassen, zückte er sein Handy. So sah jetzt sein Leben aus. Er nahm es im Laufschritt. Atemlos war sein Rhythmus, Termine waren sein Zuhause. Hier eine Konferenz, da die Recherche zu einem neuen Buch, dazwischen noch schnell ein Anruf.

»Was soll das heißen: Du kannst die Woche nicht arbeiten? Du hast morgen Schicht«, erklärte ihm die Sekretärin vom Abendruh am Telefon unmissverständlich.

Natürlich. Sie hatte seinen Auftritt auf der Konferenz nicht mitbekommen. Sie wusste nicht, was mit ihm passiert war. Sie wusste nicht, was aus ihm geworden war. Sie dachte, er sei noch immer der alte Anatol, der freundliche Anatol, mit dem man alles machen konnte.

Er suchte nach der neuen Global-Player-Lässigkeit, mit der er vorhin das Unigebäude verlassen hatte, doch alles, was er auf die Schnelle fand, war ein eher harmlos gehustetes »Okay. Okay«.

Nur weil er es zwei Mal sagte, wurde es nicht unbedingt lässiger. Oder war es vielleicht typisch für Global Player, alles zweimal zu sagen? Unbeeindruckt fuhr die Sekretärin fort:

»Außerdem will Oppenhöven mit dir sprechen. Um neun in seinem Büro.«

Es klang wie ein Marschbefehl, klang wie: Denk ja nicht, dass du deine Träume verwirklichen kannst. Du gehörst uns. Und wirst uns immer gehören.

Anatol spürte, wie ihm das Blut in den Kopf schoss.

Seine Hände zitterten vor Wut und seine Stimme zitterte leider auch, als er »Ich kann morgen nicht kommen« krächzte.

»Da ist Oppenhöven anderer Meinung.«

»Ich bin nicht da.«

»Was?«

»Ich bin im Moment nicht in der Schweiz.«

»Natürlich bist du in der Schweiz. Du hast morgen Schicht.«

»Ich bin in Polen.«

»Hä?«

»Ich bin in Lodz, Polen, und dies noch die ganze Woche. Ich recherchiere hier für ein neues Buch.«

»Eh?«

»Ich weiß auch nicht, ob ich demnächst zurückkomme. Im Moment möchte ich mich ganz auf das Buch konzentrieren. Es geht übrigens um Pilze.«

»Pilze?«

»Nicht nur. Es geht auch um uns Menschen. Und wie wir es besser machen könnten. Vielleicht. Ich habe viele Ideen, aber ich brauche mehr Zeit. Darum werde ich bei der Arbeit wohl länger aussetzen müssen. Es tut mir leid um die Bewohner. Bitte grüß sie all sehr herzlich von mir. Ich habe gerne mit ihnen getanzt. Doch seien wir ehrlich, ich bin nun mal kein Allrounder. Ich bin Schriftsteller.«

Damit legte er auf.

Danach marschierte er durch sein Zimmer im Universitätshotel und skandierte immer wieder »Ich bin Schriftsteller! Ich bin Schriftsteller!«. Derart selbstbewusst hatte er das noch selten ausgesprochen. Meistens kam die Information, wenn überhaupt, verschämt und stockend heraus, und man konnte den Eindruck gewinnen, diese Schriftstellerei sei ein qualvolles Leiden, von dem er einfach nicht genesen wollte. Und tatsächlich war genau das die Definition des Schriftstellerlebens, mit der Anatol aufgewachsen war. Der Schriftsteller lag in der Gosse und schämte sich. Und wenn er nicht in der Gosse lag, schämte er sich noch mehr, nämlich dafür, nicht in der Gosse zu liegen. Vorbei! Neuerdings klang das Wort so selbstbewusst wie »Herzchirurg«, »Umweltingenieur« oder »Wallstreet-Broker«.

Er war so gut gelaunt wie lange nicht mehr. Der Grund war dieses neue Leben. Dieses andere Leben. Mehr noch: dieses richtige Leben. In diesen Stunden war er endlich der Anatol, der er immer hatte sein wollen. Die Unzulänglichkeiten waren verschwunden oder einfach in ihr Gegenteil verkehrt worden. Was lächerlich war, schien nun als ein Triumph. Er hatte das Gefühl, einen maßgeschneiderten Anzug zu tragen, auch wenn es im Moment tatsächlich nur ein kariertes Hemd war, das dringend in die Wäsche musste.

Sein Vater hatte ihm eine Nachricht geschrieben:

»Hast du schon Piroggen gegessen?«

»Ja. Und sie sind fantastisch«, schrieb Anatol zurück.

Doch dieses kulinarische Geplänkel war das falsche Futter. Es dürstete ihn nach einer dramatischeren Geste. Also suchte er in seinem Handy jene Nachricht, die ihm seine aktuelle Untermieterin Nerina am Vortag gesendet hatte:

»Er hat mir ein Abo geschenkt. Kann ich noch eine Woche länger bleiben?«

»Bleib, so lange du willst«, schrieb Anatol zurück. »Ich komme erst in einem Monat zurück.«

Danach realisierte er, was soeben passiert war: Er hatte seine Arbeit gekündigt und seine Wohnung bis auf Weiteres vermietet. Mit anderen Worten: Alles war offen.

16

Als er Jola am Dienstag traf, hatte er bereits einen Tag hinter sich, den er ganz alleine verbracht und dazu genutzt hatte, um ein sehr dünnes und sehr allgemeines Buch über Pilze in englischer Sprache zu kaufen sowie einen Stadtführer mit den Höhepunkten der Lodzer Kultur, die, wie sich zeigen sollte, aus einer Kirche und zwei Palästen bestand, wovon der eine weit außerhalb lag und der andere gerade renoviert wurde. Außerdem hatte er einen Hut mit der Aufschrift »I love Lodz« gekauft, den er als Gag für das Treffen mit Jola aufsetzen wollte. Je näher das Treffen kam, desto weniger witzig kam ihm dieser Auftritt jedoch vor. Schließlich ließ er den Hut auf dem Bett zurück.

Zur Begrüßung umarmten sie sich, was anscheinend Anatols neue Lieblingsgeste war.

»Wie war der Brotbackkurs?«, fragte er, und der verständnislose Ausdruck in Jolas Gesicht sagte ihm, dass er sich wohl doch verhört hatte.

Es gab eine Planänderung. Zum Friedhof würden sie

am Mittwoch gehen, heute wollte ihm Jola ihr Atelier, in dem sie ihre Büsten anfertigte, zeigen.

»Das ist eine tolle Idee«, rief Anatol.

Zehn Minuten später schien sich seine Atelierlust jedoch bereits wieder gelegt zu haben, denn stattdessen schlug er vor, in den Zoo zu gehen. In Anatols Vorstellung war ein Zoobesuch das Nonplusultra dessen, was man mit einer Frau unternehmen konnte. Hier kam alles zusammen: Intellekt, Spontanität, Witz, Tiere. Leider war es ihm bislang noch nie gelungen, eine Frau in den Zoo zu locken, und auch Jola wollte ihm den Gefallen nicht tun:

»Ich hasse den Zoo.«

Doch auch nach dieser deutlichen Absage hielt Anatols Unternehmungslust weiter an. Er befand sich in einem Hochgefühl schierer Freiheit, wo Unerschrockenheit und Abenteuerlust das Kommando übernahmen und man *Wind of Change* pfeifend in unbelebte Nebenstraßen einbog.

Natürlich hatte seine Stimmung mit Jola zu tun. Diese Frau aktiviert meine abenteuerliche Seite, hätte er einem guten Freund, beispielsweise Max, bei einem vertraulichen Bier erzählt. Sie trug wieder ihre Lederjacke und schritt irgendwie majestätisch die schnurgerade Einkaufsstraße entlang, als wäre sie hier zu Hause – was sie natürlich auch war. Doch war es eine besondere Art des Zuhauseseins: Es war nicht nur der Ort. Es war nicht nur Lodz. Es war das Leben. Sie war in ihrem Leben zu Hause.

»Hier in Polen muss man immer einen Plan B haben«, hatte sie ihm erklärt.

Genau diese Sicherheit strahlte sie aus. Es konnte nichts

passieren, denn sie hatte vorgesorgt und einen Plan B und auch einen Plan C. Anatol war es gewohnt, immer nur einen Plan zu haben, und auch der war meistens nicht besonders ausgereift. Rührte nicht daher seine Nervosität? Seine Unsicherheit? Seine Angst vor dem Leben? Er war behütet aufgewachsen im Glauben, keinerlei Notfallplan nötig zu haben. Aber niemand war behütet, niemand vor dem Unglück gefeit. Alle brauchten mindestens einen Plan B und C.

Doch an diesem Nachmittag färbte Jolas Souveränität irgendwie auf Anatol ab, er wurde ruhig und gleichzeitig mutig. Wäre er beispielsweise Zeuge eines Handtaschendiebstahls geworden, hätte er ohne zu zögern die Verfolgung aufgenommen.

Er wollte etwas erleben. Hier an diesem Nachmittag und zusammen mit Jola. Er war in einer Stimmung, in der man sich kurzerhand entschloss, ins Auto zu steigen und nach Paris zu fahren, abgesehen davon, dass Anatol weder ein Auto noch einen Führerschein besaß. Etwas anderes in dieser Art musste gefunden werden. Ein Ersatzparis. Der Zoo war aus dem Rennen. Blieb der Atelierbesuch. Doch irgendwie passte auch der nicht in Anatols Abenteuerkonzept. Etwas erleben bedeutete in seinen Augen eben nicht, dass man in einem muffigen Raum, in dem es nach kaltem Rauch stank, herumsaß, lauwarmen Tee trank und Plastiken aus Gips betrachtete. Was er suchte, fand an der frischen Luft statt, hatte mit Bewegung zu tun, möglicherweise gar mit Rennen, es konnte regnen, es konnte schneien, es konnte alles Mögliche passieren. Nur durfte kein lauwarmer Tee dazu serviert werden.

»Ich mache auch Totenmasken«, hatte Jola versucht, ihm den Atelierbesuch schmackhaft zu machen. Doch Anatol war eisern geblieben.

Das Ziel ihrer Reise musste erst noch gefunden werden.

Eine Weile lang flanierten sie ziellos durch die Stadt, bis sie zu einem Marktplatz gelangten, auf dem ein kleiner Freizeitpark aufgebaut war.

»Endlich«, seufzte Anatol bei diesem Anblick. Es war nicht ganz klar, worauf sich sein Erlösungsseufzer bezog: auf das hellblaue Riesenrad? Auf den angetrunken wirkenden Bauchredner? Auf die Frittenbude direkt neben der Toilette? Auf die kleine Bühnenrampe, wo ein junger Kerl mit Glatze und Sonnenbrille entweder beatboxte oder das Mikrofon testete? So genau hätte Anatol die Frage gar nicht beantworten können. Klar war für ihn nur, dass sie angekommen waren. Ein Freizeitpark strahlte genau jene altmodische Romantik aus, nach der er gesucht hatte. Hier erlebte man noch Dinge, die anderswo bereits ausgestorben waren: Liebe. Freiheit. Romantik. Diese Schlagworte als ein diffuses Raunen im Hinterkopf stapfte er los, wenige Millimeter an jener mannshohen Lautsprecherbox vorbei, aus der in ohrenbetäubender Lautstärke *Macarena* dröhnte. So klang heutzutage altmodische Romantik. Er bewegte die Hüfte leicht neben dem Takt und erinnerte dabei an seinen Vater, wenn dieser seinen Phantomtanz aufführte, während er für sich und Jola Gin Tonics im Plastikbecher kaufte. Sein Leben lang hatte er Freizeitparks mit derselben Leidenschaft gehasst wie den Ballermann, Après-Ski oder auch Gin Tonic. Das Getränk hatte ihm nie geschmeckt. Umso merkwürdiger, dass er es jetzt kaufte. Doch das war eben der Sog des Neuen: Man tat Dinge, die man selber nicht begriff.

Als er zu Jola zurückkehrte, hatte er seinen Gin Tonic in einem Schwall heruntergestürzt. Er hatte es gar nicht gemerkt. Dieses Zeug ging runter wie Wasser, dieses neue Leben ging runter wie Wasser.

Jola stand vor einem Stand mit Kindersachen. Sie sagte, sie suche Socken.

»Kindersocken sind immer schwierig«, dozierte Anatol mit erstaunlicher Fachkenntnis. Tatsächlich empfand er Kindersachen als das falsche Sujet für diesen Nachmittag, der doch im Stern des Abenteuers, des draufgängerischen Lebens stand. Doch verbarg er seinen Unwillen hinter ästhetischer Kritik:

»All diese Socken sind nicht schön«, erklärte er ihr kategorisch.

»Da drüben gibt es noch mehr«, bemerkte Jola.

Das war sie, die schreckliche Ironie des Lebens: Man suchte Abenteuer. Und bekam Kindersocken. Andere starben im Dschungel oder indem sie etwas wirklich Gutes für die Gesellschaft taten. Anatol dagegen verschied an einer Gin-Tonic-Vergiftung auf einem Rummelplatz in Lodz direkt neben dem Stand mit den Kindersocken. Und das Requiem, das bei seinem Tod ertönte, war nicht jenes von Mozart, sondern *Macarena*.

Als jedoch Jola den Vorschlag machte, Riesenrad zu fahren, bestand Anatol darauf, noch einen Moment bei den Socken zu verweilen. Denn gerade eben hatte er Frieden mit seinem Schicksal geschlossen und angefangen, den Anblick der handgestrickten Wollsachen als beruhigend zu empfinden. Im Grunde ist ja alles nichtig, schien seine Haltung zu sagen. Ob man nun über Kindersocken meditiert, Riesenrad fährt oder sich mit einer Machete durch den Dschungel schlägt, am Ende jeder Version sind wir tot. Nach ein paar Sekunden empfand er diese Haltung jedoch als langweilig und folgte Jola zum Riesenrad.

Als ihre Kabine sich gemächlich in die Höhe schob, begann endlich das Terrain, auf dem Anatol zu brillieren wusste. Denn aus irgendeinem Grund hielt er sich für einen Menschen, der das subtile Flirten wie kein Zweiter beherrschte. Und subtiles Flirten war eine Angelegenheit, die seiner Ansicht nach augenblicklich beginnen musste, wenn man sich auf einem Riesenrad befand. Da Jola jedoch die ersten zwei Minuten telefonierend am Handy verbrachte, musste er sich noch ein bisschen gedulden, bevor er damit anfangen konnte. Kein Problem. So widmete er sich einfach seinen Gedanken, während er versonnen vor sich hin lächelte. Telefonier du ruhig, schien dieses Lächeln zu sagen. Ich bleibe derweil schön hier sitzen und warte auf dich. Vermeintlich nachlässig nippte er an dem Gin Tonic, den er zu seiner Überraschung immer noch in der Hand hielt. Ein Mann und sein Drink. Nach einer Weile begann er aber doch, etwas unruhig zu werden. Sie waren schon beinahe ganz oben angekommen und noch immer telefonierte diese Frau. Was konnte denn so wichtig sein, dass sie es ausgerechnet jetzt besprechen musste? Kindersocken, wahrscheinlich.

»Hier wären wir also«, sagte er, unmittelbar nachdem Jola endlich aufgelegt hatte.

Es war dies der Satz, den er sich als Auftakt zurechtgelegt hatte. Andere, noch subtilere sollten folgen. Allerdings hatte er den Satz mit einer solchen Hast und auch einer gewissen Ruppigkeit ausgesprochen, dass Jola nichts von seiner verführerischen Note mitbekam. Möglicherweise hatte sie ihn überhaupt nicht gehört, denn statt ihrerseits etwas zu der flirrenden Atmosphäre beizutragen, schob sie sich eine Sonnenbrille ins Gesicht. Ein gigantisches Modell, das ihre Augen fast vollkommen verdunkelte und das subtile Flirten noch schwieriger und ungewisser gestaltete, da man nicht mehr feststellen konnte, welche Reaktion die eigenen Worte auslösten.

Mittlerweile hatte das Riesenrad angehalten. Sie befanden sich vielleicht zehn Meter in der Höhe, trotzdem konnte Anatol ohne Mühe hören, dass aus dem Lautsprecher schon wieder oder immer noch *Macarena* lief.

»Wie schön es hier ist«, erklärte er pathetisch.

Die Aussicht war nicht besonders. Man sah direkt auf die fassadengroße Werbung eines Multiplexkinos.

»Wieso?«, fragte Jola daher verständlicherweise.

»Hier oben ist man frei von den korrumpierenden Fallstricken der Gesellschaft, frei von den gemeinen Idiotien des Lebens.«

Während er dies sagte, hatte Anatol gestochen scharf das Bild einer handgestrickten Socke vor Augen.

»Glaubst du das wirklich?«, fragte Jola und schaute ihn irgendwie ironisch an. Offensichtlich war Anatol doch etwas zu subtil vorgegangen. Er musste deutlicher werden:

»Es ist die Gesellschaft gewisser Leute, welche die Freiheit ausmacht.«

»Aha«, machte Jola und rückte ihre Fliegerbrille zurecht.

Sie schien sich unbehaglich zu fühlen und Anatol glaubte den Grund dafür zu kennen: Sie war verlegen, weil sie nicht wusste, wie sie all das, was sie gerade verspürte und was seit ein paar Tagen mit ihr geschah, in Worte fassen sollte. Denn dass etwas geschah, lag für ihn auf der Hand. Warum sonst hatte sie vorgeschlagen, ihn zum Friedhof zu begleiten? Tatsächlich hatte Professorin Wojda die Idee dazu gehabt, doch Anatol unterschlug diesen Punkt wie eine lächerliche Nuance, die nicht ins Gewicht fiel. Hatte sie ihn nicht in ihr Atelier eingeladen? Suchte sie nicht jede Gelegenheit, um in seiner Nähe zu sein? Hatte nicht sie das Riesenrad ins Spiel gebracht? Natürlich, sagte sich Anatol, für sie war das alles auch sehr aufregend. Sie hatte in ihrer Funktion als Technikerin die Konferenz besucht und nicht damit gerechnet, einen jungen, brillanten Wissenschaftler aus der Schweiz kennenzulernen. Anatol wiederum war der Mann, der mit seinem Referat, seinem Auftreten, seinem ganzen Wesen die Pilzkonferenz dominiert hatte. Er war der Star gewesen. Und jetzt saß er hier neben ihr. Aber natürlich durfte man nicht vergessen: Obwohl sie ausgezeichnet Deutsch sprach, war es doch nicht ihre Muttersprache, in der sie für gewöhnlich über Gefühle zu reden pflegte. Anders gesagt, sie war auf Anatols Hilfe angewiesen. Und Anatol? Der fühlte im Moment überhaupt nichts. Vielleicht lag es an *Macarena*. Oder am Gin Tonic.

Auf jeden Fall suchte er vergeblich nach den Gefühlen, die er in dieser Situation doch eigentlich hätte verspüren müssen.

»Wie geht es deinem Vater?«, fragte er schließlich. »Was macht sein Magengeschwür?«

Das war zwar auch nicht unbedingt der Inbegriff eines romantischen Geplänkels, doch immerhin eine persönliche Frage.

»Er macht jetzt eine Therapie«, sagte Jola.

»Die wird ihm helfen«, entschied er ohne zu zögern.

Jetzt glaubte er einen spöttischen Zug um Jolas Mundwinkel herum zu erkennen.

»Also nicht nur Pilzwissenschaftler. Auch Magen-Darm-Spezialist.«

Das Thema war ihm unangenehm, er wechselte es schnell.

»Vielen Dank. Ich genieße diesen Nachmittag wirklich sehr.«

»Ich auch.«

Anatol hatte irgendwie gehofft, sie würde noch ein paar Worte mehr dazu verlieren. »Ich auch« war erfreulich, in seiner Lakonik jedoch auch etwas ernüchternd. Wie oft saß man denn schon auf einem Riesenrad? Nur schon als Reminiszenz an die romantische Situation galt es sich doch dementsprechend zu verhalten. Es musste ja nicht gleich ein Kuss sein. Auch ein geflüstertes Geständnis konnte gefallen.

Bereits setzte sich das Riesenrad wieder in Gang. In zwei Minuten würden sie unten ankommen und Anatol konnte den Gedanken nicht ertragen, die Gelegenheit verpasst zu haben, wenigstens ein ansatzweise bedeutsames Gespräch geführt zu haben. Da erinnerte er sich, wie Jola zuvor erzählt hatte, sie brauche jemanden, von dem sie eine Totenmaske anfertigen konnte.

»Ich habe eine Idee. Du könntest doch von mir so eine Totenmaske machen.«

»Bist du sicher?«

»Absolut. Ich wollte das schon immer mal erleben. Es wäre mir ein Vergnügen.«

»Du wirst es nicht bereuen.«

Als sie aus der Gondel stiegen, fühlte sich Anatol sehr zufrieden.

17

Der Friedhofsbesuch war so oft hinausgeschoben worden, dass er mittlerweile zu einem Ereignis mit symbolischer Bedeutung geworden war. Hier würde die Zukunft ihren Lauf nehmen, wohin auch immer.

Anatol mochte Friedhöfe. Einerseits war es seiner Meinung nach die Pflicht eines jeden tiefsinnigen Menschen, Friedhöfe zu mögen, andererseits empfand er den Friedhof tatsächlich als einen Ort, den man nicht betreten konnte, ohne augenblicklich zum Philosophen zu werden. Dies lag weniger an den philosophischen Gedanken als an der Kulisse, die jedem Gedanken, und mochte er »Morgen ist Dienstag« lauten, eine gewisse existenzielle Dringlichkeit verlieh. Auf dem Friedhof war nichts einfach nur so dahergesagt, denn der Tod lauerte als Pointe hinter jedem Satz.

Dies war die Atmosphäre, in die Jola und Anatol bei ihrem Friedhofsbesuch unweigerlich hineingezogen würden. Er konnte es förmlich vor sich sehen: Es war Herbst. Eigentlich Mitte Juni, aber egal, auf dem Friedhof war immer irgendwie Herbst. Und immer schwaderte Nebel zwischen den Gräbern. November lag in der Luft. Hamlet, hauchte Anatol leise. Ansonsten würden sie kein Wort sprechen. Nein. Dafür dachten sie umso mehr. Sie schritten über das nebelfeuchte Gras und dachten dabei Gedanken wie: »Auch ich werde sterben« (Anatol) oder »Auch ich werde sterben« (Jola). Allein durch vereinzelte sorgsame Gesten versicherten sie dem anderen, nicht alleine zu sein. Was sich auf dem Riesenrad noch sehr scheu und subtil angedeutet hatte, entwickelte sich nun zur hinreißenden Geschichte zweier Seelenverwandter, die sich blind verstanden. Es zeigte sich etwa in jener nachdenklichen Kinnbewegung Anatols hin zum Grab einer Frau, die Anfang des 19. Jahrhunderts gestorben war, so als wolle er sagen: Wie die Zeit vergeht. Oder als er später den Flug eines Vogelschwarms am Himmel so intensiv beobachtete, bis Jola verstand, dass in dieser Flugbewegung der Kerngedanke von Anatols Existenzialismus begründet lag. Es würde ein herrlicher Nachmittag werden. Schwermütig zwar, aber herrlich.

Mit diesen angenehmen Gedanken war Anatol beschäftigt, während er in Richtung Friedhofseingang schritt, wo Jola bereits auf ihn wartete. Sie war jedoch nicht allein. Neben ihr stand ein kleiner bulliger Mann mit Schnurrbart, der Anatol irgendwie kritisch musterte. Es gab viele, vor allem auch ältere Obdachlose in Lodz und einen Augenblick glaubte Anatol, der Mann habe Jola um etwas Kleingeld gebeten. Er wollte schon sein Portemonnaie zücken, um ihn mit einer fairen Spende auf seine Umlaufbahn zurückzuschicken, als er Jola »Das ist mein Vater« sagen hörte.

»Ich habe schon so viel von Ihnen gehört«, behauptete Anatol, während sie sich die Hand schüttelten. Tatsächlich wusste Anatol von dem Mann bisher nur, dass er an einem Magengeschwür litt. Vermutlich war das auch der Grund, warum er ihn dermaßen sauertöpfisch anschaute.

»Papa ist Friedhofsexperte«, erklärte Jola und Anatol fragte sich, was damit wohl gemeint war.

Als er das Wort »Experte« vernahm, nickte der Mann vehement.

»Er wird dich zum Grab bringen. Leider spricht Papa kein Deutsch, aber er kann ein bisschen Englisch.«

Wie um die Behauptung zu unterstreichen, rief der Vater »Let's go« und begann, sich in Richtung Eingangstor zu bewegen.

»Und was ist mit dir?«, fragte Anatol Jola leicht hysterisch.

»Ich muss noch etwas erledigen, hole euch in einer Stunde ab.«

»In einer Stunde?«

Und dann waren sie unterwegs. Der Vater hatte die Hände in die Taschen seiner Jacke gesteckt und stapfte schweigend voran. Auch Anatol wusste nicht, was er sagen sollte, zugleich scheute er davor zurück, sich seinen Gedanken hinzugeben. Sprechen wiederum schien bis auf »Let's go« nicht möglich zu sein. Und auch der Reiz dieser Worte hatte sich schon bald erschöpft. Was aber tat der Mensch, der weder sprechen noch denken konnte? Außerdem hatte er den Eindruck, Jolas Vater würde ihm diesen Ausflug übel nehmen. Der Mann war krank. Er sollte besser zu Hause bleiben und sich in Ruhe um sein Magengeschwür kümmern.

Plötzlich blieb er stehen und zeigte auf das Gemeinschaftsgrab eines Ehepaars, das hier schon seit den Fünfzigern lag. Anatol begriff zunächst nicht, warum Jolas Vater ihm das Grab zeigte. Um seine Eltern konnte es sich nicht handeln, denn der Name war falsch. Waren es vielleicht Freunde? Nachbarn? Berühmtheiten? War das vielleicht ein legendäres Lodzer Liebespaar, Pyramus und Thisbe von Lodz, die gemeinsam begraben lagen? Ging es etwa um Liebe? Wollte der Mann ihm auf diese Weise mitteilen, dass er von dem zarten Band zwischen ihm und seiner Tochter gehört hatte? Ihr seid wie dieses Liebespaar, versuchte er vielleicht zu sagen. Natürlich steht ihr noch ganz am Anfang. Doch das hier muss das Ziel sein. Und jetzt verstand Anatol auch, warum Jola sie beide alleine gelassen hatte. War das nicht eine alte Tradition, wie sie noch in vielen Ländern Ost- und Mitteleuropas gelebt wurde: Vater und Schwiegersohn in spe lernten sich kennen. Anatol konnte sich die heimische Szene förmlich vorstellen. Ich habe jemanden kennengelernt, erzählte Jola lachend am Familientisch. Sofort alle: wen? Einen herrlichen Pilzwissenschaftler. Er heißt Tobias Anatol Rogg. Den will ich mir mal ansehen, verkündete ihr Vater. Und was ist mit deinem Magengeschwür, schaltete sich die Mutter ein.

Und jetzt waren sie hier. Redeten nicht, dachten nicht, schämten sich. Immerhin.

Da wusste Anatol endlich, was er zu sagen hatte:

»Jola.«

Danach ging es los. Der Vater fing an zu erzählen. Ein ganzer Monolog. Auf Polnisch. Auch wenn Anatol kein Wort verstand, wusste er genau, wovon die Rede war. Einmal glaubte er »Berlin« vernommen zu haben. Jola war in Berlin gewesen. Ein andermal war es das Wort »Nussbrot«. Jola liebte Nussbrot. Dann wurde ein gewisser Stjepan erwähnt. Ihr Ex-Freund? Von diesem Moment an schien der Vater pausenlos über diesen Stjepan zu reden. Seine Stimme wurde dabei ungewöhnlich warm. Stjepan musste ein toller Typ gewesen sein. Anatol hörte eine Weile lang schweigend zu, bis es ihm zu viel wurde und er einen Themenwechsel vorschlug:

»Nussbrot«, sagte er.

Schließlich standen sie vor einem Grabstein, auf dem

Piotr Zelinski
Nauczyciel
1945–2011

geschrieben stand. »Teacher«, sagte Jolas Vater und zeigte auf die Grabplatte. Ein Lehrer also. Anatols Vater hatte immer gehofft, dass aus seinem Sohn mal ein Lehrer würde. Und sowieso erwiderten die Leute, wenn er ihnen seine Studienfächer genannt hatte: Ah ja. Du wirst also Lehrer. Aus diesem Grund hatte er sich eine gewisse Arroganz gegenüber dem Beruf zugelegt. Lehrer war das Letzte, was er sein wollte.

Nun, da er neben Jolas Vater vor dem Grab stand, fühlte er sich plötzlich verpflichtet, diesen im Grunde doch ganz schönen Berufsstand im Namen von Piotr Zelinski, Nauczyciel, zu rehabilitieren.

»Teacher. Gut«, sagte er also.

Zu seiner Überraschung schüttelte der Vater vehement den Kopf.

Nicht gut? Anatol suchte nach einem anderen Vorschlag. Schließlich fand er einen Kompromiss:

»Teacher. Okay«, schlug er vor.

Doch der Mann schüttelte wieder den Kopf.

Anatol sah schon, wie sich das möglicherweise positive Urteil des Vaters immer mehr verdüsterte: Der Typ taugt nichts, würde er seiner Tochter sagen. Ein typischer Lehrerfreund.

Da hatte Anatol eine Idee:

»Let's go«, sagte er.

Jetzt lächelte der Alte.

»Let's go.«

»Einen Moment.«

Anatol nahm den Fünfzig-Franken-Schein aus seiner Hosentasche und legte ihn aufs Grab, wo er ihn mit einer Kerze beschwerte und mit ein paar Blättern bedeckte, so wie es ihm der alte Gustav aufgetragen hatte. Das war alles.

»Let's go.«

Es wäre schön gewesen, wenn sie beide als verschworene Einheit vom Friedhof zurückgekehrt wären, wo Jola am Eingang auf sie wartete. Wenn der Eindruck entstanden wäre, als hätten sie in den vergangenen sechzig Minuten jene geheimnisvolle Verwandlung durchgemacht, wie sie allein großen und großartigen Männerfreundschaften vorbehalten war. Und jetzt teilten sie jenes tiefe Wissen, das weit über alles Soziale und Kulturelle hinausging. Es war das Wissen der Biologie, das Wissen des Geschlechts.

Leider war Jolas Vater auf dem Rückweg völlig verstummt. Wenn es etwas gab, das er zu teilen hatte, dann ganz bestimmt nicht mit Anatol, der in seinem Bedürfnis nach Verbrüderung die Lippen pantomimisch bewegte, um ein angeregtes Herrengespräch zu simulieren.

»Hat er dir vom Brockengespenst erzählt?«, stellte Jola gleich als Erstes eine Frage, die Anatol so nicht hatte kommen sehen.

»Ich glaube nicht«, antwortete er, nachdem er einen Moment nachgedacht hatte.

»Aber ganz sicher bin ich mir nicht. Er hat nicht immer Englisch gesprochen.«

»Ich werde dir beim Essen alles erzählen.«

»Wir gehen essen?«

»Natürlich. Meine Mutter hat gekocht.«

18

Zwanzig Minuten später saß er in einem ofenwarmen Wohnzimmer an einem langen Esstisch, der mit allerlei Töpfen und Tellern bedeckt war, und hatte ein paniertes Schnitzel vor sich. Jolas Vater ging umher und füllte kleine Gläser mit einer kristallklaren Flüssigkeit. Wodka, dachte Anatol, purer Wodka, du bist in Polen angekommen. »Nasdrowje«, rief die Dame am Ende der Tafel. Jolas Großmutter. Eine hauchdünne Person, die fast nur noch aus nacktem Lebenswillen und hunderttausend Runzeln bestand. Sie war das Familienoberhaupt, dem die Ehre gebührte, Trinksprüche auszusprechen, wovon sie ununterbrochen Gebrauch machte. Anatol hob sein Gläschen und prostete der alten Dame zu und glaubte daraufhin zu sehen, wie sie die Augen missbilligend verdrehte.

»Nehmen Sie noch ein Schnitzel?«

Das war keine Frage. Was Jolas Mutter eigentlich meinte, war: Sie nehmen noch ein Schnitzel! Sie war eine kleine, irgendwie rabiate Frau, die während des Essens den Eindruck vermittelte, als könne sie jederzeit aufstehen und Telefonate mit der ganzen weit verzweigten Verwandtschaft führen sowie mit dem Schneider, dem Floristen, dem Priester und mit wem man sonst noch alles sprechen musste, wenn eine Hochzeit vor der Türe stand. Anatol wusste auch nicht so recht, woher dieses Hochzeitsgefühl kam. Natürlich, es gab diese zarte Bande zwischen Jola und ihm. Sie hatten zusammen Darts gespielt und waren zusammen Riesenrad gefahren. Zwischen ihnen lag etwas in der Luft. Dennoch: In erster Linie saß er hier immer noch als ein Pilzwissenschaftler aus der Schweiz. Und man hatte ihn zu Tische geladen, damit er sich mit den hiesigen Sitten und Gebräuchen vertraut machen konnte. Warum aber hatten sie ihn in der Mitte der Tafel platziert, wo ihn die Familie aus allen Perspektiven begutachten konnte – was sie auch ungeniert tat? Warum stand ausgerechnet auf dem Regal direkt ihm gegenüber ein Hochzeitsfoto von Jolas Eltern, das die Mutter im Vorbeigehen noch schnell mit einem Lappen abwischte? Und warum lief die ganze Zeit diese schnulzige Tanzmusik? Warum löcherten sie ihn mit Fragen zur Altersvorsorge in der Schweiz (der Vater), zu den typischen Gerichten der Schweizer Küche (die Mutter) und zu den beliebtesten Volkstänzen (die Großmutter)?

Jola übersetzte mustergültig, was im Grunde gar nicht nötig gewesen wäre. Anatol glaubte auch so zu verstehen, was man ihm mitteilen wollte: Wir nehmen dich in unserer Mitte auf.

»Dziękuję«, sagte Anatol, was so viel wie Danke hieß. Er sagte es immer wieder, denn tatsächlich hatte er ein unglaublich starkes Bedürfnis, sich zu bedanken, und sei es bis ans Ende seiner Tage. Er fühlte etwas. Anders als auf dem Riesenrad waren jetzt auch richtige Gefühle im Spiel. Es war vielleicht nicht Liebe, aber wann war es das schon? Es war vielleicht sogar etwas noch Schöneres: das Gefühl, angekommen zu sein und bleiben zu wollen. Hier an diese Tafel wollte er immer wieder zurückkehren, um immer wieder Schnitzel zu essen. Immer wieder wollte er das Glas Wodka heben und »Nasdrowje« rufen. Und vor allem anderen wollte er Danke sagen.

»Dziękuję«, sagte Anatol. »Dziękuję. Dziękuję.«

Ungut war ihm noch die erste und einzige Begegnung mit den Eltern seiner Ex-Freundin Marta in Erinnerung. Man hatte sich zum Mittagessen getroffen. Jedoch nicht bei ihnen zu Hause, sondern in einem vegetarischen Restaurant, das Marta wohl nur ausgewählt hatte, um ihre Eltern zu ärgern. Die Eltern trugen lange Regenmäntel, die sie während des gesamten Essens anbehielten. Sie machten einen grauen, ungesunden Eindruck. Im Laufe des Essens schien sich ihr Zustand noch zu verschlechtern. Ich habe Migräne, sagte die Mutter nach der Suppe. Es klang so, als hätte sie die Migräne aufgrund ihres Beisammenseins bekommen. Anatol war frisch verliebt und wollte unbedingt einen guten Eindruck hinterlassen. Darum erzählte er einen Witz, von dem er wusste, dass er immer funktionierte. Diesmal nicht. Die Eltern lachten ganz und gar nicht. Die Mutter machte sogar den Eindruck, als würde sie sich am liebsten in ihren vegetarischen Grillspieß stürzen.

Das hier war viel angenehmer. Wie viel wärmer die Menschen, wie viel besser das Essen, wie viel präsenter der Wodka. Er spürte, wie ihn eine innere Wärme durchfloss. Das Gefühl, alles lieben zu können, Jola, die Mutter, die Großmutter, den Vater, das Schnitzel, alles, sofern es sich an diesem Tisch befand.

»Wie gefällt es Ihnen in Polen?«, wollte die Mutter wissen.

»Fantastisch«, antwortete Anatol.

»Wie schmeckt Ihnen das Sauerkraut?«, fragte die Mutter weiter.

»Fantastisch«, antwortete Anatol.

»Du darfst ruhig auch mal was anderes sagen. Ich bin durchaus in der Lage, ganze Sätze zu übersetzen«, flüsterte ihm Jola zu.

Aber Anatol wollte nichts anderes sagen. Das Leben war fantastisch, alles andere wäre eine Lüge gewesen. Und als er sich dann auch noch »Das nächste Mal bringe ich einen Marmorkuchen mit« verkünden hörte, wusste Anatol, dass es endgültig um ihn geschehen war. Jolas Familie lächelte erfreut. Der Vater aß mit intensiviertem Appetit, vielleicht stellte er sich gedanklich bereits besagten Marmorkuchen vor, und die Mutter machte einen beseelten Eindruck, als kapitulierte sie gerade vor der Wucht der Ereignisse: Dieser neue Bekannte ihrer Tochter buk also auch Marmorkuchen. Ja, was wollte man mehr?

»Nasdrowje«, schrie Anatol, der in seiner Euphorie die Trinkspruchhierarchie völlig vergessen hatte. Ein scharfer Blick der Großmutter stellte die Verhältnisse jedoch sofort wieder her. Mit dem Marmorkuchen hatte er die Herzen der Eltern endgültig erobert, aber die Großmutter, das spürte Anatol, war ein härteres Kaliber: Zwei

Weltkriege und fünfundvierzig Jahre Sozialismus hatte sie überlebt, da würde sie auch einen Marmorkuchen backenden Schweizer überleben. Anatol musste zu seiner stärksten Waffe greifen, zu seinem berühmten Charme.

»Richte deiner Großmutter bitte aus, dass sie einen sehr schönen Pulli trägt«, sagte er zu Jola.

Die alte Dame lauschte ihrer Enkelin mit großem Interesse. Dann nickte sie Anatol zu. Es funktionierte.

»Großmutter möchte wissen, wie viel du für den Pulli bezahlen würdest.«

»Wie bitte?«

»Zweihundert Zloty sind ihr letztes Angebot.«

»Ich weiß gar nicht, ob ich so viel Bargeld dabeihabe.«

»Hier sind doch zwei Hunderter«, rief Jola mit Blick in sein Portemonnaie.

Anatol sah verblüfft zu, wie die Scheine in die altersfleckigen Hände der Alten wanderten, die sie fröhlich einsteckte.

Jetzt war also auch der gute alte Charme vom Kapitalismus gefressen worden.

Nach dem Essen fragte ihn Jola, ob er ihr Zimmer sehen möchte.

»Sehr gerne.«

Sie gingen die Treppe hoch in ein kleines Zimmer, in dem sich ein rustikales Bett befand, auf dem eine senffarbene Tagesdecke lag. An der Wand über dem Bett hingen der verstorbene polnische Papst und die Muttergottes.

»Gemütlich«, sagte Anatol.

»Seit ich nicht mehr zu Hause wohne, benutzt es meine Oma als ihr zweites Schlafzimmer.«

»Und was ist das?«

Damit meinte Anatol den kleinen Rundtisch neben dem Bett, auf dem eine Schüssel mit Wasser, zwei große weiße Papierrollen und eine Tube Vaseline standen.

»Das ist eine Überraschung.«

»Für mich?«

»Ja. Für dich.«

»Sehr gut.«

Anatol fühlte sich etwas beklommen. Was hatte sie mit ihm vor? Er sah die Vaseline, die Papierrollen und glaubte, vage zu begreifen. Dann fiel ihm die senfgelbe Tagesdecke wieder ins Auge. Er warf Jola einen fragenden Blick zu: hier? Im zweiten Schlafzimmer ihrer Großmutter?

»Leg dich hin.«

»Okay.«

Anatols Stimme zitterte. Er setzte sich aufs Bett.

»Hinlegen, habe ich gesagt.«

»Ich brauche noch einen Moment.«

Damit deutete er hilflos auf den Papst und die Muttergottes über ihm.

Ein hohes elektronisches Sausen erschütterte das Haus.

»Was ist das?«

»Meine Mutter schlägt Sahne auf.«

»Eben.«

»Was eben?«

Anatol verwarf die Hände. War der Fall nicht klar? Wie konnten sie das hier tun, während die Mutter unten Sahne aufschlug. Das passte doch nicht zusammen.

»In dreißig Minuten gibt es Kaffee und Kuchen. Das sollte reichen.«

»Findest du?«

Trotz seiner Bedenken verletzten Anatol jetzt auch die Kälte und Kontrolliertheit, mit der Jola hier zugange war. Intimität war für sie offenbar etwas, dem man sich hingab, während man auf den Nachtisch wartete.

»Es wäre gut, wenn du währenddessen nicht redest. Es können sonst nämlich Risse entstehen.«

»Was denn für Risse?«

»In der Maske natürlich.«

»Was denn für eine Maske?«

»In der Totenmaske. Oder hast du etwa die Meinung geändert?«

»Nein. Nein, überhaupt nicht.«

Anatol lachte erleichtert auf. Gleichzeitig verspürte er auch eine gewisse Enttäuschung, wie das immer der Fall ist, wenn man eine überrissene Fantasie gegen eine unvergleichlich prosaischere Variante eintauschen muss.

»Lass uns anfangen«, meinte Jola. »Und während ich den Gips auftrage, erzähle ich dir, was es mit dem Brockengespenst auf sich hat.«

Anatol legte sich hin und Jola weichte die ersten Gipsbinden im lauwarmen Wasser ein, dann verteilte sie sie gleichmäßig auf seinem Gesicht.

»Vor zehn Jahren war mein Vater zum Wandern im Tatra-Gebirge«, begann sie zu erzählen.

»Es war ein feuchter, nebliger Tag und sie waren die einzigen Menschen weit und breit. An einer Stelle blieb mein Vater stehen, um ein paar Fotos zu machen. Die anderen liefen voraus. Er wollte gerade weitergehen, als er an der Bergwand gegenüber, vielleicht zwanzig Meter entfernt, eine Gestalt entdeckte.«

»Also ein anderer Wanderer?«, fragte Anatol.

»Kein Wanderer. Da, wo die Gestalt auftauchte, konnte man überhaupt nicht wandern. Da war kein Weg. Nichts. Da war nur die kalte, nackte Bergwand. Nein. Was mein Vater da sah, war eine riesengroße Gestalt, die ein gutes Viertel der Wand bedeckte und sich die ganze Zeit auf und ab bewegte. Das war das Brockengespenst.«

Die erste Gipsschicht war aufgelegt und Jola fing mit der zweiten an. Anatol spürte, wie sein Gesicht unter dem langsam kalt und starr werdenden Gips begraben wurde.

»Das Brockengespenst ist eine optische Täuschung«, fuhr Jola fort. »Es entsteht, wenn gleichzeitig Nebel herrscht und die Sonne scheint. Der Schatten fällt dann auf eine Nebelschicht und wird daher nicht von einer kompakten Fläche abgebildet, sondern von jedem einzelnen Wassertropfen. Dadurch kann das Gehirn den Schatten nicht stereoskopisch sehen und schätzt ihn viel größer ein. So kommt es zu dem fliegenden Riesenwesen, das mein Vater gesehen hat.«

»Unheimlich«, machte Anatol zu dem kleinen Loch heraus, das seinem Mund zum Sprechen geblieben war. Der Gips saß hart und prall auf seinem Gesicht. Die Berührung der dritten und letzten Lage, die Jola nun auftrug, nahm er nur noch als ein fernes Echo wahr. Alles war weit weg. Inklusive er selbst.

»Der Legende nach gilt das Brockengespenst als ein

Vorbote. Der Mensch kann es in seinem Leben nur zwei Mal sehen.«

»Wieso nur zwei Mal?«

»Weil die zweite Begegnung bedeutet, dass der Mensch bald sterben wird.«

»Ah.«

»Danke. Wir sind fertig. Gleich gibt es unten Kaffee und Kuchen.«

Von der etwas bizarren Szene in Jolas Schlafzimmer abgesehen, war es ein wunderbarer Nachmittag gewesen. Beim Kaffee gelang es Anatol noch mal ein paar seiner »Dziękuję« einzuflechten, und als er sich eine halbe Stunde später verabschiedete, hatte er das sichere Gefühl, alle bald wiederzusehen: den Vater, die Mutter, die Großmutter und auch das Schnitzel.

Er umarmte die Mutter, gab der Großmutter drei Küsse auf die Backe und drückte dem Vater fest die Hand. In seiner Euphorie fing er wieder mit dem Marmorkuchen an, wobei er sofort spürte, langsam definitiv den Bogen zu überspannen.

Im Flur hingen ein paar gerahmte Familienfotos. Auf einem entdeckte er Jola in einem blassrosa Kleid, vermutlich auf der Hochzeit einer Verwandten. Neben ihr standen andere männliche Mitglieder der Familie und ein paar kleine Kinder.

»Süß«, sagte er.

»Wie man's nimmt«, meinte Jola, die offensichtlich lieber über Brockengespenster redete als über Kinder. Es musste schwer für sie sein, als alleinstehende junge Frau immer wieder mit den Kindern von Verwandten konfrontiert zu werden. Mit der Mutter, die ihr jeden Sonntag mit leisem Seufzen zu verstehen gab, wie sehr sie sich nach Enkelkindern verzehrte. Und Jola, die ihr vergeblich zu erklären versuchte, dass es nun mal so einfach nicht war. Anatol suchte Jolas Blick, um ihr mit einem Augenzwinkern zu bedeuten, die Misere zu verstehen. Doch sie schaute die ganze Zeit woandershin.

Zum Abschied gab er ihr die Hand. In diesem Moment kam ihm diese verstockte Geste eben nicht verstockt, sondern ganz besonders rücksichtsvoll vor. Er wollte sich damit den Eltern als ein Mann präsentieren, der andere Kulturen und ihre Gepflogenheiten respektierte. Er hatte keine Eile. Wenn es nach ihm ging, konnten Jola und er sich noch jahrelang die Hände schütteln.

»Kannst du bitte meine Hand loslassen?«

»Gut«, erwiderte Anatol theatralisch. Gleichzeitig realisierte er, dass er jetzt wirklich gehen musste, sonst würde er wieder mit dem Marmorkuchen anfangen.

»Gut. Ich gehe. Gut«, sagte er wirr zum Abschied.

Danach brach er auf. Nach ein paar Metern drehte er sich noch mal um in der Erwartung, die ganze Familie zu sehen, wie sie ihm fröhlich nachwinkte. Doch die Türe war bereits geschlossen.

Wieder im Hotel tat er etwas, was er schon sehr lange nicht mehr getan hatte: Er rief seinen Lektor an. Vor zwei Tagen hatte er Johannes ein grobes Konzept mit seinen Ideen für das literarische Pilzbestimmungsbuch geschickt und noch immer hatte der Mann nicht darauf reagiert.

Vermutlich hatte er einfach keine Zeit gefunden, seiner Begeisterung Herr zu werden. Johannes war ein ausgezeichneter Lektor mit einem unglaublichen Sprachgefühl und einer Liebe und Kenntnis der Literatur wie sie ihresgleichen suchten. Sein einziges Manko war, dass er Erfolg für verwerflich hielt. Mehr noch: Er nahm ihn als gesicherten Beweis für mangelnde Qualität. Bestseller waren für ihn ausnahmslos Schund. Wenn mehr als fünftausend Leute ein Buch kauften, war es für die Literatur verloren. Schon bei dreitausend Exemplaren begann er das Werk mit sanfter Verachtung zu strafen. Im Grunde war für ihn jedes Werk, dessen Leserschaft die Teilnehmerzahl einer Therapiegruppe überstieg, seichter Schrott für den Mainstreamgeschmack. Erst hatte Anatol seinen Lektor schlichtweg für enorm elitär gehalten, bald aber begann er zu begreifen: Johannes war nicht elitär, Johannes war einfach nur verrückt. Dass er sich trotzdem als Lektor bei seinem Verlag halten konnte, war nur möglich, weil der Verlagschef genau gleich dachte und weil der Verlag sein Geld sowieso fast ausschließlich mit Kinderbüchern verdiente.

»Ja, ich habs gelesen«, meinte Johannes mit sichtlichem Ekel.

»Und?«

»Nun ja, was soll ich sagen? Das kann doch nicht dein Ernst sein.«

»Natürlich ist es mein Ernst, warum nicht?«

»Ein literarisches Pilzbestimmungsbuch? Machst du jetzt einen auf Peter Handke?«

Johannes kicherte. Er war bekannt dafür, keinen Humor

zu haben. Wenn er anfing, Witze zu reißen, war das ein schlechtes Zeichen.

»Nicht Handke. Ich will Geschichten erzählen, richtige Geschichten, berührende Geschichten. Und nebenbei lernen die Leser noch etwas über Pilze.«

»Aber wollen die Leser das denn?«

»Natürlich.«

»Die Menschen in der Schweiz haben Angst vor Pilzen. Und dies völlig zu Recht. Sie sind giftig. Man stirbt, wenn man sie isst.«

»Hier in Polen essen die Leute permanent Pilze und sterben nicht.«

»Was machst du eigentlich in Polen?«

»Eine Freundin wohnt hier.«

»Freundin?«

Er hatte »Freundin« mit jener Beiläufigkeit ausgesprochen, die zu verstehen gab, dass man mehr zusammen teilte als nur ein Schnitzel.

»Gratuliere«, machte Johannes. Es klang wie »Kondoliere«.

»Ich verstehe, du hast dich verliebt. Toll. Aber deswegen musst du ja nicht gleich ein Buch schreiben.«

»Wie gesagt. Es ist wirklich nur eine Freundin.«

Anatol hatte gefallen, wie Johannes »Du hast dich verliebt« gesagt hatte. Es klang irgendwie definitiv, so als würde es dadurch, dass es ein Außenstehender wie Johannes sagte, wirklich wahr werden. Anatol war verliebt. Und Jola war es auch. Darum ruderte er nur höchst halbherzig zurück, in der Hoffnung, Johannes möge weiter darüber reden, wie verliebt er doch war.

»Mir egal.«

Leider hatte er da Pech mit Johannes, der ein eingefleischter Junggeselle war und aus seiner Abneigung für jede Art zwischenmenschlicher Beziehung keinen Hehl machte. Für ihn war das alles Zeitverschwendung. Wie konnte man sich mit so etwas Idiotischem wie Liebe beschäftigen, während man doch auch ein paar unverdauliche Gedichte eines völlig unbekannten isländischen Poeten lesen konnte?

Nichtsdestotrotz sprach Anatol nun plötzlich davon, wie verliebt er war.

»Ich habe das Gefühl, ein anderer Mensch geworden zu sein.«

Johannes schnaubte empört. Wenn es etwas gab, das er noch mehr verabscheute als Menschen, die sich verliebten, dann waren es Menschen, die plötzlich zu anderen Menschen wurden.

»Jetzt hör mir mal zu. Du bist Anatol Fern, Verfasser von *Graues Brot*. Das ist deine Nische. Abseitige Unterhaltung für Lebensmüde. Du machst da weiter, wo Cioran aufgehört hat.«

»Beim Selbstmord?«

»Haargenau. Das ist dein Bereich, hier findest du deine Fans.«

»Fans?«

»Ich rede von Menschen, für die Lesen eine wirklich existenzielle Erfahrung bedeutet. Und nicht von irgendwelchen Pilzfreunden.«

»Ja«, sagte Anatol, »aber ich will das alles nicht mehr. Das war keine Floskel vorhin. Ich bin wirklich ein anderer

Mensch geworden. Und nicht irgendein anderer. Ich bin jetzt endlich, wer ich immer sein wollte.«

»Du hörst dich gar nicht besonders anders an.«

»Das muss an der Verbindung liegen.«

Johannes lachte kalt und grausam.

»Du weißt, ich liebe deinen nihilistischen Humor. Also gut, schick es mir, wenn du was geschrieben hast. Ich schaue es mir widerwillig an. Aber eine Frage habe ich noch –«

»Danke, Johannes.«

»Hast du jemals Pilze gesammelt?«

19

Es gab eine Zeit, da gingen die Männer in den Wald, um Mammuts und andere Wildtiere zu erlegen. Und man kann sich nicht vorstellen, sie hätten dabei entschlossener ausgesehen als Anatol, während er sich drei Tage später auf dem Weg in den Wald befand. Dieselbe archaische Grausamkeit lauerte in seinen Mundwinkeln. Dieselbe erschreckende und gleichzeitig faszinierende Gewissheit, als Sieger aus diesem verdammten Wald zurückzukehren.

Glücklicherweise hatte Jola sofort zugesagt, als er sie gefragt hatte, ob sie mit ihm in die Pilze fahren wollte. Und so saß er jetzt auf dem Beifahrersitz eines überraschend geräumigen Wagens, auf dessen Rücksitz mindestens zwei weitere ausgewachsene Pilzwissenschaftler Platz gefunden hätten und tat, was er am besten konnte: Er verhielt sich ruhig. Dies war Anatols Dankeschön an die Fahrerin. Da er selber nicht fahren konnte, kompensierte er sein Manko, indem er auf all jene nervigen Kommentare, Schreckensschreie und Stoßgebete verzichtete, die für Beifahrer typisch waren. Stattdessen mimte er buddhistische Ruhe. Jola hätte den Wagen in den Straßengraben steuern können, und er hätte sich vermutlich trotzdem für die angenehme Fahrt bedankt.

»Scheiße.«

Das war Jola.

Sie fuhr nicht schlecht, fand Anatol. Aber vielleicht ein wenig verbissen. Sie drehte am Steuerrad, als wolle sie das Auto erwürgen. Ihre Stirn war feucht von Schweiß und ihre Arme waren Tentakel, die gleichzeitig nach sieben verschiedenen Hebeln griffen. Das hier war kein Auto, das war eher ein Raumschiff, das es mit Lichtgeschwindigkeit durch einen dichten Meteoritenhagel zu manövrieren galt. Tatsächlich holperten sie gerade über einen Feldweg und das Einzige, dem es auszuweichen galt, war eine Schafherde, doch auch die befand sich in mindestens zwanzig Meter Entfernung.

Bereits glaubte Anatol hier erste feine Muster eines möglichen Beziehungsalltags zu erkennen. Auf der einen Seite Jola, die mit ihrer leidenschaftlichen Art und ihrer Impulsivität stets neue, originelle Akzente setzte und so im grauen Alltag ein immerwährender Quell der Erfrischung wäre, manchmal jedoch mit ihrem überschäumenden Wesen auch übers Ziel hinausschoss und beruhigt werden musste. Hier kam Anatol ins Spiel, der die Situation aus dem Hintergrund analysierte und stets zur Stelle war, wenn ein kluger Ratschlag oder eine erhellende Zusammenfassung des Geschehens vonnöten waren. Er wäre keiner dieser Männer, die stets alles besser wussten und ihre Frauen an der kurzen Leine führten. Bei ihnen gäbe es keine Leine. Er würde sie machen lassen und sich selber auf die Detailarbeit konzentrieren: kleine Aufmerksamkeiten, Geschenke, Überraschungsaktionen, die genau im richtigen Moment zu kommen pflegten. Das brachte ihn auf eine Idee, und um sein Talent für Überraschungsaktionen unter Beweis zu stellen, begann er am Autoradio herumzudrehen. Wie die meisten hielt Anatol sich für einen Menschen mit erlesenem Musikgeschmack und wie die meisten hatte er eigentlich keinen guten Grund dafür. Mehrere Minuten suchte er nach einer Musik, die ihm passend erschien. Schließlich fand er *Walk on the wild side*. Er drehte die Musik bis zum Anschlag auf und versuchte, das Fenster herunterzukurbeln, damit die Welt hören konnte, was bei ihnen im Auto gerade los war. Doch das Fenster klemmte, also begnügte er sich damit, irgendwie besonders wild zum Fenster rauszuschauen, bis Jola völlig genervt »Mach die verdammte Musik aus« schrie.

Und dann waren sie im Wald. Einem Ort, den Anatol nicht betreten konnte, ohne die Stimme seiner Mutter zu hören, wie sie »Zeckenbiss. Blutvergiftung. Hirnhautentzündung« skandierte. Wer einen Wald betrat, verließ ihn derangiert. Wenn überhaupt. In Anatols Vorstellung war der Wald ein genuin sadistischer Ort, eine Art natürliche Folterkammer, wo es dem Menschen so richtig dreckig ging: Man stolperte sofort über eine Wurzel und landete in einem Haufen giftigster Ameisen, die sich wie ausgehungerte Piranhas auf einen stürzten. Hinter jedem Baum lauerte ein tollwütiges Reh, um den naiven Waldbesucher ins Bein zu beißen. »Tetanusimpfung« war lange das Lieblingswort seiner Mutter gewesen. Sie hatte es so salbungsvoll ausgesprochen wie andere Leute »Schwarzwälder Kirschtorte«. Der Wald, so konnte man die Naturlehre seiner Mutter zusammenfassen, war ein Ort für Reh, Ameise und Piranha, nicht aber für den Menschen.

Doch als Jola, kaum hatten sie die ersten Schritte getan, »Ich hasse den Wald« sagte, realisierte er, dass er heute einen anderen Weg gehen musste. Was Jola brauchte, war kein neurotischer Gefährte, der hinter jedem Baum ein Wild mit Schaum vor dem Mund vermutete. Was sie brauchte, war ein Naturbursche, der in fünf Minuten ein loderndes Feuer oder eine wasserdichte Hütte samt Klo und kleiner Kochnische hervorzaubern konnte. Einer, der stets wusste, wo Norden war, und Süden ebenso. Einer, der es nicht nur liebte, über essbare Waldkräuter zu dozieren, sondern es auch verstand, daraus ein äußerst schmackhaftes Süppchen zu kochen. All dies war Anatol überhaupt nicht. Doch das war ganz egal. Was zählte, war die Einstellung.

»Lass uns hier nach rechts gehen«, sprach Anatol in seiner neuen Rolle und seine Stimme hatte plötzlich diesen melodischen, wie Anatol glaubte, typischen Klang eines Naturburschen.

»Gehen wir dann nicht zum Auto zurück?«, fragte Jola.

»Doch«, stimmte ihr Anatol zu. »Doch, doch.«

»Was meinst du damit? Gehen wir also nach links?«

»Ja. Nach links.«

Nach einer Weile sagte Jola:

»Können wir hier kurz stehen bleiben?«

»Warum?«

»Weil ich pinkeln muss.«

Sie lief davon, offenbar jedoch nicht sehr weit, denn kaum war das Rascheln der Blätter verstummt, vernahm Anatol ein säuselndes Plätschern im Gebüsch. Augenblicklich empfand er Sympathie. Mehr noch: Dauer. Vielleicht sogar Ewigkeit. Er hatte das berauschende Gefühl, dass dieses säuselnde Plätschern eines der Geräusche sein könnte, die ihn bis an sein Lebensende begleiteten. Lebensgeräusche. Mehr noch: Liebesgeräusche. Als Jola zurückkam, war er tief ergriffen und hätte sie am liebsten sofort umarmt. Voller Freude nahm er wahr, wie sie sich bei ihm einhängte.

»Und wo gehen wir jetzt hin?«, fragte er, während sie weitermarschierten.

Er sprach in einem heiteren Ton, als hätte er alles vergessen, inklusive wer er war und wohin er wollte, und als sei er ganz und gar in Jolas Hand.

»Pilze suchen«, erklärte sie in ähnlichem Tonfall, es klang ein bisschen, als ob sie mit einem kleinen Kind redete.

»Und danach?«

»Wieder nach Hause.«

»Das ist gut. Nach Hause.«

Er nickte und hatte, wenn er an dieses »nach Hause« dachte, nicht etwa sein Zimmerchen im Universitätshotel vor Augen und auch nicht seine alte Wohnung in der Schweiz. Dieses Zuhause war ein neuer Ort, an dem er noch nie zuvor gewesen war, und doch wirkte er so vertraut, als hätte er immer schon dort gewohnt. Er kam zur Türe rein, zog die Schuhe aus und ging ins Wohnzimmer, wo Jola auf dem Sofa ein Buch las, die nackten Füße auf der Lehne. Und an der Wand über ihr hing eine Totenmaske.

»Was geschieht eigentlich mit meiner Totenmaske, wenn sie fertig ist?«, fragte er sie.

»Du kannst sie mit nach Hause nehmen.«

»Wohin?«

»In die Schweiz.«

Er verzog das Gesicht.

»Hab ich etwas Falsches gesagt?«

»Ich habe nur an mein Leben in der Schweiz gedacht.«

»Ist es so schlimm?«

Er hörte die Ironie in ihrer Stimme und realisierte, dass er vermutlich etwas gar dramatisch geklungen hatte. Also änderte er den Ton:

»Ich habe einfach die Schnauze voll.«

Jola nickte. Die Schnauze voll haben war ein universales Gefühl, jeder hatte irgendwie die Schnauze voll.

»Vielleicht bleibe ich hier und schicke einfach nur die Totenmaske zurück.«

»Du meinst, wie bei einem Doppelleben?«

»Nicht ganz. Es kehrte ja nur der tote Teil von mir zurück, der lebendige bleibt hier und blüht so richtig auf.«

»Gute Idee.«

»Findest du?«

Er hatte sehnlich auf einen Zuspruch von ihrer Seite gewartet. Und nun wog ihre kleine Bemerkung für ihn so schwer, als hätte sie ihm verboten, etwas anderes zu tun, als in Polen zu bleiben.

»In Ordnung«, gab er sich daher theatralisch geschlagen, »dann bleibe ich.«

»Und was willst du hier machen?«

»Mal sehen.«

Die Antwort gefiel ihm. Das Leben war ein Spiel. Und er ein Hochrisikospieler.

»Du kannst natürlich an deinem Pilzbuch arbeiten. Hier in Polen geht das vielleicht sogar besser«, machte Jola einen Vorschlag, der ihm etwas gar pragmatisch vorkam.

»Das stimmt. Aber ich bleibe nicht nur wegen dem Pilzbuch.«

An dieser Stelle drückte er sanft den Arm, mit dem sie sich bei ihm eingehängt hatte. Sie drückte sanft zurück, sagte jedoch nichts weiter dazu, doch glaubte er jetzt den feinen Schatten eines Lächelns über ihr Gesicht huschen zu sehen.

»Komm. Weiter«, befahl er atemlos, so als sähe er sich gezwungen, ein Gespräch, das allzu gefährlich zu werden drohte, vorzeitig zu unterbrechen.

Sie gingen weiter. Unterdessen hatte Anatol längst keine Lust mehr auf Pilze. Man erkannte es daran, dass er, als ihn Jola auf einen großen Schwarm Steinpilze aufmerksam machte, nichts weiter als »Schmecken gut im Risotto« sagte, er wollte jetzt keine Pilze sammeln. Er wollte über die Liebe reden. Er wollte über Jola reden. Er wollte Jola küssen. Aber wie? Seiner Meinung nach ging einem solchen Kuss eine gewichtige Bemerkung voraus, die mit ihrem poetischen Glanz das Terrain bereitete. Doch wie immer, wenn er etwas wirklich Bedeutsames sagen wollte, schwand das Niveau mit jeder Bemerkung. In den letzten fünf Minuten hatten seine Redebeiträge »Schön hier«, »Arbeitest du eigentlich hundert Prozent an der Uni?« und erneut »Schön hier« gelautet. Typisch! Wenn das so weiterging, würde er in alte Muster zurückfallen und wieder vom Marmorkuchen anfangen. In seiner Vorstellung wäre an dieser Stelle ein Gedicht genau das Richtige gewesen. Leider konnte Anatol keines auswendig, einzig Brechts *Erinnerung an die Marie A.* vermochte er zumindest phasenweise zu rezitieren – was er dann auch tat. Allerdings beherrschte er das Gedicht sogar noch schlechter, als er gedacht hatte. Nach der ersten mehr oder weniger vollständigen Strophe zitierte er nur noch zwei Sätze, die ihm aus den folgenden drei Strophen in den Sinn kamen, wahllos und völlig ohne Poesie, bevor er mit den Worten »Ein herrliches Gedicht« verstummte.

Nicht Wolfs- noch Menschenpilze sucht Telimene heut', –
Den Kopf zurückgeworfen, gelangweilt und zerstreut,
Blickt sie herum.

Kam es ihm nur so vor oder sprach Jola irgendwie lyrischer als gewöhnlich? Anatol warf ihr einen fragenden Blick zu. Sie sprach weiter:

Dort flüstert er dann, der Wildfang, aufs Blätterbett gelegt,
Eingewickelt ins Gras, ganz still und unbewegt, –
Unsichtbar, unhörbar fast, – wie, leise eingewiegt,
Ein kleiner Schreihals schlummernd im Schaukelbettchen liegt;
Die Mutter schloss die grünen Vorhängchen leise zu
Und streute Blätter des Mohns aufs Kissen. – In tiefer Ruh'
Liebt hier Frau Telimene sich stillem Sinnen zu weihen
Und nennt die holde Stelle: T e m p e l d e r T r ä u m e r e i e n .

Sie deklamierte, wie sie Auto fuhr. Und während es bei Anatol eher zu viel an lyrischem Ton gewesen war, den er in die paar wenigen Fragmente gelegt hatte, so ließ sie diesen Ton gänzlich vermissen, was dem Vortrag eine fast schon militärische Note verlieh. Trotzdem wollte Anatol glauben, in seinem Leben nie Schöneres gehört zu haben.

»Was ist das?«

»Das ist aus *Pan Tadeusz*. Dem polnischen Nationalepos von Adam Mickiewicz. Soll ich weitermachen?«

»Natürlich!«

Und während sie weiterdeklamierte, hatte Anatol urplötzlich ein merkwürdiges Gefühl. Vielleicht lag es nur daran, dass die Sonne mittlerweile ein wenig zwischen den Bäumen hindurchschien, oder daran, dass die Luft klarer und aromatischer geworden war. Doch verspürte er eine Leichtigkeit, die er so nicht kannte. Da war kein Widerspruch in ihm, kein Nebel, der die Gedanken trübte. Nicht die übliche Scham. Nicht die tagtägliche Furcht, zu scheitern, sich zum Narren zu machen, und überhaupt: nicht die Furcht davor, zu handeln, weil wirklich etwas passieren könnte. Ein Ereignis. Mehr noch. Eine Veränderung. Während er Jola zuhöre, war alles anders. Auf einen Schlag wusste er, was zu tun war.

Da rief Jola plötzlich: »Warte. Ich habe etwas für dich.«

Darauf holte sie ein kleines, in schwarzes Leder gebundenes Buch aus der Tasche und streckte es Anatol entgegen.

»Was ist das?«

»Da kannst du gleich den Mickiewicz hineinschreiben.«

»Was ist es denn?«

»Na was wohl? Ein Notizbuch.«
»Für mich?«
»Von meinem Sohn.«
»Von wem?«
»Meinem Sohn.«

Sie hatte einen Sohn? Die Information kam überraschend. Aber nun ja, dachte Anatol, ein Sohn. Warum auch nicht? Kinder waren ihm sympathisch, sofern sie sich nicht in einer deutlichen Überzahl befanden.

»Wie heißt er denn?«
»Der eine heißt Leon, der andere Janusz.«
»Also zwei Söhne.«

Er summierte hier Söhne wie eine geniale Rechenmaschine. Trotzdem war er immer noch ganz ruhig. Sein Verhältnis zu Kindern war abstrakt, keine Zahl hätte ihn wirklich abschrecken können. Zwei Söhne. Das war immer noch besser als beispielsweise zwei Dobermänner.

»Und wo sind sie jetzt, deine Söhne?«
»Zu Hause mit meinem Mann.«

Stille.

»Was ist los?«, fragte Jola.
»Alles.«
»Hattest du gerade einen Schlaganfall?«
»Möglich.«
»Was ergibt vier mal vier?«
»Sechzehn. Aber genügt das schon, um einen Schlaganfall definitiv auszuschließen?«
»Was ist los?«
»Ich bin nur ein bisschen am Rumdenken. Du und dein Mann. Habt ihr euch neulich kennengelernt?«

»Unsere Söhne sind jetzt neun und sechs Jahre alt. Geht also so mit neulich.«

Darauf verfiel Anatol wieder in Fassungslosigkeit. Er schüttelte den Kopf, probierte ein Lächeln, es gelang ihm nicht. Er wirkte verwirrt, tippte sich immer wieder grundlos an die Stirn, verlagerte das Gewicht von einem Fuß auf den anderen. Immer noch blieb das Gefühl, in eine endlose Tiefe zu stürzen.

»Ich wollte mich übrigens bei dir bedanken.«

»Wieso«, flüsterte Anatol.

»Für all das, was du für diesen alten Mann getan hast.«

»Herrn Gustav?«

»Ich fand es so rührend, wie schön und ernsthaft du seinen lächerlichen Text vorgetragen hast.«

»Lächerlicher Text?«

»Das Facebook der Pilze. Man hat gemerkt, wie wichtig es dir war, den letzten Willen dieses alten Mannes zu erfüllen. Wie du dieses eine Wort immer und immer wieder gesagt hast …«

»Thoroughly.«

»Ja genau. Thoroughly. Ich finde es richtig nobel, was du getan hast.«

»Aber ist es denn ein so lächerlicher Text?«

»Komm schon, du hast ihn selber vorgetragen.«

Stimmte das? War das wirklich er gewesen, der den Vortrag gehalten hatte? War das wirklich er gewesen in all den vergangenen Tagen? Und wenn nicht: Wer war es sonst gewesen?

»Es ist schön, dich kennengelernt zu haben«, sagte sie.

»Mich freut es auch«, bestätigte Anatol mechanisch.

»Und du musst weitermachen mit dem Pilzbuch. Ich bin sicher, das wird ein Bestseller.«

»Okay.«

»Wir können diesen Ausflug auch gerne wiederholen. Ich muss nur erst schauen, wie ich das mit den Kindern organisiere.«

»Ich kann ja auf sie aufpassen«, sagte Anatol längst ohne Sinn und Verstand.

Das schien auch Jola bemerkt zu haben.

»Wollen wir los?«, schlug sie vor.

Anatol nickte.

Es dunkelte bereits ein und beim Gehen verschwanden ihre Füße im schwarzen Gras. Aus der Ferne erklang die Kirchglocke, und noch ein Mal mischten sich all die Traumbilder der vergangenen Tage zu einem schmerzhaft intensiven Schlussklang, bevor sie mit einem letzten dröhnenden Schlag entflohen.

Es war fast totenstill, als sie beim Auto ankamen.

DRITTER TEIL

DAS BROCKENGESPENST

20

An einem eiskalten Wintermorgen im Dezember, sechs Monate später, betrat Anatol ein unscheinbares kleines Eckhaus am Rande einer großen Straße und reihte sich in die lange Schlange wintergrauer Gestalten ein, die hier mit eingefrorener Miene auf ihr Brot warteten. Wie alle anderen schloss er so bündig auf, dass er problemlos in den Hut der Dame vor ihm hätte beißen können. Die Körper rieben sich aneinander, berührten sich an allen möglichen Stellen. Für viele der hier Anwesenden, darunter Anatol, war dies der intimste Moment des Tages. Wo war in dieser kalten Zeit sonst noch wahre Zärtlichkeit zu bekommen?

»Razowe. Prosze«, teilte er der düster dreinblickenden Verkäuferin in lupenreinem Polnisch mit, das offenbar doch nicht ganz lupenrein war, denn gleich mehrere Wintermäntel drehten sich nach ihm um. Doch es hatte funktioniert. Ein Brot lag vor ihm und sogar das richtige.

»Do widzenia«, verabschiedete er sich und verließ die Bäckerei so wie viele andere vor ihm auch: als ein Mensch, der ein Brot gekauft hatte.

Mit feierlicher Demut stapfte er los. Früher war er für seinen stets etwas zu schnellen Gang bekannt gewesen. Immer hatte er so gewirkt, als müsse er irgendwohin und sei im Grunde bereits zu spät. Nun schritt er gemessen dahin. Es war das Tempo eines Mannes, der nirgendwohin musste.

Auch sein Blick hatte sich verändert. Überhaupt das Gesicht, das schmaler geworden war, kantiger, die Haut rauer, wie von einem gnadenlosen Wind gepeitscht. Er wirkte in sich gekehrt, aber nicht verträumt wie früher. Er schien nichts zu denken, und wenn, dann waren es Durchhalteparolen. Das Leben war hart zu ihm gewesen und hatte ihn hart gemacht. Oder zumindest härter. Immer noch hätte er wahrscheinlich keine Nacht auf einem Zeltplatz überstanden, jetzt aber war er zumindest gedanklich so weit, um Begriffe wie Schlafsack oder Gemeinschaftsdusche an sich ranzulassen. Er wirkte ein bisschen verwahrlost. Dem Haar fehlte jeder modische Schnitt und sein Bart, der früher bestenfalls ein Bärtchen gewesen war, hing ihm nun russisch im Gesicht. Er schien leicht zu hinken, als wäre er kürzlich angefahren worden, und beim Gehen bewegten sich seine Lippen, als spreche er immer wieder seine Telefonnummer vor sich her. Er wirkte alles in allem etwas wirr und versprühte nicht die Autorität eines Menschen, den man nach dem Weg hätte fragen wollen. Das hatte er früher zwar auch nicht, jetzt aber hatte man den Eindruck, ihm den Weg sogar zeigen zu müssen.

Zehn Minuten später betrat er sein Zimmer im Universitätshotel, wo er noch immer wohnte, und schaute sich seufzend um: zu Hause. In den vergangenen Monaten hatte sich das Zimmer kaum verändert und doch wirkte es irgendwie anders, irgendwie heimeliger. Hier hätte man seine Schwiegermutter zum Tee empfangen können oder seine Fußballfreunde zum Bier. Es war nicht mehr länger das gesichtslose Zimmer eines Hotelgastes, der in ein paar Tagen wieder weiterzöge, sondern das eines etwas eigenbrötlerischen Mieters. Es war ein Zimmer mit Charakter und einem gewissen, wenn auch bizarren Charme. Lag es vielleicht an dem Malewitsch-Poster an der Wand, das Anatol vor ein paar Wochen im Shop des hiesigen Kunstmuseums gekauft hatte? Man brauchte bloß das schwarze Quadrat an die Wand zu hängen und schon wurde es gemütlich. Richtig wohnlich aber wurde das Zimmer durch den Hocker, den Anatol in einem Secondhandladen erstanden hatte, wobei es ihm gelungen war, den Preis noch herunterzuhandeln, indem er den Verkäufer auf den säuerlichen Geruch aufmerksam gemacht hatte, den der Hocker verströmte. Nun stand dieser direkt vor dem Schreibtisch, den Anatol außerdem als Kochnische, Esstisch, Aufbewahrungsort für allerlei Sachen und soziales Zentrum des Zimmers nutzte. Hier nahm er seine frugalen Mahlzeiten ein: Brot aus der Bäckerei, Butter, Schinken und Marmelade, die er in der Minibar aufbewahrte. Genau wie die Schokolade, die ihm Herr Gustav als Gastgeschenk mitgegeben hatte. Es handelte sich um mehrere Kilo, die Anatol fein säuberlich in der Minibar aufgestapelt hatte. Danach war die Minibar voll.

Er aß wie der erste Mensch. Oder wie der letzte. Egal, auf jeden Fall aß er. Wenn auch nicht warm. Es gab im

Universitätshotel einen Zimmerservice, bei dessen Menüangebot man zwischen einem Caesar Salad und einem lauwarmen Croque Monsieur wählen konnte. Beide Gerichte waren geschmacklich dergestalt, dass man sie kein zweites Mal bestellen wollte. Aber wer brauchte schon einen Croque Monsieur zum Glücklichsein? Apropos Glück. Im Kleiderschrank hatte er ein Regal für seine Bücher eingerichtet. Dabei handelte es sich immer noch um lediglich zwei Werke, die er damals von zu Hause mitgenommen hatte, wovon eines ein polnischer Reiseführer war und das andere Albert Camus' Werk *Die Pest*. Jedes Mal, wenn er den Kleiderschrank öffnete, glotzte ihm dieses Buch entgegen, dessen unerträglich gelbstichiges Umschlagbild einem das Gefühl vermittelte, als hätte die Pest bereits von einem Besitz ergriffen. Aus diesem Grund öffnete Anatol den Kleiderschrank nur noch in Notfällen. Man kann natürlich sagen, das ganze Leben sei ein Notfall, doch hätte das auch nichts an der Sache geändert.

Das dritte Buch, Shakespeares gesammelte Sonette, hatte er in einem Anfall von Nostalgie gepaart mit Ratlosigkeit gekauft. In Erinnerung an den Tag, als er mit Jola in die Pilze gefahren war und sie das Gedicht rezitiert hatte. Eine schmerzhafte Erinnerung, trotzdem konnte er nicht davon lassen. Schmerz war immer noch besser als gar nichts. Darum hatte er die Sonette gekauft, die er jetzt auswendig lernte. Jeden Tag nahm er sich ein neues vor. Er rezitierte es stehend im Hotelzimmer mit Blick auf das schwarze Quadrat oder die Minibar. Danach war es noch stiller als zuvor. Es wäre netter, sozialer, irgendwie gesünder gewesen, wenn er einen Zuhörer gehabt hätte. Doch wer sollte das sein? Max? Sein Vater? Seine Mutter? Die Frau, die sein Zimmer sauber machte? Er war auf sich alleine gestellt.

Einmal hatte er sich ein gelerntes Sonett auf die Mailbox gesprochen und es später am Abend abgehört. Es ist immer seltsam, die eigene Stimme zu hören. Anatol legte das Handy auf den Schreibtisch und ging ins Badezimmer, wo er sich Wasser ins Gesicht spritzte und an seinem Bart herumzupfte, dessen russisches Kaliber ihn jedes Mal ein wenig erstaunte.

Es war ein langes Sonett. Als er zurückkam, klang seine monotone Stimme immer noch aus dem Handy.

Der heimliche Kern des Zimmers und so etwas wie die Pointe von Anatols neuem Leben war die Glühweintasse, die er vor ein paar Tagen auf dem Weihnachtsmarkt erstanden hatte. Sein Name war eingraviert. Anton. Das passierte mit Namen, wenn man sie gegen den Lärm einer Weihnachtskapelle anbrüllte. Anton klang nicht schlecht. Zwar nicht ganz richtig, doch auch nicht ganz falsch. Und somit passte der Name ganz hervorragend zu seinem Leben hier in Polen.

Damals nach dem deprimierenden Waldgespräch mit Jola hatte er eigentlich sofort seine Koffer packen und nach Hause zurückkehren wollen. Stattdessen aber war er geblieben. Hätte man ihn nach dem Grund gefragt, hätte er keine schmissige Antwort geben können. Er war halt geblieben. Manchmal musste ein Mann tun, was ein Mann tun musste, auch wenn er keine Ahnung hatte, was er eigentlich tat. Doch Lodz war der Ort seiner Sternstunde gewesen. Der Ort, an dem er über sich hinausgewachsen oder vielleicht auch endlich zu sich gekommen war. Er war charmant gewesen, witzig, überraschend, aufmerksam und voller Selbstbewusstsein und Mut. Für einmal hatte er nicht diese ewigen Zweifel verspürt, das richtige Leben gerade zu verpassen. Nach so einer Erfahrung konnte man nicht einfach zu seinem alten Sparflammenleben zurückkehren. Vielmehr war es doch so: Die Sternstunde war noch gar nicht vorüber. Im Gegenteil. Sie hatte gerade erst angefangen, und indem Anatol in Lodz und im Universitätshotel blieb, verlängerte er den Zustand seiner Sternstunde bis auf Weiteres. Das war keine Sternstunde mehr, das war jetzt ein Sternleben.

Denn was erwartete ihn schon zu Hause? Ausgetretene Trampelpfade, auf denen er hätte weitergehen können, bis zum bitteren Ende. Oppenhöven hatte ihm eine E-Mail mit dem Betreff »Letzte Mahnung« geschickt. Obwohl ihm offenbar die Sicherung durchgebrannt sei, wolle er nochmals ein Auge zudrücken und die Aktion als Wochen-Burnout verbuchen. Selbstverständlich würden ihm die verpassten Arbeitstage vom Lohn abgezogen. Anatol wusste genau, worum es ging. Sie brauchten ihn, damit er wie jedes Jahr beim Weihnachtsfest den Nikolaus machte. Das war es, was zu Hause auf ihn wartete: ein roter Mantel, ein falscher Bart und ein Sack mit Nüssen.

Und was war mit seiner Wohnung? Mit seinem Vater, seiner Mutter, mit Bernadette? Natürlich gab es gute Gründe, die für eine sofortige Heimkehr sprachen. Doch gute Gründe fanden sich immer. Und war nicht gerade das

Anatols großer Fehler gewesen, wiederholt auf den Ruf von guten Gründen zu hören, statt auf sein eigenes idiotisches Herz? Er war den guten Gründen gefolgt und was war passiert? Er hatte sich lächerlich gemacht. Oder war die Geschichte mit Bernadette etwa nicht lächerlich gewesen? Und nach jedem Auftritt als Nikolaus hatte er einen schrecklichen Ausschlag am Kinn bekommen, da er allergisch auf den falschen Bart reagierte. Lächerlich. Auf Facebook gab es eine Fanseite seines Buches und der Betreiber dieser Seite war sein Vater. Die beiden anderen Mitglieder waren Anatol sowie ein gewisser Hanspeter Egger, bei dem es sich vermutlich um einen Fake-Account des Vaters handelte. Nun sollte das lächerliche Leben zu Ende sein und stattdessen endlich dieses neue, bessere beginnen. Anatol nannte es das etwas weniger lächerliche Leben.

Allerdings wusste er aus Erfahrung, dass ihm zu viel Freiheit in Kombination mit zu viel Einsamkeit nicht guttat. Er zog nach ein paar Tagen des Alleinseins zwar nicht gleich los, um sich eine Flasche Rattengift zu besorgen, und wurde auch nicht depressiv oder gar suizidal, nur merkwürdig. Noch merkwürdiger als sonst. Mit anderen Worten: Statt Rattengift besorgte er sich eine Glühweintasse und nahm Liebesgedichte auf seiner Mailbox auf. Als er sich schließlich dabei ertappte, wie er zum neunten Mal hintereinander an seinem engen Hotelzimmertisch eine Mahlzeit genoss, die aus altem Brot, Streichkäse und Schweizer Qualitätsschokolade bestand, war ihm klar, reagieren zu müssen. Er musste rausgehen, unter Leute kommen. Er brauchte einen Job.

Plötzlich hatte er eine Idee. »Ich habe eine geniale Idee«, schrieb er gleich in sein Tagebuch, das er in diesen Tagen genau für solche gewichtigen Aufzeichnungen gekauft hatte. Erst hatte er das Buch *Sternstunde eines melancholischen Pilzwissenschaftlers* nennen wollen, dann war ihm der Titel doch irgendwie zu vollmundig erschienen, weshalb er es schließlich einfach *Mein Tagebuch* nannte. »Ich habe eine geniale Idee« war übrigens der erste und, wie sich ein paar Monate später zeigen sollte, bis auf Weiteres auch letzte Eintrag im Tagebuch. Die Idee jedoch war tatsächlich in die Tat umgesetzt worden. Da er einen Job suchte, ging Anatol zu jenem Restaurant Acapulco, wo er während des Abendessens der Pilzwissenschaftler über sich hinausgewachsen war, das Abendessen, als sein Stern so richtig leuchtete, als dieser klapprige Geisteswissenschaftler mit Asthma bronchiale plötzlich anfing, Stühle zu tragen.

»Einen wie dich können wir hier immer gebrauchen«, hatte der Kellner zu ihm gesagt. Na also. Jetzt war immer noch immer.

Der verträumte Kellner erkannte ihn sofort, ein gutes Zeichen. Er war in Erinnerung geblieben.

»Hey Mann. Alles klar?«, rief der Kellner und begrüßte ihn sowohl mit Handschlag, was ihm schmeichelte, als auch mit einer Art Rempler gegen das linke Schulterblatt, was irritierte und schmerzte.

Erste Zweifel wurden wach: Verwechselte der Mann ihn möglicherweise mit seinem Fitnesstrainer?

»Du bist der Typ mit den Stühlen.«

»Jo«, machte Anatol, der glaubte, dass dies eine typische Antwort von Typen war, die Stühle trugen.

»Was treibst du so?«

»Das Übliche. So dies und das und dort.«

Was Typen halt so machten, wenn sie gerade keine Stühle trugen.

»Und außerdem suche ich einen Job. Ihr habt nicht zufällig was frei?«

Jetzt wirkte der Kellner nicht mehr verträumt, sondern hellwach und misstrauisch.

»Einen Job?«

»Einfach einen kleinen Job. Falls ihr gerade etwas habt.«

Während er dies sagte, hatte Anatol plötzlich das Bitte-nicht-stören-Schild vor Augen, das er jeden Abend vor seine Türe hängte.

Der Kellner kratzte sich am Kopf, misstrauischer denn je.

»Da musst du mit dem Boss reden.«

Der Boss befand sich praktischerweise vor Ort. Am letzten Tisch vor der Toilettentüre hatte er eine Art öffentliches Privatbüro mit Laptop, Ordner und Headset eingerichtet. Er war ein schlanker Mann mit polierter Glatze, dessen sehnige Durchtrainiertheit die Geschichte eines Mannes, eines echten Mannes, erzählte, der in seinem Leben schon ganz anderes getragen hatte als einen Bürostuhl nach Feierabend. Gewichte, Leichen, sein Leben.

Anatol hüstelte. Bemerkte ärgerlich den Fauxpas und versuchte es nochmals, diesmal härter, kräftiger, brutaler. Jetzt reagierte der Chef:

»Bist du erkältet?«

»Nein.«

Der Chef, offenbar ein Hypochonder wie alle Männer, nickte erleichtert. Anatol versuchte die gute Stimmung auszunutzen und fuhr sogleich fort:

»Ich würde gerne hier arbeiten.«

Ohne darauf einzugehen, wendete der andere sich seinem Laptop zu, wo ein Signalton seine Aufmerksamkeit erregt hatte. Er schrieb daraufhin eine längere Nachricht, während Anatol die Toilettentüre anstarrte, als sei sie das schwarze Quadrat von Malewitsch.

Ob er eine Ausbildung als Koch habe, wollte der Boss schließlich wissen.

»Nein«, sagte Anatol.

Ob er schon mal im Service gearbeitet habe?

»Nein.«

Ob er denn überhaupt irgendwelche Erfahrungen in der Gastronomie habe?

»Nein.«

Der Chef wirkte weniger enttäuscht als vor allem perplex: Was war das für ein Typ, der hier bei ihm arbeiten wollte? Anatol realisierte, wie naiv er doch gewesen war. Einen wie dich können wir immer gebrauchen. Die Frage war nur: wofür. In Wahrheit gab einem niemand eine Arbeit, nur weil man ein netter Typ war. Er sollte besser nach Hause gehen und noch ein paar Sonette auswendig lernen.

»Ich will es mit dir versuchen«, sagte der Chef.

Anatol war überrascht – welche seiner Antworten hatte ihn von seinen Qualitäten überzeugt?

»Nachmittags herrscht hier immer tote Hose. Trotzdem

brauchen wir jemanden, falls doch mal eine Reisegruppe oder so hereinkommt.«

»Ich soll für sie kochen?«

»Dafür haben wir einen Koch. Aber du kannst beim Abräumen helfen. Oder du läufst zum Laden, falls wir zu wenig Kartoffeln haben. Oder machst einen Botengang zur Post. Laufen kannst du ja wohl?«

»Ich kann laufen«, bestätigte Anatol froh.

»Du hast den Job.«

Erst als Anatol das Restaurant schon verlassen hatte, wurde ihm klar, was für eine Arbeit er eben bekommen hatte: Er war wieder Allrounder.

21

Die Nachmittage im Acapulco waren endlos. Oft gab es stundenlang nichts zu tun. Wenn er doch mal gebraucht wurde, reagierte er hastig und ohne Konzept, eben ganz wie der vergeistigte Schriftsteller, der er all die Jahre gewesen war und den selbst einfachste Handlungsaufträge im Stil von »Besorg mir fünf Kilo Karotten« an den Rand der Verzweiflung trieben. Sein Alleinstellungsmerkmal hatte ja gerade darin bestanden, in Krisensituationen den Überblick zu behalten. Nun aber war er schon heillos überfordert, wenn überhaupt nichts los war. Man musste sich um ihn kümmern, musste sich Aufgaben für ihn überlegen, die er dann sehr oft falsch löste. Zwar versuchte Anatol sich so gut es ging im Hintergrund zu halten, doch ein Restaurant hatte in dem Sinn keinen Hintergrund. Überall war Betrieb, überall stand er im Weg, verhinderte wichtige Handgriffe und kostete Zeit.

Wenn er schon nicht mit seinen praktischen Fähigkeiten punkten konnte, wollte er es wenigstens mit der alten Geheimwaffe eines jeden Schweizers tun, mit seiner

Mehrsprachigkeit. Deutsch, Englisch, Französisch, Italienisch. Doch der raffinierte Schweizer Anatol konnte nicht nur die Landessprachen – er konnte auch ableiten: Spanisch, Portugiesisch, Niederländisch, Flämisch. Die einzige Sprache, die er nicht beherrschte, war Polnisch – im Gegensatz zum Großteil der Gäste. Eines Tages jedoch nahm ein französischsprachiges Paar im Restaurant Platz. Kaum hatte Anatol sie miteinander tuscheln hören, raunte er dem verträumten Kellner auch schon ein gieriges »Die übernehme ich« zu und im nächsten Moment stand er vor ihnen mit den Menükarten und einem *Bonjour* und *Je vous recommande* und *Souhaitez-vous* und *Je voudrais vous proposer*. Das war Französisch. Die Sprache, die er damals in der Schule gelernt hatte. Endlich konnte er sie anwenden. Das Paar reagierte erfreut. Wobei es wohl eher Höflichkeit war als echte Freude. Sie wirkten fast ein wenig enttäuscht. Verständlich. Man reiste doch nicht nach Polen, um dort hysterische Schweizer kennenzulernen.

Es waren triste Nachmittage. Doch selbst die Tristesse hatte etwas Gutes. In gewisser Weise war es lehrreich, von neuen Inkompetenzen zu erfahren. Außerdem war es ja nur ein Job, er machte das nur wegen des Geldes, wobei auch das Geld nicht wirklich entscheidend war. Seine Ersparnisse reichten, um mehrere Jahre einfach so weitermachen zu können. Die Erkenntnis erfüllte Anatol gleichermaßen mit Freude und Entsetzen.

Das Wichtigste war natürlich das Pilzbestimmungsbuch. Mehr als alles andere stand dieses für sein neues Leben. Schließlich war das Buch der eigentliche Grund, warum er hiergeblieben war. Er wollte recherchieren, Gespräche führen und Experten treffen, er wollte Pilze sammeln, bestimmen und essen, um dann, wenn er das Material beisammenhatte, ein Buch über Pilze zu schreiben, wie man es noch nicht gelesen hatte: witzig, gelehrt, voller Weisheiten und Anekdoten. Ein Buch, das sowohl die Hausfrau als auch den Literaturnerd ansprach und somit in einer großen charmanten Geste zwei Buchsegmente – Kochen und Belletristik – miteinander versöhnte. Ein Bestseller. Selbstverständlich.

Seit ein paar Wochen jedoch ging die Arbeit schleppend voran. Wann immer er sich an den Schreibtisch setzte, um mindestens ein paar grundsätzliche Gedanken über Pilze zu formulieren, spürte er beinahe augenblicklich einen schier grenzenlosen Widerwillen gegen das Schreiben im Allgemeinen und gegen Pilze im Besonderen.

Vermutlich lag es ganz einfach daran, dass er zu wenig Bescheid wusste über die Materie. Also suchte er Bibliotheken auf und lieh stapelweise Fachliteratur aus. Danach war sein Widerwille sogar noch grenzenloser. Pilze, dachte er. Was war eigentlich so toll an Pilzen?

Er musste Jola fragen. Es wäre sowieso mal wieder nett, sie auf einen Kaffee zu treffen, Anatol vermisste sie. Doch nicht, wie er sich einredete, weil er in sie verliebt gewesen wäre. Es hatte vielleicht einen Moment gegeben, da er tatsächlich davon geträumt hatte, mit ihr zusammen zu sein, so wie man sich bekanntlich bei Hunderten Menschen aus purer Neugier die Frage stellte: Möchte ich den Rest meines Lebens mit ihm verbringen?

In Wahrheit, so entschied Anatol, sah er in Jola nicht

mehr als eine gute Freundin. Sie war ein Kumpel, mit dem man um die Häuser zog. Er vermisste ihre Gespräche, ihre Ausflüge. Die Unbeschwertheit, die er damals gefühlt hatte, als er neben ihr im Auto gesessen hatte. Und er vermisste ihre Familie. Den Vater. Die Mutter. Die Großmutter. Und das Schnitzel. Wo sie sich dieser Tage wohl herumtrieben?

Einmal glaubte er beim Einkaufen im Supermarkt die Mutter zu sehen. Sie hatte einen starren Gesichtsausdruck und wirkte irgendwie gramzerfurcht. Dachte sie vielleicht daran, wie schade es doch war, dass dieser dynamische Freund ihrer Tochter nicht mehr zu Besuch kam? Wie gut er sie alle unterhalten hatte mit seinen Sprüchen und Geschichten. Und einen gesunden Appetit hatte er gehabt. Und wie er mit ihnen Polnisch gesprochen hatte: Dziękuję, hatte er gesagt. Immer wieder. Er hatte Charme gehabt, was heutzutage keine Selbstverständlichkeit war. Wenn sie da an ihren Schwiegersohn dachte. Ein Mann ohne Manieren, ein Rüpel. Leider. Es war nicht fair. Das Leben war nie fair.

Unterdessen hatte Anatol allerdings festgestellt, dass die Frau in der Schlange nur den etwas ähnlichen Schnitt am Hinterkopf mit der Mutter teilte.

Wenn er so darüber nachdachte, schien ihm Jola doch etwas mehr zu sein als ein Kumpel: Sie war wie eine Schwester. Während er die Liebessonette auswendig lernte, stieß er immer wieder auf Sätze, die er unterstrich, da er das Gefühl hatte, sie könnten Jola gefallen. Eines Tages würde er ihr diese Sätze übermitteln, damit sie sie in aller Ruhe studieren konnte. Er wusste auch nicht genau, warum, doch wenn er diese Sätze las, hatte er das Bild der senffarbenen Tagesdecke in ihrem alten Kinderzimmer vor Augen. Wie sie ihm die Totenmaske abgenommen und vom Brockengespenst erzählt hatte. Übrigens: Was war eigentlich aus der Totenmaske geworden? Auf einmal verspürte Anatol ein unbändiges Bedürfnis, das Ergebnis dieser herrlichen halben Stunde auf der senffarbenen Tagesdecke zu sehen. Und schließlich war es ja nicht irgendeine Totenmaske. Es war sein Gesicht im Angesicht der Ewigkeit. So etwas durfte man sich doch nicht entgehen lassen. Doch als er Jola ein Treffen vorschlug, vertröstete sie ihn auf ein andermal. Sie habe gerade sehr viel um die Ohren.

Die Absage traf ihn, nach einer Weile begann er jedoch, die Ehrlichkeit daran zu schätzen, die eben die Ehrlichkeit einer guten Freundin oder gar Schwester im Geiste war, die den anderen nicht mit der Wahrheit verschonte und einem gerade dadurch ein Kompliment machte. Dann hatte sie eben momentan keine Lust, ihn zu treffen. Na und? Das nächste Mal wäre wiederum Anatol derjenige, der keine Lust hätte, weil er vielleicht gerade so mit seinem Buch beschäftigt wäre, oder wer weiß, lieber zu Hause an den Sonetten arbeiten wollte. Hauptsache, man war ehrlich miteinander.

Einmal aber trafen sie sich in jener Bar, in der sie damals Darts gespielt hatten. Es war ein merkwürdiger Abend. In den ersten Tagen ihres Kennenlernens hatte sich Anatol so sicher gefühlt, gedankenklar und souverän. Ein bisschen wie ein ehrwürdiger Lehrmeister, während er Jola seine Gedanken mit einer Präzision und Folgerichtigkeit entrollte, die erkennen ließ, dass er die Philosophie nicht nur studiert, sondern auch begriffen hatte. Manchmal fürchtete er gar, seine Gedanken könnten zu schnell, zu komplex, zu originell sein für Jola, und dann bemühte er sich, langsamer zu denken und langsamer zu sprechen, bis Jola ihn fragte, ob er müde sei.

Als sie sich nun wieder trafen, suchte Anatol vergeblich nach der damaligen Souveränität und auch die Gedankenklarheit schien spurlos verschwunden. Er brachte kaum einen geraden Satz heraus und wenn, dann waren es Anmerkungen im Stil von »Das letzte Mal haben wir auch an diesem Tisch gesessen« oder »Das letzte Mal habe ich glaube ich ein anderes Bier getrunken«. Es war Jola, die an diesem Abend das Gespräch gestaltete. Sie sprach frisch und frei, viel und schnell und vor allem: Sie war witzig, geistreich und hatte offenbar in ihrem Leben schon so einiges erlebt, was sich in einem tiefen Verständnis der Verhältnisse äußerte, das an Weisheit gemahnte. Demgegenüber wirkte Anatol wie ein kleiner Junge, der aufgeregt und unorganisiert von seinem ersten Tag in der Schule berichten wollte. Besser er hielt die Klappe und küsste sie einfach. Als Bruder. Als Kumpel. Stattdessen bestellte er noch mehr Erdnüsse.

Nach diesem Treffen fühlte er sich gleichzeitig schlecht und euphorisch. Er stürmte nach Hause, um die Arbeit am Pilzbuch noch entschiedener voranzutreiben. Mit der gleichen Inbrunst stürzte er sich auf die Sonette. Dranbleiben, sagte er sich. Weitermachen, immer weiter. Im

Moment war dieses neue Leben noch fremd und ungefähr, es war wie ein Haus, in dem man nur ungern lebte, da es jeden Augenblick zusammenbrechen konnte. Doch wenn man geduldig blieb und die Arbeit beharrlich vorantrieb, würde das Haus eines Tages wohnlich sein. Es würde ein Leben sein. Ein wirkliches, kein ausgemaltes.

Aus diesem Grund fing er an, Polnisch zu lernen. Zunächst wollte er die Sache auf eigene Faust erledigen. Alle sprachen davon, wie schwierig Polnisch sei, doch Anatol hielt das für pure Angstmacherei, die die Leute davon abhalten sollte, die Sprache zu lernen. Die Polen wollten unter sich bleiben. Pech gehabt. Sie hatten nicht mit der unerschrockenen Gründlichkeit eines Sprachmagiers aus der Schweiz gerechnet, der im Alter von zwölf Jahren auf Deutsch, Französisch und Englisch ein Gespräch über das Wetter oder den Leistenbruch seines Vaters hatte führen können.

Er kaufte sich ein Lehrbuch und verbrachte die erste Stunde damit, den Titel zu übersetzen, bis er herausgefunden hatte, dass dieser *Auch ich spreche Polnisch* lautete. Nach einer weiteren Stunde kam ihm der Titel wie blanker Hohn vor. Also beschloss er, den Gang alles Fleisches in der Fremde zu gehen und eine Sprachschule zu besuchen. Die Kurse fanden zweimal die Woche jeweils abends von 18 bis 20 Uhr statt. Die Gruppe umfasste fünfzehn Teilnehmer und nur er war kein indischer Informatiker. Die Lehrerin hieß Natalia und war auf erfrischende Art streng, oder auf strenge Art erfrischend – darin war sich Anatol nicht ganz sicher. Sie trug eine Brille und eine Miene, die zu sagen schien: Es stimmt, Polnisch *ist* eine schwierige

Sprache. Als Kontrast war sie beinahe durchgehend in Pink und Pastell gekleidet und besaß allerlei Accessoires mit Katzenmotiven, die mit ihren grinsenden Schnäuzchen und den winkenden Pfötchen die militante Ernsthaftigkeit ihrer Besitzerin sogar noch verstärkten. Man erzählte sich, sie habe bei *Wer wird Millionär?* mitgemacht und sich dort bei der Millionenfrage verzockt. Wahrscheinlich war das auch der Grund für ihre schlechte Laune. Statt das süße Leben zu genießen, musste sie sich immer noch mit Typen wie Anatol herumschlagen, der auch nach sechs Wochen noch nicht anständig konjugieren konnte. Die indischen Informatiker konjugierten übrigens nicht besser, doch aus irgendeinem Grund hatte sich Natalia auf ihn eingeschossen. Bald galt er in der Gruppe nur noch als der Mann, der nicht konjugieren konnte, was einseitig und unfair war und dazu führte, dass er den Sprachkurs, den er doch völlig freiwillig besuchte, bald nur noch als Schikane empfand. In der dritten Woche stieß ein weiterer Schweizer dazu. Er hieß Stefan, kam aus der Ostschweiz und hatte Schuppen. Obwohl sich Anatol vom ersten Moment an vorgenommen hatte, sich auf gar keinen Fall mit Stefan zu verbrüdern, standen sie dann doch schon in der ersten Kaffeepause zusammen und unterhielten sich über den FC St. Gallen. Danach wurden sie nur noch als Duo angesehen. Auf der einen Seite die indischen Informatiker, auf der anderen das Duo aus der Schweiz. Sie saßen nebeneinander, lösten alle Gruppenarbeiten miteinander und in der Adventszeit hielten sie ein Input-Referat zum Thema »Weihnachten in der Schweiz«. So angenehm es war, nicht immer alleine zu sein und jemanden zum Reden zu haben, so sehr wünschte sich Anatol, es wäre nicht immer dieser Stefan. Sein Überdruss steigerte sich ins Unermessliche, als er erfuhr, dass der Grund für Stefans Aufenthalt in Lodz eine Polin war, in die er sich während einer Reise unsterblich verliebt hatte. Danach war er mit dem Fahrrad aus dem Thurgauischen Steckborn nach Lodz gefahren, im naiven Glauben, eine Velotour reiche, um das Herz einer polnischen Frau zu erobern. »Es ist kompliziert«, fasste er die momentane Situation zusammen, was natürlich nichts anderes als »Es ist hoffnungslos« bedeutete. Ein Träumer, sagte sich Anatol. Ein naiver Träumer und außerdem ein Dummkopf. Was will er hier in Polen? Worauf wartet er? Warum geht er nicht wieder nach Hause? Er dachte an Jola und schickte ihr eine Nachricht: »Wie wärs mit Kino heute?« Doch sie hatte keine Zeit.

Bald beobachtete Anatol, dass er vor jedem Sprachkurs hektisch seine Schultern von möglichen Schuppen säuberte. In den Kaffeepausen blieb er jetzt am Pult sitzen und tat demonstrativ so, als rekapitulierte er den neuesten Unterrichtsstoff, und auf dem Flur versuchte er, sich unter die indischen Informatiker zu mischen und sich an ihren Gesprächen zu beteiligen, obwohl er in der Regel kein Wort verstand. Eines Abends setzte er sich nicht wie gewohnt neben Stefan, der wie immer bereits anwesend war und nur auf ihn zu warten schien. Nein. Er ging schnurgerade an dem Mann vorbei – er glaubte, ihn leer schlucken zu hören – und setzte sich irgendwo anders hin. Doch da hatte er die Rechnung ohne eine Beinahemillionärin gemacht:

»Anatol. Willst du dich nicht wieder zu deinem Freund aus der Schweiz setzen?«

Ein halbes Jahr lebte Anatol mittlerweile in Polen. Obwohl er natürlich noch ganz am Anfang stand, betrachtete er gelegentlich voller Stolz seine bisherigen Errungenschaften: Er kaufte eigenhändig Brot, lernte Polnisch und hatte einen Job. Alles war wunderbar.

Da erhielt er eine Nachricht:

»Wir kommen nach Polen. Mutter.«

22

Die Eltern reisten individuell an. Anatols Mutter nahm den Flieger nach Warschau, von wo aus es mit dem Zug, selbstverständlich erster Klasse, nur noch ein Katzensprung war. Sein Vater nahm erst den Nachtzug nach Berlin, wo er einen fünfstündigen Aufenthalt hatte, den er damit zubrachte, ständig in Bewegung zu bleiben, um nicht einzuschlafen, bevor er in den Bus nach Lodz stieg, wo er sieben Stunden später ins schwindende Tageslicht torkelte und die Mutter, die mit Anatol zusammen auf ihn gewartet hatte, halb im Scherz, halb im Ernst »Einen Arzt. Wir brauchen einen Arzt« rief.

Während der Vater noch zu benommen war, um Ideen zu formulieren, sprach sie ihren Wunsch aus, als Erstes Anatols Wohnung zu besuchen.

»Ich möchte sehen, wie du lebst«, forderte sie temperamentvoll. Ihr mondänes Timbre klang nach lichtdurchfluteten Räumen mit hellem italienischem Parkett und Stuckaturen an der Decke, klang nach Fenstern, die bis zum Boden reichten, und einer großen Verandatüre, die sich direkt in einen Garten öffnete, auf dem in der Ferne Pferde grasten und der Champagner schon bereitstand.

Und dann standen seine Eltern in Anatols düsterer Klause im Universitätshotel und ließen den Blick zunehmend panisch zwischen einem angebissenen Stück Brot, der laminierten Hausregelung und der Glühweintasse »Anton« pendeln. Vor allem die Glühweintasse, so schien es Anatol, wurde nicht gut aufgenommen. Und auch er selber empfand das Zimmer, nun, da er es sozusagen mit den Augen seiner Eltern betrachtete, nicht mehr ganz als dieses gemütliche Kleinod, dieses charmante Schmuckstück, das es ihm in den letzten Wochen und Monaten gewesen war. Auch hing ein Geruch in der Luft, den er nie zuvor bemerkt hatte. Der Geruch abgestandener Träume und verfaulter Hoffnungen. Und Einsamkeit, vor allem Einsamkeit. Anatol wollte das Fenster öffnen. Leider konnte man es nur kippen. Die Mutter seufzte vernichtend.

»Du hast sogar einen Fernseher«, sagte sein Vater, als wäre ein Fernseher in einem Hotelzimmer das Nonplusultra. Er war immer darum bemüht, das Positive an einer Situation zu sehen. Selbst in der Hölle hätte er noch zu bedenken gegeben, dass es wenigstens nicht kalt sei.

Die Mutter war da anders veranlagt:

»Tun wir so, als hätte das hier niemals stattgefunden.«

Also gingen sie essen.

Anatol hatte einen Tisch bei Anatewka reserviert, einem stadtbekannten Restaurant, das zahlreiche Gerichte aus der jüdischen und polnischen Küche auf der Karte führte.

Das großräumige Lokal war mit unfassbaren Mengen von Kitsch vollgestopft, die nur darum als erträglich und nach einer gewissen Weile sogar gemütlich empfunden wurden, da der Besitzer – sowohl Dionysos als auch Dauerläufer – unentwegt mit einer Flasche selbst gebranntem Pflaumenschnaps zwischen den Tischen herummarschierte und dafür sorgte, dass die Gläser niemals leer blieben.

Auch Anatol und seine Eltern hatten schon ein paar dieser Gläser gekippt, und zwar mit der Eilfertigkeit von Touristen, die befürchteten, man möge sie für Schwächlinge, Touristen oder beides halten. Auf dem Tisch reihten sich diverse halb leere Teller mit süßem und saurem Kohl, Piroggen, Schnitzel und Krautwickeln, Hering in saurer Sahne, Hering mit Zwiebeln, Hering ohne Zwiebeln und einfach nur Hering – was ihnen vom Kellner als die absolute Mindestbestellmenge eines durchschnittlichen polnischen Abendessens beschrieben worden war. Alles andere wäre eine Beleidigung gewesen, des Kellners, des Kochs, des dauerlaufenden Besitzers – und Polens.

Es wollte sich gerade eine gewisse wohlverdiente Schläfrigkeit ausbreiten, insbesondere die beiden Männer wirkten, als könnten sie sich nicht mal mehr an ihren Namen erinnern, als die Mutter, die ein Talent dafür hatte, die schwachen Momente ihrer Mitmenschen gnadenlos auszunutzen, verkündete:

»Hast du eigentlich den Verstand verloren?«

Die Frage war an Anatol gerichtet, der sie, wie er fand, wahrheitsgetreu beantwortete, nämlich mit »Nein«.

»Dann willst du uns also auf den Arm nehmen?«

Auch das verneinte Anatol.

»Was zum Teufel soll das also hier?«

Bevor Anatol etwas antworten konnte, setzte seine Mutter auch schon selbst zur Erklärung an:

»Ich verstehe ja, dass du dein Leben ändern willst. Nein, ich begrüße es sogar. Ich habe es mir gewünscht. Diese idiotische Arbeit im Altersheim und das bei einem Menschen, wohlgemerkt, der sein Studium summa cum laude abgeschlossen hat und der überhaupt immer nur Bestnoten hatte. Mein Gott, weine ich mich des Nachts in den Schlaf, der Junge vergeudet die Talente, mit denen ich ihn gesegnet habe.«

An dieser Stelle schaltete sich der Vater mit einem Räuspern ein.

»Jedoch«, hier erhob sie einen mahnenden Zeigefinger, »wenn man sein Leben ändern will, geht man doch nicht nach Polen und quartiert sich in einem schäbigen Zweistern-Hotel ein.«

»Das Hotel hat drei Sterne«, korrigierte Anatol, was die Mutter geflissentlich überging.

»Wenn man heutzutage sein Leben ändern möchte, macht man eine Weiterbildung.«

Jetzt schaltete sich der Vater ein:

»Wenn es ihm doch gut geht dabei.«

»Es geht ihm ja nicht gut, schau ihn dir doch an. Er sieht aus, als stünde er kurz vor seinem ersten Suizidversuch.«

Am Ende des Satzes schaute sie ihn misstrauisch an, als wollte sie fragen: Oder hast du ihn bereits hinter dir?

»Darf ich auch etwas dazu sagen?«

»Bitte. Jederzeit.«

»Man ändert sein Leben nicht, um glücklicher zu sein. Das vielleicht auch, in erster Linie geht es aber um etwas anderes. Es geht darum, nicht mehr im Widerspruch mit sich selber zu stehen. Ich hatte einfach diese ewigen Rechtfertigungsversuche satt, mit denen ich mir zu erklären versuchte, warum ich mein Leben so und nicht ganz anders lebte. Hier in Polen muss ich nicht mehr länger nach irgendwelchen Ausreden suchen. Denn hier mache ich das, was ich immer schon gewollt habe: Ich lebe.«

»Ich glaube dir nicht, und das ist ein Glück, denn es bedeutet, dass es noch Hoffnung gibt. Sag mir, Anatol, dahinter steckt doch eine Frau. Gib es zu, du hast dich verliebt. Sag es mir, trau dich, auch wenn es eine Prostituierte ist, auch wenn es ein Mann ist, alles, alles. Nur nicht … *das*.«

Anatol dachte an Jola und schüttelte den Kopf.

»Es ist keine Frau.«

»Was du nicht verstehen kannst«, begann nun sein Vater, nachdem er sich mit einem weiteren Pflaumenschnaps Argumente angetrunken hatte, »ist, dass ein Mann für Größeres zu sterben bereit ist als eine Frau.«

»Ich sterbe nicht«, erinnerte ihn Anatol und die Mutter verdrehte die Augen.

»Ich weiß gar nicht, wo ich anfangen soll, diesen Blödsinn zu zerrupfen. Erstens gibt es nichts Größeres als eine Frau. Zweitens redet unser Sohn nicht vom Klassenkampf. Du hast ihn doch gehört. Er will niemand anderem als sich selbst die Schuld an seiner Misere geben. Wenn ihr mich fragt, hört sich das ganz nach Neoliberalismus an, aber einer erzkatholischen Ausprägung: Jeder trägt sein Kreuz bis zum bitteren Ende.«

»Pass auf. Wir sind hier in Polen«, warnte sie der Vater.

»Falsch. Wir sind hier bei Juden«, korrigierte die Mutter und hob ihr Glas.

»Wie wird das nur ausgehen«, rief der Vater etwas gar melodramatisch. Er sah seinen Sohn an, den er einst als kleines Baby in den Armen gehalten hatte, ein Wesen, das nichts als die pure Schutzlosigkeit gewesen war. Jetzt saß derselbe Sohn hier zwischen verschieden zubereiteten Heringen und forderte die alleinige Verantwortung für sein Leben. Man denkt immer, einen Menschen zu kennen, und dann kommt der Tag, wo man feststellt, dass man die ganze Zeit nur an ein Bild aus längst vergangenen Zeiten gedacht hat. Der Mensch, der hier neben einem sitzt und der eigene Sohn ist, könnte irgendwer sein, der sich zufällig neben einen gesetzt hat. Schade, dachte der Vater und bemerkte, wie Anatols Hände zitterten. Es war dasselbe Händezittern, das er selbst auch immer hatte, wenn er sich aufregte. Musste irgendwas mit dem Blutdruck sein.

»Fragen wir doch Anatol«, schlug die Mutter vor. »Wie wird es ausgehen?«

»Jetzt kann ich es euch ja sagen. Ich werde Priester.«

»Aha«, rief sein Vater irgendwie unentschlossen, so als wäre er gleichzeitig erfreut und entsetzt. Offensichtlich hatte er sich vorgenommen, jede Entscheidung Anatols mit Begeisterung aufzunehmen, allerdings haperte es noch etwas mit der Umsetzung.

»Er macht sich über uns lustig«, erklärte die Mutter, und ihre Ansprechperson schien weniger ihre Familie als das Universum zu sein: Ich habe ihn geboren, und jetzt macht er sich über mich lustig.

»Es geht mir ausgezeichnet.«

Zum Zeichen, wie ausgezeichnet es ihm ging, trank Anatol seinen Pflaumenschnaps auf ex. Mit einem Lächeln, das die Süße des Getränks auf den Lippen trug, fuhr er fort:

»In der Schweiz haben mich die Menschen einfach ein bisschen zu gut gekannt. Und auch ich selber habe mich ein bisschen zu gut gekannt. Wenn man eine Rolle in- und auswendig beherrscht, wird man zum Gespenst. In der letzten Zeit habe ich immer mehr wie so ein Gespenst gelebt, mechanisch und unsichtbar, sogar für mich selbst. Es ist gesund, sich wieder etwas fremd zu werden und etwas Schockierendes zu tun.«

»Schockierendes?«, fragte der Vater nervös.

»Ich schreibe ein Buch über Pilze.«

»Pilze«, machte der Vater, als sehe er sich durch das Gemüseabteil im Supermarkt schreiten, und die Mutter sagte:

»Die Priester-Idee hat mir besser gefallen.«

Kurz darauf bestellten sie die Rechnung.

Am nächsten Morgen weckte ihn ein Anruf seines Vaters.

»Wo bist du?«

»Was denkst du?«

»In Ordnung. Ich komme in zwanzig Minuten zu dir hoch.«

»Hoch?«

Es klang so, als stünde der Vater direkt vor der Lifttür.

»Ich sitze im Frühstücksraum und trinke gerade einen, um ehrlich zu sein, nicht besonders guten Kaffee. Danach werde ich mir, so Gott will, noch ein Stück Kuchen gönnen. Dann komme ich zu dir.«

Das war sie, die erstaunliche Effizienz der Pensionisten. In den nächsten Minuten hatte der Vater mehr vor als Anatol an manchen ganzen Tagen.

»Abgemacht«, sagte Anatol. »Aber warum bist du eigentlich schon hier?«

»Ich habe etwas für dich.«

Exakt zwanzig Minuten später stand sein Vater leicht außer Atem in Anatols Zimmer, in der linken Hand einen XXL-Plastiksack, in dem sich eine Lampe befand.

»Ich habe bemerkt, dass es in deinem Zimmer nicht besonders hell ist.«

Es war typisch für ihn, solche Dinge zu bemerken und an seinem ersten Morgen an einem neuen Ort loszuziehen, um für seinen Sohn Licht zu besorgen. Und dabei nicht irgendein Licht. Anatol war sicher, er hatte die teuerste Lampe im ganzen Geschäft ausgewählt. Sein Sohn war Schriftsteller, er brauchte unbedingt ausreichend Licht. Also hatte er eine Lampe gekauft, die in der Lage gewesen wäre, eine mittelgroße Lagerhalle bis in den hintersten Winkel zu erhellen.

»Sie funktioniert«, erklärte der Vater, nachdem sie vom Lampenlicht beinahe erblindet waren.

Der einfache Teil war hiermit zu Ende. Er war gekommen als ein Vater, der seinem Sohn eine Lampe brachte. Nun, da dies geschehen war und die Lampe und ihre verschiedenen Funktionsweisen besprochen und getestet worden waren, stellte sich die beunruhigende Frage, wie es weitergehen würde. Denn es musste weitergehen, das lag auf der Hand. Dies war eine dieser Situationen, aus denen man nicht so leicht wieder hinauskam. Eine dieser Situationen, in denen man über Gefühle sprechen musste. Beide waren sie nicht gut darin, es fehlte ihnen schlichtweg an Training. Lampen ja, Gefühle nein. Kurz versuchte der Vater das Gespräch auf Politik zu lenken: »Also diese Regierungspartei in Polen, diese PIS, das ist ja schrecklich«, doch es wollte nicht funktionieren. Schließlich war es Anatol, der »Und wie läuft es mit Bettina?« fragte.

»Hab seit drei Monaten nichts mehr von ihr gehört«, antwortete sein Vater. »Ist auch besser so. Die Chemie hat nicht gestimmt.«

»Und gibt es jemand anderen?«

»Ich mache gerade eine Pause«, erklärte der Vater und schien dabei an die nächsten zwanzig Jahre zu denken. »Und bei dir ist also auch alles gut«, fasste er zusammen, wobei er die neue Lampe wie zur Bestätigung seiner These in den Blick fasste.

»Mach dir keine Sorgen.«

»Und falls doch mal was ist, sag einfach Bescheid. Ich komme sofort.«

Es klang nach einem würdevollen Abschluss dieses Gesprächs, die Vorstellung, wie der Vater erst im Nachtzug und dann im FlixBus dem Sohn entgegenraste, den Rucksack voller Lampen und Zeitungsartikel zum Thema Pilze, die er fein säuberlich ausgeschnitten hatte im guten Glauben, sie mögen die Arbeit seines Sohnes an seinem fantastischen neuen Buch befördern. Und nun stand er hier, vor diesem Sohn, den er immer und in allem unterstützt hatte, und hatte von diesem vernommen, dass er jemand anderes sein wollte, ein Fremder, ein Neuer, nicht mehr sein Sohn oder jemand, den er kannte und liebte, sondern ein Mensch, der nichts mit ihm zu tun hatte.

Die Hand seines Vaters zitterte, als er die Lampe ausschaltete.

Die Eltern übernachteten nicht am gleichen Ort. Während die Mutter eine Suite im einzigen Fünfstern-Hotel der Stadt gebucht hatte, hauste der Vater im Hotel Savoy. Dabei handelte es sich um ein schon etwas in die Jahre gekommenes Zweistern-Hotel, das überwiegend von amerikanischen Backpackern oder Leuten wie Anatols Vater gebucht wurde, die auf Booking.com nach den Schlagworten »preiswert und zentral« suchten. Trotz ihrer Komfortsuite, in die Anatols deprimierende Klause zweimal und des Vaters preiswerte Klause dreimal hineingepasst hätten, machte die Mutter, als sie um elf zu ihnen stieß, einen zerstörten Eindruck. Dies lag aber wohl weniger am Hotelzimmer als an der Aussicht, einen weiteren Tag voller zermürbender Erkenntnisse vor sich zu haben.

»Hallo«, sagte sie zur Begrüßung, als wären sie nicht eine Familie, sondern eine Reisegruppe, von der man sich nicht loseisen konnte.

Die Stimmung änderte sich, als kurz darauf Jola zu ihnen stieß, die angeboten hatte, Anatols Eltern auf einen Rundgang durch Lodz mitzunehmen. Bevor sie erschienen war, hatten die drei Mitglieder der Familie Fern so grau und niedergeschlagen ausgesehen, als hätten sie den ganzen Morgen über die Apokalypse nachgedacht. Wenn diese Menschen auf etwas warteten, dann höchstens auf den Schierlingsbecher.

»Und wer ist noch mal diese Jola?«, fragte die Mutter irgendwann widerwillig, nachdem sie ihre Bemerkung über angeblich satanische Fußschmerzen wiederholt hatte.

»Sie arbeitet an der Uni«, erklärte Anatol, worauf die Mutter wissend nickte. Die Eltern hatten ihre ganz eigene Vorstellung von Leuten, die an der Uni arbeiteten und in ihrer Freizeit Spaziergänge durch museale Stadtviertel anboten. Vermutlich stellten sie sich eine von den Widrigkeiten des Lebens vorzeitig verbrämte Frau vor, die sie mit leidenschaftsloser Stimme in eine Kirche nach der anderen schleppen würde. Wie überrascht waren sie, als Jola vor ihnen stand. Eine dynamische Frau im besten Alter, hoch aufgeschossen, sportlich gebaut, und schließlich dieses ansteckende Lachen, diese feine Ironie, dieser Charme.

»Und wie kommt es, dass Sie so gut Deutsch sprechen?«, wollte die Mutter wissen.

»Während meiner Ausbildung habe ich eine Sprachschule in Braunschweig besucht.«

»Braunschweig«, wiederholte die Mutter verträumt.

Sie waren hier erschienen als zwei vom Leben verprügelte Eltern, die nichts mehr zu hoffen wagten. Der Sohn verloren und mit ihm alles Glück der Welt. Die Mutter sah sich bereits für ihre Memoiren jenes dunkle Kapitel mit dem Titel *Das polnische Fiasko* diktieren, während der Vater gedanklich durch riesige Möbelläden irrte, einen Korridor nach dem anderen durchforstend, auf der Suche nach der Lampe, die seinem verlorenen Sohn nach Hause leuchten würde. Völlig unverhofft war da wieder Licht am Ende des Tunnels. Und es war auch nicht mehr länger ein Tunnel, durch das sie sich mühselig schleppten, nein, jetzt war es ein Boulevard. Selig taumelten sie hinter Jola her, bereit, ihr überallhin zu folgen. Das hier war kein Zwang, das war ein Genuss und außerdem sehr lehrreich. Nun, da das Leben wieder Sinn ergab, war auch die Stadt Lodz zu einem Ort geworden, der die Eltern maximal interessierte. Furchtlos marschierten sie in jeden noch so finsteren Innenhof hinein, rüttelten an Türen, auch wenn sie mit Eisenketten verschlossen waren, und wollten wissen, wer hier wohnte, gewohnt hatte und in Zukunft wohnen würde. Sie hatten einen Auftrag. Sie waren Inspektoren, im Auftrag der Schweiz gekommen, um festzustellen, wie es um Polen stand, dieses faszinierende Land, in dem ihr Sohn eine Frau namens Jola kennengelernt hatte.

»Die Infrastruktur lässt zu wünschen übrig, aber die Menschen haben einen hohen Bildungsgrad und sind außerdem sehr freundlich«, hörte Anatol seinen Vater dem Nachbarn erzählen. Danach würde er eine Pause einlegen, um dann in bedeutungsschwangerem Ton fortzufahren: »Wir hatten da in diesem Lodz einen interessanten Rundgang. Eine Bekannte von Anatol hat uns den angeboten. Kostenlos.« Und dabei würde er »Bekannte« dergestalt betonen, dass keine Fragen offenblieben.

»Ein sehr nettes Mädchen«, wiederholte der Vater, als sie sich später die Höhepunkte der Führung in Erinnerung riefen, »wirklich, ein sehr nettes Mädchen.«

»Und so gebildet«, assistierte die Mutter. »Was sie alles über die Geschichte ihrer Stadt weiß.«

Die Verblüffung der Mutter hatte etwas Tragisches. Als stünde sie auf der Bühne eines griechischen Dramas und schmetterte dem beeindruckten Publikum diese Worte entgegen.

»Ich wüsste nicht mal halb so viel über die Geschichte meiner Straße«, versuchte der Vater sie zu überbieten.

»Das liegt daran, dass deine Straße keine Geschichte hat«, kritisierte sie. »Statt einer Geschichte hat sie Poller.«

»Aber diese Jola«, stimmte der Vater wieder das Leitmotiv des Liedes an. »Am meisten hat mich erstaunt, als sie plötzlich über das Schweizerische Krankenversicherungsmodell gesprochen hat. Woher weiß sie das?«

»Alles weiß sie, alles«, erinnerte ihn die Mutter. »Sie könnte bei *Wer wird Millionär?* mitmachen und würde gewinnen.«

»Meine Polnischlehrerin hat bei *Wer wird Millionär?* mitgemacht, hat aber nicht gewonnen«, erzählte Anatol.

Die Eltern schauten ihn gelangweilt an. Was nervte er sie hier mit Geschichten von irgendwelchen Lehrerinnen, die versagt hatten? Sie redeten gerade über Jola, die Frau, die alles wusste und im Vorbeigehen Millionen gewinnen würde.

Langsam hatte Anatol genug. Er versuchte ein Ablenkungsmanöver.

»Wollen wir da drüben noch einen Kaffee trinken?«

»Trinkt Jola eigentlich Kaffee?«, erkundigte sich sein Vater.

So ging das immer weiter und weiter. Die Zukunft

hatte einen Namen und er lautete Jola. Obwohl es Anatol freute, die Eltern bei derart guter Laune zu sehen, sah er sich schließlich doch genötigt, dem ganzen Spuk ein Ende zu bereiten, am besten kurz und schmerzhaft:

»Jola hat übrigens zwei sehr süße Kinder«, sagte er, als sie im Café saßen.

»Jola?«, machte der Vater ungläubig. Es klang wie: doch nicht unsere Jola?

»Mit wem?«, schrie die Mutter beinahe.

»Mit ihrem Mann.«

»Mann?«, machte der Vater noch ungläubiger und die Mutter schüttelte angewidert den Kopf.

Wie war das möglich? Wie konnte sie Kinder haben, zwei sogar, und dazu noch einen Mann, wo sie doch bereits beschlossen hatten, dass sie ihre Schwiegertochter sein würde? Sie waren doch eine Familie.

»Was ist das für ein Mann?«, fragte die Mutter mit letzter Kraft.

Vielleicht gab es ja noch Hoffnung. Vielleicht war das nur ein nebulöser Scheinmann, ein angehender Ex-Mann, ein Gespenst, das sich bei näherer Betrachtung in Luft auflösen würde.

»Er arbeitet auch an der Uni. Ein sehr netter Typ«, sagte Anatol, der den Mann nie kennengelernt hatte. Doch fand er es in dieser Situation wichtig zu betonen, wie sehr er Jolas Entscheidung, mit einem Mann, der nicht Anatol war, verheiratet zu sein, akzeptierte und sogar begrüßte.

»Er ist also … Das heißt also … Wie ist also …«, versuchte es der Vater. Doch es ging nicht, er war jetzt zu deprimiert für ganze Sätze.

Die Kellnerin brachte den Kuchen, den die Eltern in ihrem Siegesrausch bestellt hatten. Nun saßen die beiden wie ausgelöschte Kerzen vor dieser gigantischen Süßigkeit und schauten sie ratlos an.

Der Appetit war ihnen vergangen.

23

Einen Monat später kehrte Anatol für ein paar Tage in die Schweiz zurück. Herr Gustav war gestorben. Nach seinem vermeintlichen Triumph auf der Pilzkonferenz hatte ihm Anatol eine lange Nachricht mit einer ausführlichen Zusammenfassung der Ereignisse geschrieben, auf die der alte Wissenschaftler jedoch bloß mit den Worten »Ich schreibe zurück« reagiert hatte. Später meldete sich Anatol noch mal bei ihm, und zwar nachdem er die Fünfziger-Note auf dem Grab von Piotr Zelinski deponiert hatte. Wieder antwortete Herr Gustav »Ich schreibe zurück«. Es sollte seine letzte Nachricht sein.

Während der Beerdigung erfuhr Anatol von einer Pflegerin, Herr Gustav habe kurz vor seinem Tod den Wunsch geäußert, spazieren zu gehen. Die Angestellten vom Abendruh waren überrascht: Niemand konnte sich erinnern, wann Herr Gustav das letzte Mal einen Spaziergang gemacht hatte. Sie zogen ihn an, so wie er sich das wünschte, mit Anzug und Krawatte, und setzten ihn in den Rollstuhl. Im Innenhof des Altersheims gab es einen kleinen Park mit einem Käfig, in dem sich eine Handvoll Vögel tummelten. Als sie bei dem Käfig ankamen, verlangte Herr Gustav, man möge stehen bleiben. Eine Weile lang betrachtete er die Vögel mit starrem Blick, wie sie in dem kleinen Käfig herumflatterten, ohne erkennbare Richtung oder Idee, einfach nur des Herumflatterns wegen.

»Idiotisch«, murmelte Herr Gustav. »Idiotisch.« Dann sank ihm der Kopf auf die Brust. Wenige Minuten später war er tot. Ein würdevoller Abschluss, fand Anatol.

Die Beerdigung war jedoch nicht der einzige Grund für Anatols Reise. Er hatte auch einen Arzttermin.

Vor ungefähr zwei Monaten hatte er eines Abends, während er gerade mit einem besonders lyrischen Sonett beschäftig war, ein seltsames Gefühl im Hals verspürt. Das Gefühl befand sich ungefähr auf Höhe seines Kehlkopfs und ließ sich am besten als eine Art Kratzen oder auch Kitzeln beschreiben. Es war nicht besonders stark, doch Anatol empfand es als lästig, weshalb er die Arbeit am Sonett kurz darauf einstellte.

Als das Kratzen nach einer Woche noch immer nicht verschwunden war, gab Anatol seine Symptome bei Google ein, um fünf Minuten später mit einer, wie ihm schien, absolut überzeugenden Diagnose konfrontiert zu werden: Lungenkrebs. Natürlich wusste er, dass dies ziemlich unwahrscheinlich war. Er war Mitte dreißig und hatte nie geraucht. Aber was war mit der Zigarette, die er während des festlichen Abendessens bei Jola geschnorrt hatte? Er recherchierte weiter, fand jedoch keine passende Antwort. Was er jedoch immer wieder las, war, dass man durchaus Lungenkrebs bekommen konnte, auch ohne jemals geraucht zu haben. Auf einem Krankheitsforum erzählte eine gewisse Martyna die schreckliche Geschichte ihres Freundes, der putzmunter gewesen sei, bis er eines Tages zu husten angefangen hätte. Zwei Monate später war die Beerdigung. Mit fünfunddreißig. Anatol war auch fünfunddreißig. Auch er hustete im Moment einfach ein bisschen. Nun konnte er sich kaum mehr auf etwas anderes konzentrieren. Das Kratzen war zu einem ameisenhaften Kribbeln geworden und nachdem er gelesen hatte, dass Lungenkrebs im Spätstadium mit starkem Gewichtsverlust einhergehe, kaufte er sich eine Waage und stellte erschüttert fest, dass er im vergangenen halben Jahr fast fünf Kilo abgenommen hatte. Kurz zogen all die frugalen Streichkäsebrötchen der letzten Wochen und Monate an ihm vorbei. Doch der Gedanke beruhigte ihn nicht. Im Gegenteil. Er verstärkte seine Alarmiertheit.

Auf der Arbeit im Restaurant Acapulco war es besonders schlimm. Wann immer es ihm möglich war, suchte er die Mitarbeitertoilette auf, einen kleinen, grell ausgeleuchteten Raum, den man, wie die meisten Toiletten, sofort wieder verlassen wollte. Doch Anatol hatte keine andere Wahl, die Panik hatte das Kommando übernommen. Und so stand er mehrmals in der Stunde vor dem Spiegel, den Mund weit aufgerissen, und versuchte, in seinen Hals zu sehen. Wenn der Einfallswinkel des Toilettenlichts stimmte, glaubte er tatsächlich erkennen zu können, wie es dort unten rötlich und verdächtig schimmerte. Wie konnte man nach so einer Entdeckung ins Leben zurückkehren? Im Grunde gar nicht, was auch Anatols Mitarbeiter bald bemerken sollten. Auch ihnen war nicht entgangen, dass ihr Allrounder, der hier angestellt war, um ihnen mit seiner Energie, seiner Improvisationsfreude und seiner Einsatzbereitschaft das Leben leichter zu machen, seine Zeit jetzt immer häufiger auf der Toilette verbrachte. Außerdem sprach er neuerdings nur noch raunend, sodass man ihn kaum noch verstand, und mehrmals hatte man ihn im Mitarbeiterraum in flagranti beim Fiebermessen angetroffen.

»Geh doch zum Arzt«, riet ihm der verträumte Kellner, der eigentlich gar nicht so verträumt war.

»Okay«, meinte Anatol und ging zur Apotheke. Dort schilderte er sein Problem erst auf Polnisch, dann auf Englisch, dann mit Händen und Füßen und verließ den Laden schließlich mit einer Packung Ricola in der Hand.

Da war ihm klar, dass es so nicht weitergehen konnte. Genau in dieser Zeit erhielt er die Nachricht von Herrn Gustavs Tod. Noch am selben Tag, als er den Zug in die Schweiz buchte, rief Anatol bei einem Lungenarzt an.

Während der Beerdigung verspürte Anatol einen inneren Frieden, der ihm selber unangenehm war. Ein Mann war gestorben, und er fühlte sich so gut wie schon lange nicht mehr. Doch er konnte nichts dagegen tun. Nach den quälenden vergangenen Wochen schienen all die Sorgen auf einen Schlag im Klang der Orgelmusik zu zerstäuben. Die Panik wurde lächerlich, das Kribbeln im Hals war nur noch ein Kribbeln im Hals. Das war nicht der Tod, das war das Leben, das sich hier zu Wort meldete. Was aber war der Grund? Lag es einfach an dem Gefühl, wieder zu Hause zu sein? Oder war es vielleicht die Einsicht, dass es Größeres und Wichtigeres gab als die eigene Sterblichkeit – nämlich die Sterblichkeit der anderen? War es der luzid gespielte Bach auf der nur einen Hauch verstimmten Orgel, der ihn mit allen weltlichen Sorgen versöhnte? Oder gar ein religiöses Gefühl? War es etwa die Predigt?

Diese war allerdings eigenwillig. Statt dem Korinther-Brief zitierte der Pfarrer Roger Federer. Jemand hatte ihm gesteckt, dass Herr Gustav in seiner Jugend ein paar Jahre Tennis gespielt hatte. Das hatte sich der Mann nicht zweimal sagen lassen und sofort seine ganze Predigt rund um diesen Themenkreis gebaut. Die Grundmetapher lautete: life is a game. Für so eine Metapher hätte man natürlich nicht unbedingt Pilzwissenschaftler gewesen sein müssen. Life is a game passte eigentlich immer und zu jedem und damit wiederum auch zu niemandem. Aber vielleicht war es ja genau das, was der Pfarrer sagen wollte und genau das, was Anatol so berührte: Was immer auch ein Mensch mal gewesen sein mochte, am Ende standen sie alle mit leeren Händen da. Und mit dieser verwirrten Ratlosigkeit im Gesicht: Was war dieses Leben eigentlich gewesen? Nichts war es gewesen, nichts als eine Illusion, ein bisschen Schminke, die einem das Gefühl von Wert und Wichtigkeit verlieh, denn wie hätte man es sonst auch schaffen sollen? Ich bin nichts und das Kribbeln in meinem Hals ist nach dieser Logik sogar noch weniger als nichts, schloss Anatol voller Freude und Demut.

Ein Leichenmahl ist sicherlich nicht der passende Anlass, um sich endlich mal so richtig den Bauch vollzuschlagen, doch Anatol hatte keine andere Wahl. Als sie den Nebenraum des Pfarrhauses betraten und er das spartanische Buffet mit ein paar asketisch belegten Toastbrötchen sowie den in der geometrischen Form eines Passionsweges darum herum drapierten Essiggurken sah, realisierte er, dass er zum ersten Mal seit Wochen wieder Appetit hatte. Mehr noch: Er verspürte Hunger. Heißhunger. Und während sich die anderen Gäste ganze Gesprächsblöcke lang an dem einen Zahnstocher festhielten, an dem ein lauwarmes quadratisches Stück Käse oder ein schlottriges Stück Parmaschinken hing, pilgerte Anatol immer und immer wieder zum Buffet. Der Fall war klar, hier aß sich einer ins Leben zurück. Die Situation verwandelte sich ins Dramatische, als die Messmerin ein Blech mit Tiramisu enthüllte. »Es gibt Tiramisu«, rief Anatol, so wie damals die Leute auf der Hochzeit zu Kana »Es ist Wein. Dieses Wasser ist Wein« gerufen hatten. Und er wäre vermutlich in Tränen der Rührung ausgebrochen, wenn er nicht die zunehmend irritierten Blicke der Trauerfamilie auf sich gespürte hätte.

Aus den Augenwinkeln bemerkte er plötzlich, wie sich ein breitschultriger Mann mit kahl rasiertem Kopf aus dieser Gruppe löste und mit beunruhigender Entschlossenheit auf ihn zumarschierte. Er hatte sich bereits ein erklärendes »Das ist mein letztes Tiramisu, versprochen« zurechtgelegt, als er sah, wie der Mann ihm die Hand hinstreckte.

»Sind Sie dieser Wissenschaftsfreund von Opa?«

Anatol nickte wissenschaftlich.

»Schön, dass Sie gekommen sind.«

»Es ist ein wunderbares Leichenmahl. Das Tiramisu schmeckt hervorragend«, schwärmte Anatol.

»Und wie hat Ihnen die Predigt gefallen?«

»Ausgezeichnet.«

Dies war vermutlich die richtige Antwort, und er hatte sich nicht getäuscht, denn die hypertonische Miene des Enkels hellte sich auf und sah jetzt fast freundlich aus.

»Die habe ich geschrieben. War harte Arbeit. Sie wissen sicher, dass Opa in der Klapse war.«

»Ja.«

»Ich habe lange gesucht, um ein passendes Thema zu finden. Aber da war nichts, nur dieses verrückte Zeug. Ich wollte schon aufgeben, statt dem Lebenslauf nur Musik, da habe ich zufällig dieses Foto von Opa mit dem Tennisschläger gefunden. Danach wars ein Kinderspiel.«

»Gratuliere.«

Der Enkel strahlte.

»Im Grunde war Opa ein Tennisspieler.«

»Im Grunde sind wir alle Tennisspieler.«

Jetzt klopfte ihm der Mann erfreut auf die Schultern, als wollte er sagen: Nimm dir doch noch vom Tiramisu.

»Und was machst du so?«, fragte er jovial.

»Ich lebe in Polen«, erklärte Anatol irgendwie feierlich.

»Super!«

Der eine spielte Tennis, der andere lebte in Polen. Hauptsache, es ließ sich am Ende etwas finden, damit man sagen konnte: Er hat ein ganz normales Leben geführt.

»Übrigens, ich habe etwas für dich.«

Damit überreichte der Enkel Anatol einen verschlossenen Brief.

»Ist von Opa.«

Anatol betrachtete den Brief. *An Dr. Tobias Rogg* stand darauf geschrieben. Er steckte ihn in die Tasche und verließ kurz darauf das Leichenmahl. Beim Hinausgehen traf er auf Altersheimleiter Oppenhöven. Einen Moment streiften sich ihre Blicke und Oppenhöven betrachtete ihn verwirrt, als könnte er sich einfach nicht erinnern, wo er Anatol schon mal gesehen hatte. Es stimmte eben schon, ohne Kontext gab es keine Identität. Oppenhöven senkte den Blick und ließ ihn, den bereits zum Gespenst Gewordenen, ziehen.

Lieber Anatol,

das Leben ist sinnlos. Das hab ich schon mit sechzehn Jahren gewusst. Und trotzdem habe ich danach noch achtzig Jahre weitergelebt. Jetzt frage ich mich: War nicht das die eigentliche Sinnlosigkeit? Nicht das Leben, sondern dass man es tatsächlich lebt. Wie naiv kann man eigentlich sein? All diese Hoffnungen und Illusionen. All dieses Getue und Renommieren. Und wofür? Wenn ich den Kopf zur Seite drehe, was mittlerweile mehr oder weniger alles ist, was ich noch tun kann, sehe ich mein Gebiss auf dem Nachttisch. Ich betrachte es mit nostalgischem Schmerz. Das ist es also, was von mir bleiben wird: ein paar falsche Zähne. Und genauso wie die Zähne ist alles, was man zurücklässt, nicht ganz echt, oder jedenfalls nicht ganz das, was es scheint. Wir sind alle Hochstapler, nur ist das längst nicht allen bewusst. Vielleicht besser so. Mittlerweile dürftest du dahintergekommen sein, dass das Facebook der Pilze auch nicht die Rettung der Menschheit ist. Keine Evolution. Nicht mal eine Revolution. Also alles nichts? Nein! Das Facebook der Pilze existiert. Und wir können von ihm lernen. Pilze sind auch nicht origineller als wir. Vielmehr sind sie Kopien von Kopien von Kopien. Wie alles in der Natur sind sie nichts als schändliche Abklatsche. Dabei hochgradig virtuos, weil sie das machen, was sie am besten können. Wenn wir alle Hochstapler sind, geht es nur darum, jene Hochstapelei zu finden, die uns gemäß ist. Das allein ist schon eine Lebensaufgabe. Sinnlos vielleicht, aber wenigstens hat man etwas zu tun. Nun, da ich sterbe, frage ich mich: Was bin ich eigentlich gewesen? Ein Verrückter? Ein Wissenschaftler? Je mehr ich darüber nachdenke, desto unsicherer werde ich. Nur eines weiß ich ganz genau: dass ich ein Hochstapler war.

Mit besten Grüßen,

Gustav Gustav Gustav

PS: Als Dank für deinen Einsatz vermache ich dir meine Bibliothek. Wünsche viel Freude damit.

24

In diesen Tagen wohnte Anatol bei seinem Vater. Zwar war Nerina vor zwei Wochen wieder bei Gutscheine-Philipp eingezogen, dem sie, wie sie schrieb, noch eine Chance, selbstverständlich die letzte, geben wollte. Doch verspürte Anatol irgendwie wenig Lust darauf, die Tage alleine in seiner alten Wohnung zu verbringen. Bei dem Gedanken daran befiel ihn eine unbestimmte Angst, auch wenn er wusste, dass ihn dort vermutlich nicht viel Furchteinflößenderes erwarten würde als ein paar farbige Schubladengriffe.

Außerdem hatte sein Vater regelrecht um seine Gunst gebuhlt.

»Wenn du kommst, werde ich eine Gemüsesuppe kochen«, versprach er am Telefon mit raunender Stimme.

In der Folge fing er immer wieder von dieser Gemüsesuppe an. Offenbar lebte er im Glauben, sie wäre der ideale Lockstoff für verlorene Söhne.

Unmittelbar nach seiner Pensionierung, als es so ausgesehen hatte, als würde der Vater den Weg des passionierten

Hobbykochs einschlagen, hatte er sich mit Kochbüchern eingedeckt und mit religiösem Leuchten in den Augen über die Kerntemperatur von Rinderfilets geredet.

Nach einem halben Jahr war sein Elan jedoch schon wieder verflogen. Nichts war ernüchternder, so realisierte der Vater, als ein aufwendig gekochtes Gericht, das man alleine genießen musste. Nach dieser Erkenntnis aß der Vater wieder kalt.

Die Suppe war, so gesehen, weniger Rückkehr zu alter Leidenschaft als melancholisches Selbstzitat.

Als er die Wohnung betrat, nahm Anatol als Erstes den Geruch zurückhaltend gewürzter Gemüsesuppe wahr. Und tatsächlich. Da stand sie. Ein ganzer Topf, bis zum Anschlag gefüllt. Und hinter dem Topf thronte der Vater wie ein weiser Alter, eine Art Mischung aus Obi-Wan Kenobi und Sternekoch, und zählte mit verklärtem Lächeln die verwendeten Gemüsesorten auf.

Es war eine triumphale Parade, die weit mehr beinhaltete als Lauch, Kartoffeln und Karotten. Sie beinhaltete die ganze Liebe des Vaters, seinen Einsatz und die Selbstlosigkeit, mit der er all die Jahre für seinen Sohn geschuftet hatte. Sie beinhaltete all das, worauf der Vater verzichtet hatte. Die ungelebten Träume, die Hobbys, die er nicht in Angriff nahm. Fischen, zum Beispiel. Oder Reisen. Oder anständig leben. All die Exzesse waren darin verkocht, die der Vater sich hatte entgehen lassen. Keine Affären. Höchstens vielleicht in Gedanken und auch die schienen längst vergangen und verpufft. Auch kein Alkoholismus. Gelegentlich ein Bier oder ein Glas Wein, wobei er erst unendlich redselig wurde, um dann, als wäre er selber erschrocken von diesem Effort, nach wenigen Minuten unendlich müde zu werden oder gar einzuschlafen. Keine Träume. Außer dem einen: dass der Sohn es mal gut haben sollte.

»Wie schmeckt die Suppe?«, fragte sein Vater nach einer Weile und meinte damit natürlich »Wie schmeckt es, dieses Leben, das ich für dich gekocht habe?«.

Die Suppe schmeckte nach nichts als nach väterlicher Aufopferung. Und ein bisschen nach Lauch.

»Gut«, sagte Anatol. »Die Suppe schmeckt sehr gut.«

Hatten jemals in der Geschichte Vater und Sohn feierlicher zusammengesessen? Reden war unnötig. Die gemeinsamen Gene im Verbund mit einer Suppe, in der sich nicht weniger als zwölf saisonale Gemüsesorten befanden, sprachen für sie beide. Nur einmal stand der Vater auf, um mehr Brot zu schneiden. Ansonsten spielte sich die Handlung in Gedanken ab.

Natürlich konnte man auch nicht die ganze Zeit um eine Gemüsesuppe herumsitzen. Obwohl genau dies der zentrale Plan des Vaters zu sein schien. Bis zu diesem Tag hatte Anatol keine klare Vorstellung davon gehabt, wie der Alltag seines pensionierten Vaters eigentlich aussah. Nun bekam er es hautnah mit.

»Du wirst mich kaum sehen, ich hab so viel um die Ohren«, hatte sein Vater anfangs geprahlt. In Wahrheit war er bis auf wenige kurze Unterbrechungen durchgehend zu Hause. Viel um die Ohren haben bedeutete für Anatols Vater, dass er nicht nur die Wäsche machen musste, sondern auch zwei Einzahlungen und ein wichtiges Telefon zu erledigen hatte, bei dem es sich in Wahrheit um den

Rückruf bei einer Krankenkasse handelte, die ihn als Neukunden gewinnen wollte.

Außerdem gab es da noch einen Gürtel, den er kaufen wollte und über den er täglich redete, ohne jedoch mehr in der Hinsicht zu unternehmen. Der Gürtel, so schien es Anatol, nachdem sein Vater den vierten Tag in Folge betont hatte, wie dringend er ihn benötigte, war ein reines Wunschobjekt, dessen ganze Schönheit darin bestand, dass man es sich niemals leistete.

Es war jedoch nicht nur Routine, wie Anatol zunächst glaubte, die den Aktionsradius seines Vaters so stark begrenzte. Es war auch die Anwesenheit seines Sohnes. Das wurde ihm spätestens dann klar, als er ein Telefongespräch seines Vaters mitbekam, der einem Bekannten mit zerknirschter Stimme mitteilte:

»Ich kann heute nicht kommen. Anatol ist hier und benötigt meine Hilfe.«

Sonderlich viel erlebten sie zu Hause nicht. In der Regel begegnete man sich in der Küche, auf dem Flur oder vor der Toilettentüre, wo es zu einem kurzen Briefing über die aktuelle Situation – Wetter, Polen, Gemüsesuppe – kam. Bevor man wieder weiterzog. Abenteuerlich war in dem Sinne schon, wenn sie sich am Abend im Fernsehen einen Krimi anschauten. Trotzdem schien der Vater der Überzeugung zu sein, dass sie hier die Zeit ihres Lebens verbrachten. Zwei wilde Kerle, die machten, was sie wollten. Verrückt, schien er zu denken, während er einen mittelgroßen Schluck aus seinem Bierchen nahm. Was wir hier zusammen erleben, kannst du später mal deinen

Enkelkindern erzählen. In seiner fantastischen Laune holte er eines Abends sogar die Küchenmesser hervor, um sie zu schleifen. Anatol bot ihm seine Hilfe an. Es war ein Höhepunkt dieser Tage.

»Jetzt muss ich mir nur noch einen Gürtel besorgen«, meinte der Vater, der also nur noch einen Gürtel vom Glück entfernt war. Oder war diese gute Laune vielleicht nur gespielt? Und war es nicht das, was Anatol in den letzten Tagen immer wieder auf die Palme brachte: dass sein Vater so ein verdammter Träumer war, ein Hochstapler, wie Herr Gustav gesagt hätte, der die Realität einfach links liegen lassen konnte, als wäre sie nur eine Empfehlung, die aber nicht als verbindlich zu betrachten war? Diese Unfähigkeit, die Verhältnisse so zu sehen, wie sie waren, kam Anatol plötzlich unglaublich naiv und feige vor. Sein Vater hielt sich in den Schonzonen des Lebens auf und behauptete steif und fest, dies sei die harte Wirklichkeit.

Aber was wusste dieser Schuhverkäufer schon von der harten Wirklichkeit, dachte Anatol und spürte wieder das Kribbeln im Hals.

Er war richtiggehend froh, als sein Lektor Johannes sich mit ihm verabreden wollte, um über sein Buch zu sprechen.

»Da komm ich doch mit«, meinte der Vater, als Anatol ihm erzählt, dass er in die Stadt müsse. »Dann kann ich gleich das mit dem Gürtel erledigen.«

Johannes machte einen aufgeräumten Eindruck, ein schlechtes Zeichen. Er pflegte sich seine aufgeräumten

Eindrücke für besonders tragische Momente aufzusparen.

»Um ganz ehrlich zu sein. Ich war besorgt. Nach unserem letzten Telefongespräch dachte ich: Der Mann ist durch. Durchgedreht in Polen. Er wird nie wieder etwas Lesbares schreiben. Dann habe ich deinen Text gelesen und alles ist gut. Ja, alles ist besser denn je.«

»Wirklich?«

Anatol spürte, wie ihm Tränen kamen. Nach all den Monaten verzweifelter Arbeit waren diese Worte seines Lektors so überraschend wie befreiend. Er hatte sich nicht getäuscht, er war auf dem richtigen Weg.

»Meisterhaft. Einfach fantastisch. Ich habe es verschlungen.«

»Ich sagte dir doch, es ist ein aktuelles Thema.«

»Es ist, wie übrigens immer bei dir, weniger das Thema als die ganz besondere Stimmung. Die Worte, die es einem so richtig dreckig geben.«

»Dreckig geben? Inwiefern?«

»Wie immer bei dir: Man liest den Text und danach möchte man aus dem Fenster springen. Mindestens.«

»Ich hatte eigentlich etwas Leichtes im Sinn.«

»Ist es nicht. Ganz und gar nicht. Und das ist das Geniale daran. Es zieht einen runter. Und zwar so richtig.«

»Warte mal. Sprechen wir über das Pilzbuch?«

»Pilze? Ganz bestimmt nicht. Ich habe den Text natürlich gelesen. Das heißt, ich habe angefangen, aber … Wie ich dir schon gesagt habe. Pilze. Damit ist keine Literatur zu machen.«

Anatol spürte, wie er innerlich zusammenknickte. Wie ein Baum, der endlich kapierte, dass er schon die ganze

Zeit lang morsch gewesen war. Er atmete tief durch und sagte:

»Und von welchem Text, verdammt noch mal, redest du?«

»Von deinen E-Mails natürlich. Dein schreckliches Leben in Polen. Oh Gott, dieses suizidale Hotelzimmer! Die idiotische Arbeit im Restaurant! Der gigantisch erfolglose Ausflug zum Pilzesammeln.«

»Aber das waren doch nur E-Mails.«

»Es ist perfekt. Vielleicht braucht es hier und da noch ein kleines, feinsinniges Lektorat und dann können wir es als schmales Bändchen in unserer Reihe *Nachdenkliche Monologe* herausgeben. Und ich verspreche dir: Dieses Buch wird sogar noch weniger Leser finden als dein letztes. Gimme five.«

»Und wenn ich nicht will?«

»Was soll das heißen?«

»Vielleicht habe ich ja genug davon, deprimierende Bücher, die keiner liest, zu schreiben. Vielleicht möchte ich ja lieber Bestseller schreiben. Über Pilze. Und warum sie uns alle retten können.«

Johannes schüttelte irritiert den Kopf.

»Tut mir leid, Anatol, aber das bist nicht du.«

In diesem Augenblick tauchte der Vater auf. Er kam die Straße hinunter in Richtung des Cafés, vor dem Anatol mit Johannes saß. In der Hand hielt er eine Plastiktüte, seine Miene drückte Zufriedenheit aus. Die Zufriedenheit eines Mannes, der einen Gürtel gekauft hat, während sein Sohn die Hintergründe seines neuen Bestsellers mit seinem Lektor besprach. Anatol schämte sich. Unbedingt musste er verhindern, dass der Vater ihn entdeckte und zu ihnen kam, sich womöglich gar fröhlich zu ihnen setzte.

»Warte mal schnell.«

»Anatol? Was machst du da unter dem Tisch?«

»Mir ist was heruntergefallen.«

»Aber da war doch gar nichts auf dem Tisch, was hätte herunterfallen können.«

»Trotzdem.«

Zur Sicherheit wartete er noch zwanzig Sekunden. Dann kam er wieder hoch.

Sein Vater war verschwunden.

Er versuchte auch, seine Mutter zu treffen, doch war sie gerade nicht im Lande. »Ich bin auf Hawaii«, lautete seit einiger Zeit ihre Statusmeldung auf Facebook. Nachdem er ihr geschrieben hatte, dass er für kurze Zeit in der Schweiz sei, antwortete sie prompt: »Komme am Fünften zurück. Lass uns dann zusammen lunchen.« Anatol war sich nicht sicher, ob sie tatsächlich ihn gemeint oder ihn mit einem Geschäftsfreund verwechselt hatte. Aber im Grunde war ein Sohn ja auch nichts anderes als ein besonders intimer Geschäftsfreund.

Insgesamt blieb er zwei Wochen in der Schweiz. Er hätte auch länger bleiben können, sein Vater erneuerte sein Angebot täglich, wobei er es sich nicht nehmen ließ, es mit kleinen, verlockenden Extras auszuschmücken. »Du könntest meinen Hobbyraum als Arbeitszimmer benutzen, ich geh da sowieso nie rein.« Oder: »Wenn wir die Wand zum alten Büro deiner Mutter einbrechen, hättest du da dein eigenes kleines Reich.« In Gedanken sah er sich wohl bereits mit gezielten Hammerschlägen besagte Wand einbrechen.

Es war schwierig, dem Vater begreiflich zu machen, dass Anatol gar kein eigenes kleines Reich benötigte, da er bereits eines gefunden hatte. In Polen. Sein Vater hatte ihn doch besucht und sich mit eigenen Augen von seinem Glück überzeugen können. Warum fing er trotzdem immer wieder von Wänden an, die er einbrechen wollte?

»Und sowieso muss ich wieder zurück. Auf der Arbeit können sie nicht länger auf mich verzichten.«

In Wahrheit vermisste ihn im Restaurant Acapulco keiner. »Lass dir ruhig Zeit und bleib so lange, wie du magst, bei deinen Eltern. Familie ist sehr sehr wichtig«, hatte sein Chef gemeint. Aber natürlich war es nicht nur die Arbeit, weshalb er zurückmusste. Es war auch sein Polnisch-Sprachkurs. Bereits vier Lektionen hatte er verpasst und er musste unbedingt verhindern, den Anschluss noch mehr zu verlieren, wobei Stefan versprochen hatte, den Stoff mit ihm nachzuarbeiten. Hatte der Vater nicht verstanden? In Lodz warteten ein Ostschweizer mit Schuppen und vier Lektionen polnische Grammatik auf ihn.

Und natürlich war da noch Jola, ihre großartige Freundschaft. Wie könnten sie so einfach getrennte Wege gehen nach all dem, was sie zusammen erlebt hatten? Das Riesenrad. Das Schnitzel. Die Totenmaske. Ihr Ausflug in die Pilze. In dieser Zeit war etwas zwischen ihnen entstanden, ein Verständnis, wie es Anatol möglicherweise nie zuvor erlebt hatte. Und er glaubte zu wissen, dass Jola ebenso empfand. Obwohl sie nie dergleichen gesagt oder auch nur angedeutet hatte, stand für ihn fest, dass sie in ihrer Ehe, die nicht aus Liebe, sondern aus Gründen der Konvention eingegangen worden war, nicht glücklich war. Und wegen den Kindern war sie bei diesem Mann geblieben, den sie nicht liebte, ja vielleicht sogar verabscheute. Anatol war jener Mann, in den sie sich vielleicht hätte verlieben können, wenn alles ganz anders gewesen wäre. Er war ruhig und sensibel, ein guter Zuhörer, zudem in den Meisterwerken der europäischen Literatur bewandert. Und auch wenn es niemals sein durfte, genoss sie es doch, Zeit mit ihm zu verbringen und von diesem anderen Leben zu träumen. Sie hätte es nicht ertragen, wenn dies von einem Tag auf den anderen enden würde.

Unmöglich.

Blieb das Kribbeln im Hals.

In der zweiten Woche zu Hause hatte er den Termin beim Lungenarzt. Er hatte auf einen erfahrenen alten Mann gehofft, der in seiner langen Laufbahn schon so manches Kribbeln im Hals behandelt hatte, sodass es ihm heute nur noch ein müdes Lächeln abrang. »Wissen Sie, Herr Fern«, hörte er den weisen alten Arzt sagen, »ich arbeite jetzt seit zweiunddreißig Jahren als Lungenarzt und noch nie habe ich ein Kribbeln im Hals erlebt, das krebsartig gewesen wäre.« Stattdessen stand vor ihm oder besser rannte um ihn herum: ein junger Kerl mit Sportschuhen und Gel im Haar, von dem nicht sicher war, ob er die letzten Prüfungen an der Uni bereits bestanden hatte. »Ein Kribbeln im Hals«, sagte er und Anatol konnte die gierige Neugier des Frischlings erkennen, der es gar nicht erwarten konnte, sein erstes Krebsgeschwür oder eine erste ordentliche Lungenembolie zu diagnostizieren. »Nun, das könnte natürlich alles Mögliche sein.«

Anatol glaubte zu sehen, wie der Kerl in Gedanken all die Lehrbücher, die er gewälzt hatte, durchblätterte und überall dort, wo »tödlich, unheilbar, sedierende Medikamente« geschrieben stand, ein Eselsohr machte.

»Wie gesagt. Es ist wirklich nur ein leichtes Kribbeln und ich spüre es auch nicht immer.«

»Die Intensität ist ohne Bedeutung. Am Anfang ist so etwas immer schwach.«

»Am Anfang von was?«

»Genau das«, sagte der Arzt und lächelte ihm mit diebischer Freude zu, »werden wir herausfinden.«

Zum Schluss meinte er allerdings noch, dass eine Krebserkrankung tatsächlich sehr unwahrscheinlich sei.

»Aber man weiß ja nie«, schloss er mit einer Vieldeutigkeit, die Anatol innerlich zusammenzucken ließ.

Am Abend vor Anatols Abreise kam der Vater mit einem Umschlag zu ihm. Er trug eine alte Jeanshose und den neuen Gürtel. Sein Gesicht sah irgendwie leidend aus und er bewegte sich, als entwerfe er gerade die Choreografie für ein Requiem.

Lange sagte er nichts, sondern starrte einfach intensiv auf den ausgeschalteten Fernseher.

»Falls mir etwas passieren sollte«, begann er melodramatisch. Das Sprechen schien ihm Mühe zu bereiten.

»Ich bin ein alter Mann«, fuhr er fort und hustete.

»Ich möchte sicher sein, dass es dir gut geht. Darum habe ich hier … eine Vorauszahlung auf dein Erbe.«

Womit er den Umschlag auf Anatols linken Oberschenkel legte. Dann atmete er erleichtert auf, es war vollbracht. Der Umschlag überliefert, das Erbe weitergereicht. Jetzt konnte er getrost sterben oder zumindest den Fernseher einschalten.

»Erstens«, sagte Anatol, »werden die Männer in unserer Familie bekanntlich alle uralt. Vermutlich wirst du in dreißig Jahren noch hier sitzen.«

Es hätte eigentlich ein Kompliment sein sollen, doch angesichts dieser Aussicht verzog der Vater erschrocken den Mund.

»Und zweitens«, fuhr Anatol fort, »brauche ich kein Geld. Ich habe in Polen alles, was ich brauche.«

»Wie schön, freut mich wirklich zu hören«, rief der Vater überraschend wütend, bevor er, plötzlich gar nicht mehr leidend und gebrechlich, aus dem Zimmer stürmte. »Auf Wiedersehen«, rief er noch, »auf Wiedersehen.« Und in diesem Moment klang es wie ein Abschied für immer.

Trotzdem begleitete er Anatol am nächsten Morgen in aller Herrgottsfrühe zur Bushaltestelle. Es war stockdunkel und sie waren ganz allein. Der Bus kam auf die Sekunde pünktlich. Es war noch zu früh, um sich zu umarmen, doch auch wenn es später gewesen wäre, hätten sie es wahrscheinlich nicht getan. Sie gaben sich die Hand und Anatol stieg in den Bus. Durch die Scheibe winkte er dem Vater zu, der an der Haltestelle stand und jetzt, Anatol sah es mit erschreckender Klarheit, einfach nur untröstlich war.

25

Der Flug zurück war anstrengend. Direkt hinter ihm schrie ein Baby. Anatol war müde und nervös und brauchte drei Anläufe, um der Stewardess seine Bestellung korrekt mitzuteilen, nur um zu erfahren, dass sie keine Croissants mehr hatten. Nach ungefähr einer halben Stunde setzten Turbulenzen ein, die bald so heftig wurden, dass alle Passagiere, inklusive der betrunkenen Fußballfans, des Flugpersonals und der Piloten, verstummten und mit unheilschwangerer Betroffenheit des Endes harrten. Nur das Baby schrie weiter.

In Warschau wartete Anatol endlos lange an der Gepäckausgabe, bis sein Koffer im Stil eines Erschossenen aufs Förderband kippte. Er verpasste den Bus nach Lodz um zwei Minuten. Da Sonntag war, fuhr der nächste erste in drei Stunden.

Während er über das Flughafenareal schlenderte und sich einen Espresso nach dem anderen kaufte, von denen er jedoch nicht wacher, sondern nur nervöser wurde, erinnerte sich Anatol, wie er hier beim letzten Mal Max angetroffen hatte. Seit dem Abend der Buchvernissage hatte er nichts mehr von seinem Freund gehört. Max hatte sein Facebook-Profil gelöscht und trat auch auf anderen sozialen Medien nicht mehr in Erscheinung. Er war verschwunden. Auch dafür beneidete Anatol den Freund. Sogar das Verschwinden hatte Max besser hingekriegt als er.

»Alles klar bei dir?«, schrieb er Max eine SMS. Doch der Freund antwortete nicht.

Spätabends kam er im Universitätshotel an und stellte als Erstes fest, dass der Lift noch immer außer Betrieb war. Vor seiner Abreise hatte er schon nicht mehr funktioniert, und was damals noch ein vorübergehender Zustand schien, war mittlerweile zur Normalität geworden. Tatsächlich verlieh das Außer-Betrieb-Schild der ansonsten bedauerlich kargen Lobby einen schwermütigen Charme, wie es dem vertrockneten Farn, den jemand in der Weihnachtszeit neben der Eingangstüre hingestellt hatte, niemals gelungen war. Dafür erkannte Anatol an der Rezeption ein neues Gesicht. Wobei neu vielleicht nicht das passende Wort war. Der Mann sah aus, als pfiffe er aus dem letzten Loch. Irritierenderweise sahen alle Angestellten des Universitätshotels so aus, offenbar suchte man dort gezielt nach kränkelnden Arbeitskräften. Zuvor hatte eine ältere Frau mit vom Nikotin stockfleckig gewordener Haut an der Rezeption gearbeitet, die Anatol, wenn er nach Hause kam, jeweils mit einem »Aha« begrüßt hatte.

Der Neue wusste nichts von diesem Ritual und sparte sich eine Begrüßung. Möglicherweise war er auch zu schwach dafür.

Anatol stieg die fünf Stockwerke zu seiner Etage hinauf und realisierte auf jeder Etage, dass er noch schlechter in Form war, als er geglaubt hatte. Endlich hatte er es geschafft und lehnte sich keuchend gegen seine Zimmertüre mit der Nummer 529.

529. Das war jetzt sein Leben.

Dann öffnete er die Tür. Der Spannteppich schimmerte gräulich, als er in den engen Eingangsbereich trat. Wie immer suchte er den Lichtschalter erst auf der falschen Seite.

Als es endlich hell wurde, fiel sein Blick auf die Glühweintasse.

Zunächst machte er einfach so weiter wie zuvor. Er ging zur Arbeit im Restaurant und erschien dort sogar dynamischer und kecker als zuvor, sodass er tatsächlich wieder ein wenig an den Ausnahmeanatol jenes Abends erinnerte, als er seine Sternstunde gehabt, Stühle getragen und Menschen begeistert hatte. Beim Polnischunterricht hinkte er den anderen kaum hinterher, was wohl weniger seinem sprachlichen Talent als der Tatsache geschuldet war, dass die anderen auch keines hatten. Er schrieb weiter an dem Pilzbuch und zum ersten Mal brachte er Sätze und sogar ganze Absätze zustande, die eine Ahnung davon vermittelten, was ein interessantes Pilzbuch mit Bestsellerpotenzial hätte sein können. Gleichzeitig schwand sein Glaube, das Buch jemals zu Ende zu schreiben oder gar zu veröffentlichen, was ihn jedoch nicht davon abhielt, weiter daran zu arbeiten, es war wie eine abstrakte Wahrheit, gegen die man nichts ausrichten konnte, die einen aber gerade darum von nichts abhalten konnte. Dasselbe galt im Grunde für sein ganzes Leben hier. Immer deutlicher spürte er die Künstlichkeit in allem, was er tat. Er führte hier ein Theater auf, wobei er selber nicht nur der Schauspieler, sondern auch der Zuschauer war, den es hinzureißen galt: Sieh nur, wie wunderbar dieses Leben ist. Kaum hatte er dies erkannt, wurde er endgültig zum Zyniker, der zu allem, was geschah, eine ironische Distanz einnahm. Diese ironische Distanz, so redete er sich ein, war sein heimlicher Triumph über die Wirklichkeit. Er hatte alles durchschaut. Er machte weiter, spielte das Spiel, jedoch nur noch zum bloßen Schein. In Wahrheit machte er sich über alles lustig.

Diese Haltung zu finden und den Ton, der dafür nötig war, zu treffen, war jedoch schwierig. Oft suchte er ihn vergeblich und stürzte stattdessen in diffuse Verzweiflung ab, wo ihm alles lächerlich erschien, ganz besonders er selbst.

Er saß im chirurgisch grellen Licht der Lampe, die sein Vater gekauft hatte. Das Licht stach ihm unangenehm in die Augen, egal, wohin er schaute oder wie er den Kopf drehte.

Anatol öffnete das Fenster. Es ging auf einen unbelebten Hinterhof hinaus. Wenn er hinausspränge, würden ihn irgendwann ein paar Obdachlose finden, die in den Müllcontainern nach leeren Flaschen suchten. Ein typisches Ende für den Autor von *Graues Brot*: Selbst bei seinem Freitod würde er nicht die große Bühne suchen und direkt vor dem Hoteleingang der Welt vor die Füße fallen, nein: Wie um niemanden zu stören, landete er heimlich und fast geräuschlos in einem Müllcontainer im Innenhof. »Verschollener Schweizer in polnischem Müllcontainer gefunden« stünde in der Zeitung. Und dazu ein Bild seines untröstlichen Vaters: »Vor zwei Wochen hat er noch Gemüsesuppe gegessen. Aufgewärmt schmeckt sie am besten.« Die Mutter, so stünde es geschrieben, weile gerade auf Hawaii und sei für eine Stellungnahme nicht erreichbar gewesen.

Wenn das Leben lächerlich war, so wäre es der Freitod ebenfalls. Nicht mal sterben konnte er, ohne dass es lächerlich und sinnlos erschienen wäre. Er hatte ja gar keine Probleme. Wer kein Leben hatte, hatte auch keine Probleme, außer dem einen: dass es keinen Ausweg gab.

Oder doch? Er nahm den Umschlag in die Hand, den ihm sein Vater zugesteckt hatte. Sein Erbe. Mit dem Geld konnte er sich absetzen, irgendwohin fahren, wo er noch nie zuvor gewesen war. Nach Sibirien, zum Beispiel. Aber warum? Er hatte sich ja bereits nach Polen abgesetzt und es hatte auch nicht funktioniert. Trotz Glühweintasse und Polnischlektionen.

Wie weit musste man sich absetzen, um endlich mit dem Leben anzufangen?

Anatol schloss das Fenster.

Sofort verstummten alle Geräusche und es war so still um ihn herum, dass er sein Herz schlagen hörte. Das waren nicht die freundlichen sechzig Umrundungen pro Minute, die einem das Gefühl vermittelten, selbst die Apokalypse könne spurlos an einem vorbeiziehen. Das war vielmehr die panische und narzisstische Arrhythmie, die einem sagte, dass die Apokalypse nur einen einzigen Menschen treffen würde – und zwar einen selbst.

Da klingelte sein Handy.

»Wie geht es dir?«, fragte Jola.

»Gut«, sagte Anatol extra laut.

»Was machst du gerade?«

»Ich habe gerade darüber nachgedacht, ob ich aus dem Fenster springen soll.«

»Und?«

»Keine Ahnung, ich bin noch nicht zu einem Entschluss gelangt.«

»Soll ich später nochmals anrufen?«

»Nein. Jetzt passt mir sehr gut.«

»Du kannst danach ja immer noch aus dem Fenster springen.«

»Heute reichts wahrscheinlich sowieso nicht mehr. Erst muss ich noch mit meiner Krankenkasse abklären, ob sie die Kosten für die Rückführung meiner Leiche übernehmen werden.«

Er fürchtete plötzlich, Jola könne glauben, er habe tatsächlich aus dem Fenster springen wollen, weshalb er zur Sicherheit schnell nachschob:

»Mir geht es wunderbar.«

»Toll. Ich wollte dich nämlich fragen, ob du am Wochenende schon etwas vorhast?

»Nichts. Wieso?«

»Hast du Lust auf einen Ausflug ins Gebirge?«

26

Wieder saß Anatol in einem Bus. Ein kleiner Trost: Es sollte das letzte Mal in dieser Geschichte sein. Mochte er es auch gar nicht erwarten können, sich endlich aus ihr zu verabschieden, so machten ihm die Umstände doch wieder mal einen Strich durch die Rechnung. Sein Plan war gewesen, uns mit Volldampf aus den Augen zu rasen. Ein Plan, der nur zeigt, wie wenig Ahnung er weiterhin von Busreisen in Polen hatte. Zwei Stunden, nachdem sie in Richtung Zakopane aufgebrochen waren, standen sie immer noch irgendwo weit vor Krakau im Stau und nichts deutete darauf hin, dass sich an diesem Zustand bald etwas ändern würde. Dafür änderte sich Anatol. Er hatte eigentlich vorgehabt, sich als ein melancholischer Gentleman von uns zu verabschieden. Eine Art Hemingway für Arme. Würdevoll ertrug er sein Schicksal, was auch immer es war. Man hatte ihn angeschossen, ja er würde womöglich verbluten, aber deswegen war das noch lange kein Grund zu jammern. Feierlich betrat er daher den Bus, der klein und schmal und bis auf den letzten

Platz mit Leuten besetzt war, die aus irgendeinem Grund in den letzten Tagen keine Zeit gefunden hatten, um zu duschen. In unterschiedlichste Gerüche eingehüllt, von denen keiner erfreulich war, würde er uns feierlich aus den Augen rollen. Ein bemerkenswerter Abschied, in dem er uns das Bild eines Mannes präsentierte, der in der Lage war, noch das Schlimmste zu überstehen. Ein großer Hinnehmer. Das war es, was er war. Oder wir würden ihn in jenem Moment aus den Augen verlieren, da er nach drei Stunden Fahrt, mit jenem seufzenden Schlingern, das dem Busreisenden eigen ist, die Treppe hinunterstolperte und die Türe zu jener winzig kleinen Toilette öffnete, von der man im ersten Augenblick den Eindruck hatte, dass sie gar keine echte Toilette war, sondern ein Miniaturmodell, das einen nur in Träumen urinieren ließ. Dann aber ginge auch er den Weg allen Fleisches, versänke seinen spindeldürren Körper in jenem Loch Ness der schlechten Gerüche, ein letztes Mal schlüge er sich beim Umdrehen den Schädel an. Dann schlösse er die Türe nicht nur der Toilette, sondern auch dieser Geschichte.

Ein poetisches Ende.

Doch Geschichten enden nie dann, wenn man es möchte. Entweder sie enden zu früh oder zu spät. Immer jedoch enden sie dann, wenn die Posen, in die wir uns werfen, nicht unsere glänzendsten sind. So möchten wir nicht in Erinnerung bleiben. Doch genau so bleiben wir in Erinnerung, nämlich schlecht gelaunt, empfindlich, weinerlich, neurotisch, ängstlich, faul und feige, und außerdem riechen wir nicht besonders gut. Man möchte als guter Mensch in

Erinnerung bleiben. Tatsächlich bleibt man einfach als Mensch in Erinnerung. Oder wird auf der Stelle vergessen. Wie hieß der noch mal? Anton … Der hieß doch Anton. Und was hat der schon wieder gemacht? Der war doch in Polen. Aber warum? Warum war der in Polen? Das ist es, was wir am Ende sind: eine Leerstelle und dahinter ein Fragezeichen. Korrektur. Ein verblassendes Fragezeichen.

Als sie in Zakopane aus dem Bus stiegen, hatte bei Anatol die Poesie des Herzens endgültig der Prosa des Alltags Platz gemacht. Wobei man besser sagen müsste: der Prosa der Bergtour. Denn tatsächlich schien in diesen Bergen nicht mehr viel von dem ursprünglichen romantischen Klischee vorhanden zu sein. Statt steiniger Wege, wo man jeden Augenblick wenn nicht in einen Abgrund so doch immerhin eine anständige Schlucht voller Dornen und Disteln herunterfallen konnte, sah man sich hier vom ersten Moment an schafsgleich einen vorgespurten Wanderweg entlangschleichen, und alle zehn Minuten erinnerte ein idiotensicherer Wegweiser, wie weit es noch bis zur Berghütte war. Um der Romantik gänzlich den Garaus zu machen, erinnerte einen zusätzlich alle zwanzig Minuten eine weitere Tafel, welcher kulinarische Leckerbissen einen heute auf der Berghütte erwartete. Gulasch. Das war das Ziel ihrer Reise. Nicht etwa der Ich-Verlust. Nein. Eine Gulaschsuppe.

»Marek hat sie extra für uns aufgesetzt«, betonte Jola.

Erst die Gemüsesuppe seines Vaters und jetzt Mareks Gulasch. Anatol war von Männern umgeben, die Suppen für ihn aufsetzten.

Marek war mit Jola zur Schule gegangen. Seine geplante wissenschaftliche Karriere hatte er von einem Tag auf den anderen abgebrochen und war auf eine Berghütte gezogen, wo er seither Sommer wie Winter lebte.

»Er hat es geschafft«, sagte Jola.

»Was meinst du damit?«

»Er macht wirklich das, was er will. Nicht so wie wir.«

Aus irgendeinem Grund war das eine Nachricht, von der Anatol absolut nichts wissen wollte.

»Findest du wir machen nicht, was wir wollen?«

»Schön wärs.«

Er versuchte es nochmals.

»Also ich finde schon, dass ich mache, was ich will.«

»Ah ja?«

»Ich schreibe mein Buch über Pilze. Bin mein eigener Chef. Ich mache, was ich will.«

Besonders überzeugend klang das nicht. Doch fand er gerade keine andere Möglichkeit, um Jola zu zeigen, dass auch er ein freier Mensch war.

»Oder liegt das Geheimnis im Gulasch? Kann man vielleicht nur frei sein, indem man Gulasch kocht?«

»Jetzt reg dich nicht auf. Es geht hier doch gar nicht um dich. Ich habe von Marek gesprochen.«

»Und so ist es immer, nicht wahr?«

»Was meinst du?«

»Du tust erst so, als ginge es um mich. Und bist später ganz erstaunt, wenn ich mich aufrege.«

»Tut mir leid, das verstehe ich nicht.«

»Du verstehst nicht? Dann tut es mir auch leid.«

Er spürte, wie lächerlich, ja kindisch er sich gerade benahm, doch er konnte nichts dagegen tun. Zudem gingen sie jetzt pausenlos an dieser Restauranttafel vorbei, auf der »Heute Gulasch« geschrieben stand, die zusätzlich Öl ins Feuer seiner Wut goss. »Heute Gulasch« kam ihm jetzt wie ein Synonym für »Auch heute mache ich wieder, was ich will« vor.

Um zu demonstrieren, dass auch er jederzeit machen konnte, was er wollte, ließ er sich immer mehr zurückfallen. Wie ein kleines bockendes Kind. Aber waren Kinder nicht frei? Kinder und Männer, die Gulasch kochten. Gleichzeit zog Jola, die jetzt ebenfalls sauer war, das Tempo drastisch an. Wenige Minuten später wanderte jeder für sich. Wie Anatol erst jetzt bemerkte, waren weit und breit keine anderen Ausflügler zu sehen, was vermutlich mit den eher mäßigen Wetterverhältnissen zu tun hatte. Es war schon trüb gewesen, als sie losgelaufen waren, nun aber sah er sich von einer regelrechten Nebelwand umhüllt, die den Ausblick auf einen großen Teil des Gebirges verbarg. Was weit und frei gewesen war, fühlte sich plötzlich eng und etwas bedrohlich an. Das Einzige, was nach wie vor unerschrocken aus der Nebeltrübnis ragte, war das Gulaschschild.

»Hallo«, machte Anatol.

Nicht mal der Hauch eines Echos war zu hören. Die Stille schien absolut und man konnte den Eindruck gewinnen, es fehlten mehr als nur die Geräusche: man selbst. Anatol sah den Weg vor sich, der nach wie vor so vorgezeichnet war, dass man ihn unmöglich verfehlen konnte, selbst wenn man es wollte. Wohin man auch ging, in welche Schlucht man sich auch fallen ließ, es schien so, als käme man doch immer nur wieder bei sich selber an. Es ging im Kreis, immer im Kreis. Und war das nicht eine große Seltsamkeit: Man ging sein Leben lang im Kreis und trotzdem war dieser Kreis irgendwann zu Ende.

»Hallo?«, machte Anatol.

Da klingelte in die Stille hinein sein Handy.

»Ich habe gute Neuigkeiten«, schrie ihm Johannes, sein Lektor, ins Ohr. »Der Chef hat deinen Text gelesen und ist völlig begeistert.«

»Du meinst, meine E-Mails?«

»Nein, ich rede von dem idiotischen Pilzbuch.«

»Was?«

»Seit der Chef es gelesen hat, spricht er nur noch davon. Es ist nicht mehr zum Aushalten. Er will es groß herausbringen, als unseren Bestseller im Herbstprogramm. Ich gratuliere.«

»Ist das wahr?«

»Leider. Der Chef will wissen, wann du wieder in der Schweiz bist. Er möchte sich schnellstmöglich mit dir unterhalten.«

»Ich bin gerade im Gebirge.«

»Aber wohl kaum die ganze Zeit.«

»Nein. Ich weiß nicht.«

»Anatol?«

»Ich rufe dich zurück.«

Dann legte er auf.

Der Nebel hatte sich ein wenig aufgelöst und die Sonne, die in Anatols Rücken bereits schon wieder unterging, beleuchtete durch den schwindenden Dunst hindurch das gegenüberliegende Gebirge. Dazwischen lag ein Abgrund von Dutzenden Metern.

»Anatol«, hörte er jetzt Jolas Stimme in der Ferne.

Und während er in den Abgrund starrte und dabei immer noch das Handy in der Hand hielt, bemerkte er plötzlich, dass auf dem Gesteinsmassiv gegenüber etwas erschienen war. Er hob den Kopf und sah eine dunkle, ins Riesenhafte gezogene Gestalt, die dort drüben über die graue Felswand glitt, der schmale, knopfartige Kopf auf eine grelle, kreisrunde Glorie gebettet. Es war so still und in dieser Stille bekam die fliegende Bewegung etwas ganz besonders Freies, Luftiges, das auf den zweiten Blick jedoch schon wie ein Abschied wirkte. Als ginge hiermit etwas unwiderruflich verloren. Seltsam vertraut fühlte sich die Gestalt an. Seltsam nah. Und dennoch war sie dort drüben. Wie weit weg schon! Sie teilten die gleiche Erschrockenheit. Als hätte jemand »Hände hoch, hier spricht das Leben« gerufen. Wie angewurzelt standen sie da und doch schien der andere keine Wurzeln zu kennen. Er verflüchtigte sich in einer endlos anmutenden Bewegung, und Anatol kam es vor, als schaute er sich selber beim Verschwinden zu, immer weiter weg, immer zitternd, dabei nie wirklich auf festem, ruhigem Grund.

»Anatol«, rief Jola wieder.

Und für einen Augenblick wusste er nicht, wer von ihnen beiden gemeint war.